DESAPARECIDA

Harlan Coben

DESAPARECIDA

Traducción de Alberto Coscarelli

RBA

*Para Sandra Whitaker,
la tía más guay del mundo entero.*

PRIMERA PARTE

«Aguanta.
Esto te dolerá como nunca te ha dolido.»

WILLIAM FITZSIMMONS, *I Don't Feel It Anymore*

«Tú no conoces su secreto», me dijo Win.

«¿Debería?»

Win se encogió de hombros.

«¿Es malo?», pregunté.

«Mucho», respondió Win.

«Entonces quizás no quiera saberlo.»

Dos días antes de conocer el secreto que ella había guardado durante una década —en apariencia el íntimo secreto que no solo nos devastaría a los dos sino que cambiaría el mundo para siempre—, Terese Collins me llamó a las cinco de la mañana para sacarme de un sueño casi erótico y meterme en otro. Solo dijo: «Ven a París».

No había oído su voz en... ¿cuánto?, quizás siete años, y se oía el crepitar de la estática en la línea. Ella no se preocupó por cosas como el hola o cualquier preámbulo. Me desperté del todo y pregunté:

—¿Terese? ¿Dónde estás?

—En un precioso hotel en la margen izquierda llamado D'Aubusson. Te encantará. Hay un vuelo de Air France que sale esta noche a las siete.

Me senté. Terese Collins. Las imágenes sacudieron mi mente: un biquini de infarto, aquella isla privada, la playa abrasada por el sol, una mirada que derretía el acero, un biquini de infarto.

Vale la pena mencionar dos veces el biquini.

—No puedo.

—París.

—Lo sé.

Casi una década atrás nos fugamos a una isla como dos almas perdidas. Creí que nunca más nos volveríamos a ver, pero lo hicimos. Unos pocos años más tarde me ayudó a salvar la vida de mi hijo. Después, puf, desapareció sin dejar rastro... hasta ahora.

—Piénsalo —añadió ella—. La Ciudad de la Luz. Podríamos amarnos toda la noche.

Conseguí tragar.

—Sí, claro, pero, ¿qué haremos durante el día?

—Si no recuerdo mal es probable que necesites descansar.

—Además de vitamina E —señalé, sin poder evitar la sonrisa—. No puedo, Terese. Tengo una relación.

—¿Con la viuda del 11-S?

Me pregunté cómo lo sabía.

—Sí.

—Esto no tiene nada que ver con ella.

—Perdona, pero creo que sí.

—¿Estás enamorado? —preguntó.

—¿Importaría si dijese que sí?

—No.

Cambié de tema.

—¿Qué pasa, Terese?

—No pasa nada. Quiero pasar contigo un fin de semana romántico, sensual, lleno de fantasías en París.

Otro trago.

—No he sabido nada de ti en... ¿siete años?

—Casi ocho.

—Te llamé —dije—. Muchas veces.

—Lo sé.

—Te dejé mensajes. Te escribí. Intenté encontrarte.

—Lo sé —repitió.

Siguió un silencio. No me gusta el silencio.

14

—¿Terese?

—Cuando necesitaste de mí, cuando me necesitaste de verdad, estuve allí, ¿no?

—Sí.

—Ven a París, Myron.

—¿Así de sencillo?

—Sí.

—¿Dónde has estado todos estos años?

—Te lo contaré todo cuando estés aquí.

—No puedo. Tengo una relación con una persona.

De nuevo aquel maldito silencio.

—¿Terese?

—¿Recuerdas cuándo nos conocimos?

Sucedió después del mayor desastre de mi vida. Supongo que lo mismo le pasó a ella. Unos amigos bienintencionados nos habían «obligado» a asistir a una gala benéfica, y tan pronto como nos vimos el uno al otro fue como si nuestras respectivas miserias se convirtiesen en imanes. No creo mucho que los ojos sean el espejo del alma. He conocido demasiados pirados capaces de convencerte de esa seudociencia. Pero la tristeza era tan obvia en los ojos de Terese... En realidad emanaba de todo su ser, y aquella noche, con mi propia vida en ruinas, era lo que necesitaba.

Terese tenía un amigo propietario de una pequeña isla caribeña cerca de Aruba. Nos largamos allí aquella misma noche sin decirle nada a nadie. Acabamos pasando allí tres semanas, amándonos casi sin hablar, desapareciendo y desgarrándonos el uno al otro, porque no había mucho más que hacer.

—Por supuesto que lo recuerdo.

—Ambos estábamos destrozados. Nunca hablamos de eso. Pero los dos lo sabíamos.

—Sí.

—Fuiste capaz de superar aquello que te destrozó. Es natural. Nos recuperamos. Nos destruyen y luego nos recuperamos.

15

—¿Y tú?

—No pude recuperarme. Ni siquiera creo que lo desease. Estaba destrozada y quizás fue mejor mantenerme así.

—No sé si te sigo.

En ese momento su voz era suave.

—No creí, no, bórralo, sigo sin creer que me gustase ver cómo sería mi mundo reconstruido. No creo que me gustase mucho el resultado.

—¿Terese?

No respondió.

—Quiero ayudar.

—Quizás no puedas —contestó—. Quizás no tenga sentido.

Más silencio.

—Olvida que he llamado, Myron. Cuídate.

Luego desapareció.

2

—Ah —exclamó Win—, la deliciosa Terese Collins. Un culo de primera clase, algo sensacional.

Estábamos sentados en las destartaladas gradas plegables del gimnasio del Kasselton High School. Los habituales olores a sudor y jabón industrial llenaban el aire. Todos los sonidos, como en todos los gimnasios similares de este vasto continente, llegaban distorsionados, y los extraños ecos formaban el equivalente auditivo de una cortina de baño.

Me encantan los gimnasios como éste. Crecí en ellos. Pasé muchos de mis momentos más felices en idénticos recintos mal ventilados con una pelota de baloncesto en la mano. Me encanta el sonido del driblaje. Me encanta la pátina de sudor que comienza a aparecer en los rostros durante los calentamientos. Me encanta la sensación del cuero granulado en las yemas; ese momento de pureza neorreligiosa cuando te centras en el borde del aro, lanzas la pelota, encestas y no hay nada más en el mundo.

—Me alegra que la recuerdes.

—Un culo de primera clase, algo sensacional.

—Sí, ya te oí la primera vez.

Win había sido mi compañero de habitación en el colegio universitario Duke. Ahora era mi socio y, junto con Esperanza Díaz, mi mejor amigo. Su verdadero nombre era Windsor Horne Lockwood III, y le sentaba bien: rizos dorados separados por una raya trazada con un tiralíneas; tez rubicunda; un rostro patricio; bronceado de golfista;

ojos azul hielo. Vestía unos carísimos pantalones de color caqui con una raya que rivalizaba con la del pelo, una americana azul Lily Pulitzer con el forro rosa y verde y un pañuelo en el bolsillo abullonado como la flor lanzaagua de un payaso.

Una vestimenta decadente.

—Cuando Terese estaba en la tele —continuó Win con su estirado acento de instituto privado con el tono de alguien que le explica algo obvio a un niño un tanto retrasado—, no podías apreciar la calidad. Estaba sentada detrás de la mesa de los presentadores.

—Ajá.

—Pero cuando la vi con aquel biquini —para aquellos que llevan la cuenta, el mismo que mencioné antes, el de infarto—, bueno, es un activo estupendo. Un desperdicio en una presentadora. Es una tragedia cuando lo piensas.

—Como el *Hindenburg* —señalé.

—Una referencia hilarante —aprobó Win—, y, oh, tan oportuna.

La expresión de Win siempre es altiva. Las personas miran a Win y ven a un elitista, un esnob, alguien con dinero de toda la vida. En su mayor parte, están en lo cierto. Pero hay una parte en la que se equivocan... y esa parte puede hacer que un hombre sufra graves daños.

—Continúa —dijo Win—. Acaba la historia.

—Ya está.

Win frunció el entrecejo.

—Entonces, ¿cuándo te marchas a París?

—No voy.

Había comenzado el segundo cuarto en la cancha. Era un partido de baloncesto de los chicos de quinto grado. Mi novia —el término parece un tanto pobre, pero no estoy seguro de si «amiga con derecho a roce», «persona importante» o «compañera» podría aplicarse—, Ali Wilder, tiene dos hijos, y el menor juega en este equipo. Se llama Jack y no es muy bueno. Lo digo no por juzgar o predecir futuros éxitos —Michael Jordan no empezó a jugar en el equipo del instituto hasta cursar tercero—, sino como una mera observación. Jack es grande para su edad, alto y pesado, lo que a menudo conlleva una falta de velocidad y coordinación. Hay algo como de trotón en su manera de correr.

Pero a Jack le encantaba el juego, y eso lo era todo para mí. Era un chico dulce, encerrado en su mundo pero de una manera positiva, y necesitado, como corresponde a un niño que pierde a su padre de una forma tan trágica y prematura.

Ali no podía venir hasta la media parte y yo, al chico, le apoyaba. Win continuaba con el entrecejo fruncido.

—A ver si lo entiendo. ¿Has rechazado pasar un fin de semana con la adorable señora Collins y su culo de primera clase en un hotelito de París?

Siempre era un error hablar de relaciones con Win.

—Así es —respondí.

—¿Por qué? —Win se volvió para mirarme. Parecía perplejo de verdad. Entonces su rostro se relajó—. Ah, espera.

—¿Qué?

—Ha engordado, ¿no?

Win.

—No tengo ni idea.

—¿Entonces?

—Ya sabes, estoy comprometido, ¿lo recuerdas?

Win me miró como si estuviese defecando en la cancha.

—¿Qué? —pregunté.

Se echó hacia atrás en el asiento.

—Eres una maricona como una casa.

Sonó la bocina. Jack se puso las gafas protectoras y fue hacia la mesa de los árbitros con aquella maravillosa media sonrisa tontorrona. Los chicos de quinto grado de Livingston jugaban contra sus archirrivales de Kasselton. Intenté no sonreír con suficiencia ante el entusiasmo, no tanto de los chicos, sino de los padres en las gradas. No quiero generalizar, pero las madres se dividen en dos grupos: las charlatanas, que aprovechan la ocasión para socializar, y las sufridoras, las que viven y mueren cada vez que sus retoños tocan la pelota.

Los padres a menudo son más problemáticos. Algunos consiguen mantener la ansiedad más o menos controlada, reniegan por lo bajo, se muerden las uñas. Otros gritan a voz en cuello. Se meten con los árbitros, los entrenadores y los chicos.

Un padre, sentado dos filas delante de nosotros, tenía lo que Win y yo llamábamos el «síndrome de Tourette del espectador», y se pasaba todo el partido metiéndose a gritos con todos los que tenía a su alrededor.

Mi perspectiva en este campo es mucho más clara que en la de la mayoría. He sido agraciado con el don del atleta natural. Fue una sorpresa para toda mi familia desde el gran triunfo atlético conseguido por un Bolitar mucho antes de que yo apareciese, cuando mi tío Saúl ganó un torneo de tejos en un crucero de la *Princess* en 1974. Acabé el bachillerato en el Livingston High School como jugador del año. Fui el base estrella de Duke, donde dirigí al equipo en dos temporadas del campeonato de la NCAA. Los Boston Celtics me seleccionaron en primera ronda.

Entonces, pataplum, a tomar viento.

—Cambio —gritó alguien.

Jack se acomodó las gafas y corrió a la cancha.

El entrenador del equipo rival señaló a Jack y gritó:

—¡Tú, Connor! Te toca el nuevo. Es grande y lento. A ver si lo mueves un poco.

El padre con el síndrome de Tourette gimió:

—Es un partido muy igualado. ¿Por qué lo hacen entrar ahora?

¿Grande y lento? ¿Había oído bien?

Miré al entrenador del Kasselton. Llevaba el pelo con reflejos, peinado con gomina como un puercoespín, y una perilla negra recortada que le daba el aspecto del envejecido bajista de una banda de música. Era alto; yo mido un metro noventa y dos y ese tipo me sacaba cinco centímetros, además de, calculé, unos diez o quince kilos.

—¿Es grande y lento? —le repetí a Win—. ¿Te puedes creer que el entrenador acabe de gritar eso?

Win se encogió de hombros.

Yo también lo intenté. El calor del juego. Déjalo correr.

El marcador estaba empatado a veinticuatro cuando ocurrió el desastre. Fue inmediatamente después de un tiempo muerto y al equipo de Jack le tocaba subir la pelota hacia la canasta del equipo rival. Kasselton decidió hacer presión por sorpresa. Jack estaba solo. Le pasaron la pelota, pero por un momento, con la presión encima, no supo qué hacer. Ocurre.

Buscó ayuda. Se volvió hacia el banco del Kasselton, el más cercano a él, y el gran entrenador del pelo puntiagudo gritó:

—¡Lanza! ¡Lanza! —Y señaló la canasta.

La canasta errónea.

—¡Lanza! —gritó de nuevo el entrenador.

Jack, a quien por naturaleza le gusta complacer y confía en los adultos, le obedeció.

La pelota entró. En la canasta equivocada. Dos puntos para Kasselton.

Los padres de Kasselton estallaron en vivas e incluso risas. Los padres de Livingston alzaron las manos al aire y gimieron por el error del chico de quinto grado. Entonces el entrenador del Kasselton, el tipo del pelo puntiagudo y la perilla de bajista, chocó palmas con el segundo entrenador, señaló a Jack, y le gritó:

—¡Eh, chico, hazlo de nuevo!

Posiblemente Jack era el chico más alto de la cancha, pero en ese momento parecía como si intentase con todas sus fuerzas ser lo más pequeño posible. La media sonrisa tontorrona desapareció. Le temblaban los labios. Parpadeaba. Todas las partes del chico se encogían y también mi corazón.

Un padre del Kasselton no dejaba de gritar. Se rió, se llevó las manos a la boca como si fuese un megáfono de carne y gritó:

—¡Pásasela al chico del otro equipo! ¡Es nuestro mejor jugador!

Win le tocó el hombro.

—Vas a callarte ahora mismo.

El padre se volvió hacia Win, y vio la vestimenta decadente, el pelo rubio y las facciones de porcelana. Estaba a punto de burlarse y soltar una réplica, pero algo —probablemente el instinto de supervivencia básico y un cerebro de reptil— hizo que se lo pensara mejor. Sus ojos se cruzaron con los azul hielo de Win y luego los bajó.

—Sí, lo siento, eso estaba demás —se disculpó.

Yo apenas lo oí. No podía moverme. Permanecí sentado en la grada y miraba al ufano entrenador de los pelos puntiagudos. Sentía latir la sangre.

Sonó la bocina; final de la media parte. El entrenador, que no salía de su asombro, continuaba riéndose y sacudiendo la cabeza. Uno de sus ayudantes se acercó para estrecharle la mano. También lo hicieron algunos padres y espectadores.

—Tengo que irme —dijo Win.

No respondí.

—¿Debería quedarme? ¿Por si acaso?

—No.

Win hizo un gesto y se marchó. Yo seguía mirando al entrenador del Kasselton. Me levanté y comencé a bajar las desvencijadas gradas. Mis pisadas sonaban como truenos. El entrenador caminó hacia la puerta. Lo seguí. Entró en los lavabos sonriendo como el idiota que sin duda era. Lo esperé junto a la puerta.

Cuando salió, le dije:

—Un tipo con clase.

Llevaba las palabras «Entrenador Bobby» bordadas en la camisa. Se detuvo y me miró.

—¿Perdón?

—Animar a un chico de diez años a que lance a la canasta equivocada —dije—. Y después aquella divertida frase de «Eh, chico, hazlo otra vez» ayudó a humillarlo. Es un tipo con mucha clase, entrenador Bobby.

El entrenador entrecerró los ojos. De cerca era grande, ancho y tenía los brazos gruesos, los nudillos grandes y una frente de Neandertal. Conocía el tipo. Todos lo conocen.

—Parte del juego, amigo.

—¿Burlarse de un chico de diez años es parte del juego?

—Meterse en su mente. Forzar a tu oponente a cometer un error.

No dije nada. Me tomó la medida y decidió que, podía conmigo. Los tipos grandes como el entrenador Bobby están seguros de que pueden con casi todos. Yo únicamente lo miré.

—¿Tiene algún problema? —preguntó.

—Son chicos de diez años.

—Sí, claro, chicos. ¿Qué es usted, uno de esos padres mariquitas que creen que todos han de ser iguales en la cancha? Nadie debe sentirse herido, nadie debe ganar o perder... Eh, quizás incluso ni siquiera deberíamos llevar el marcador, ¿no?

El segundo entrenador del Kasselton se acercó. Vestía una camisa a juego que decía «Segundo entrenador Pat».

—¿Bobby? Está a punto de comenzar la segunda parte.

Me acerqué un paso.

—Déjelo en paz.

El entrenador Bobby me dirigió el previsible gesto burlón y respondió:

—¿O qué?

—Es un chico sensible.

—Bu, bu. Si es tan sensible, quizás no debería jugar.

—Y quizás usted no debería entrenar.

El segundo entrenador, Pat, se adelantó. Me miró, y aquella sonrisa cómplice que yo conocía muy bien apareció en su rostro.

—Vaya, vaya, vaya.

—¿Qué? —preguntó Bobby.

—¿Sabes quién es este tipo?

—¿Quién?

—Myron Bolitar.

Casi podías ver como Bobby procesaba el nombre, como si en la frente tuviese una ventana y el hámster que corría en la rueda estuviese cogiendo velocidad. Cuando las sinapsis acabaron su función, su sonrisa casi arrancó las esquinas de la perilla.

—Aquella gran «superestrella» —llegó incluso a marcar las comillas con los dedos— que no pudo entrar con los profesionales. ¿El famoso fracaso de la primera vuelta?

—El mismo —añadió el segundo entrenador.

—Ahora lo pillo.

—Eh, entrenador Bobby —dije.

—¿Qué?

—Deje al chico en paz.

Frunció el entrecejo.

—No querrá meterse conmigo.

—Tiene razón. No quiero. Quiero que deje al chico en paz.

—Ni hablar, amigo. —Sonrió y se me acercó un poco más—. ¿Le causa algún problema eso?

—Sí, por supuesto.

—Entonces, ¿qué le parece si usted y yo lo discutimos un poco cuando acabe el partido? ¿En privado?

Las chispas comenzaron a encenderse en mis venas.

—¿Me está retando a una pelea?

—Sí. A menos, por supuesto, que sea un gallina. ¿Es un gallina?

—No soy un gallina —respondí.

Algunas veces soy muy bueno en las réplicas cortantes. Intento mantenerme a la par.

—Tengo un partido que dirigir. Pero después usted y yo arreglaremos cuentas. ¿Me sigue?

—Lo sigo.

De nuevo con la réplica instantánea. Voy lanzado.

Bobby apoyó un dedo en mi cara. Pensé en mordérselo; eso siempre capta la atención de cualquiera.

—Es un hombre muerto, Bolitar. ¿Me oye? Un hombre muerto.

—¿Un hombre tuerto?

—Un hombre muerto.

—Oh, claro, porque si fuese tuerto, no le vería muy bien. Ahora que lo pienso, si fuese un muerto, tampoco podría.

Sonó la bocina. Pat dijo:

—Vamos, Bobby.

—Un hombre muerto —repitió él.

Me llevé una mano al ojo, como si fuese tuerto, y grité: ¿Dónde está? Pero ya se había marchado.

Lo observé. Tenía aquel balanceo lento y seguro, los hombros echados hacia atrás, los brazos moviéndose casi demasiado. Iba a gritarle algo estúpido cuando sentí una mano en mi brazo. Me volví. Era Ali, la madre de Jack.

—¿De qué iba todo esto? —preguntó Ali.

Ali tiene unos enormes ojos verdes y una cara bonita y franca que encuentro irresistible. Quería levantarla y besarla, pero algunos dirían que ése no era el mejor lugar.

—Nada —respondí.

—¿Qué tal ha ido la primera parte?

—Perdemos por dos.

—¿Jack marcó?

—No lo creo, no.

Ali observó mi rostro por un momento y vio algo que no le gustó. Me giré y volví a las gradas. Me senté. Ali se sentó a mi lado. Cuando llevaban dos minutos de juego, me preguntó:

—¿Cuál es el problema?

—Ninguno.

Me removí en la incómoda grada.

—Mentiroso —dijo Ali.

—Solo estoy siguiendo el juego.

—Mentiroso.

La miré, miré su bonito rostro franco, las pecas que no tendrían que estar allí a su edad pero que la hacían condenadamente adorable, pero también vi algo más.

—Tú también pareces un poco distraída.

No solo hoy, pensé, sino también durante las últimas semanas las cosas no habían ido muy bien entre nosotros. Ali se había mostrado distante y preocupada y no había querido hablar del tema. Yo había estado muy ocupado con el trabajo, así que no había insistido.

Ali mantuvo la mirada en la cancha.

—¿Jack jugó bien?

—Muy bien —respondí. Luego añadí—: ¿A qué hora sale tu vuelo mañana?

—A las tres.

—Te llevaré al aeropuerto.

Erin, la hija de Ali, se matriculaba en la Universidad Estatal de Arizona. Ali, Erin y Jack iban a volar hasta allí para pasar la semana dedicados a instalar a la estudiante.

—No pasa nada. Ya he alquilado un coche.

—Me gustaría llevarte.

—No te preocupes.

Su tono cortó cualquier discusión sobre el tema. Intenté acomodarme y mirar el partido. Mi pulso continuaba acelerado. Pocos minutos más tarde, Ali preguntó:

—¿Por qué continúas mirando al otro entrenador?

—¿Qué entrenador?

—Aquel con el pelo mal teñido y la perilla a lo Robin Hood.

—Busco modelos para acicalarme.

Ella casi sonrió.

—¿Jack jugó mucho en la primera mitad?

—El tiempo habitual.

Acabó el partido; Kasselton ganó por tres. Sus seguidores aplaudieron. El entrenador, un buen tipo a todas luces, había preferido no hacer jugar a Jack en la segunda mitad. Ali estaba un tanto inquieta por eso —el entrenador por lo general procuraba que todos los chicos jugasen el mismo tiempo—, pero decidió dejarlo correr.

Los equipos se retiraron a los vestuarios para discutir las incidencias del partido con sus entrenadores. Ali y yo esperamos fuera de la puerta del gimnasio, en el pasillo del colegio. No tuve que esperar mucho. Bobby vino hacia mí con el mismo balanceo, aunque ahora sus manos se habían transformado en puños. Lo acompañaban otros tres tíos, incluido Pat, todos grandes, con sobrepeso y ni siquiera la mitad de duros de lo que creían ser. Bobby se detuvo a un metro de mí. Sus tres compañeros se desplegaron con los brazos cruzados sobre el pecho y me miraron.

Por un momento nadie habló. Solo me miraron como si fuesen a comerme.

—¿Ésta es la parte en la que me meo en los pantalones? —pregunté.

Bobby comenzó de nuevo con el dedo.

—¿Conoce el Landmark Bar de Livingston?

—Claro.

—Esta noche a las diez. En el aparcamiento de atrás.

—Se pasa de mi hora de recogida —dije—, y tampoco soy de esa clase de citas. Primero una invitación a cenar, unas flores.

—Si no se presenta —se acercó más con el dedo— buscaré alguna otra manera de obtener satisfacción. ¿Me pilla?

No, pero antes de que pudiera pedirle una aclaración se marchó. Sus compañeros lo siguieron. Me miraron por encima del hombro. Los saludé con la mano como si fuese un bebé. Uno de ellos insistió en la mirada y yo le soplé un beso. Se volvió como si le hubiese dado una bofetada.

Soplar un beso. Mi movimiento favorito para provocar la homofobia.

Me volví hacia Ali, vi su rostro y pensé: «Oh, oh...».

—¿Qué demonios ha sido eso?

—Pasó algo durante el partido antes de que llegases —respondí.

—¿Qué?

Se lo dije.

—¿Te enfrentaste al entrenador?

—Sí.

—¿Por qué? —preguntó.

—¿Qué quieres decir con por qué?

—Lo has complicado todavía más. Es un bocazas. Los chicos lo entienden.

—Jack casi lloraba.

—Entonces yo me ocuparé. No necesito tu rollo de macho.

—No iba de macho. Quería que dejara de molestar a Jack.

—No me extraña que Jack no jugase en la segunda mitad. Su entrenador probablemente vio tu estúpido comportamiento y fue lo bastante listo como para no avivar las llamas. ¿Ahora te sientes mejor?

—Todavía no —dije—, pero después de que le aplaste la cara en el Landmark sí, creo que sí.

—Ni se te ocurra.

—Ya lo has oído.

Ali sacudió la cabeza.

—No me lo puedo creer. ¿Qué demonios te pasa?

—Estaba apoyando a Jack.

—Ése no es tu papel. Aquí no tienes ningún derecho. Tú no eres...

Se interrumpió.

—Dilo, Ali.

Cerró los ojos.

—Tienes razón. No soy su padre.

—No era eso lo que iba a decir.

Lo era, pero lo dejé correr.

—Puede que no sea mi papel, si es que la cosa iba de eso, solo que no iba de eso. Podría haber ido a por ese tipo incluso si lo hubiese dicho de otro chico.

—¿Por qué?

—Porque está mal.

—¿Quién eres tú para reprochárselo?

—¿Reprochárselo? Puedes hacer las cosas bien o hacerlas mal. Él lo hizo mal.

—Es un estúpido arrogante. Algunas personas son así. Es la vida. Jack lo comprende, o lo comprenderá con la experiencia. Eso es parte del crecimiento; tratar con los estúpidos. ¿Es que no lo ves?

No dije nada.

—Si mi hijo resultó tan herido —prosiguió Ali, furiosa a más no poder—, ¿quién te crees que eres para no decírmelo? Incluso te pregunté de qué estabais hablando en la media parte, ¿lo recuerdas?

—Sí.

—Dijiste que no era nada. ¿En qué estabas pensando, en proteger a la viejecita?

—No, por supuesto que no.

Ali sacudió la cabeza y guardó silencio.

—¿Qué? —pregunté.

—Te he dejado acercarte demasiado a él.

Sentí que mi corazón se hacía añicos.

—Maldita sea —añadió.

Esperé.

—Para ser un tipo maravilloso que por lo general es la mar de perceptivo, a veces puedes ser muy obtuso.

—Vale, quizás no tendría que haber ido a por él. Pero si hubieses estado allí cuando le gritó a Jack que lo hiciese de nuevo, si hubieses visto el rostro de Jack...

—No estoy hablando de eso.

Me detuve; pensé.

—Entonces tienes razón. Soy obtuso.

Mido un metro noventa, Ali es treinta centímetros más baja. Se me acercó y echó la cabeza hacia atrás para mirarme.

—No voy a Arizona para instalar a Erin. Al menos no solo por eso. Mis padres viven allí y sus padres viven allí.

Sabía a quién se refería con «sus»: a su difunto marido, al fantas-

29

ma que había aprendido a aceptar e incluso, a veces, a abrazar. El fantasma nunca se va. Ni siquiera estoy seguro de si debería, aunque hay momentos en los que desearía que lo hiciese y, por supuesto, pensar eso es una cosa horrible.

—Ellos, me refiero a los abuelos por las dos partes, quieren que nos vayamos a vivir allí. Para tenernos cerca. Tiene sentido cuando lo piensas.

Asentí porque no sabía qué otra cosa hacer.

—Jack y Erin y, diablos, yo también, lo necesitamos.

—¿Necesitáis qué?

—Una familia. Sus padres necesitan ser parte de la vida de Jack. No pueden soportar el frío allí arriba más tiempo. ¿Lo entiendes?

—Por supuesto que lo entiendo.

Mis palabras sonaron raras incluso a mis oídos, como si las hubiese dicho otro.

—Mis padres han encontrado un lugar que quieren que veamos —dijo Ali—. Está en el mismo edificio que el de ellos.

—Los edificios no están mal —dije, por decir algo—. Los gastos son pocos. Pagas una tasa mensual y ya está.

Ahora fue ella la que no dijo nada.

—Así que para decirlo claro, ¿qué significa eso para nosotros?

—¿Quieres trasladarte a Scottsdale? —preguntó.

Titubeé.

Ella apoyó una mano en mi brazo.

—Mírame.

Lo hice. Entonces dijo algo que nunca vi venir:

—Lo nuestro no es para siempre, Myron. Ambos lo sabemos.

Un grupo de chicos pasó corriendo junto a nosotros. Uno chocó conmigo y se disculpó. Un árbitro tocó el silbato. Sonó una bocina.

—¿Mamá?

Jack, bendito sea su pequeño corazón, apareció por la esquina. Ambos nos volvimos para dedicarle una sonrisa. No nos sonrió. Por lo general, no importa lo mal que haya jugado, Jack viene corriendo como un cachorro, con muchas sonrisas y levantando las manos. Es parte del encanto del chico. Pero aquel día no.

—Hola, chico —dije, porque no estaba seguro de qué decir. En muchas ocasiones oigo a las personas en situaciones similares decir: «Un buen partido», pero los chicos saben que es una mentira y que los compadeces y eso les hace sentirse peor.

Jack corrió hacia mí, me rodeó la cintura con los brazos, enterró su rostro en mi pecho y comenzó a sollozar. Sentí que otra vez se me partía el corazón. Permanecí allí, con las manos en su nuca. Ali miraba mi rostro. No me gustó lo que vi.

—Un mal día —dije—. Todos lo tenemos. No dejes que eso te afecte, ¿vale? Hiciste todo lo que pudiste, no se puede pedir más. —Entonces añadí algo que el chico nunca comprendería pero que era absolutamente cierto—: La verdad es que estos partidos no tienen ninguna importancia.

Ali puso las manos en los hombros de su hijo. Él me soltó, se volvió hacia ella y ocultó el rostro de nuevo. Permanecimos así durante un minuto, hasta que se calmó. Di una palmada y me obligué a sonreír.

—¿Alguien quiere un helado?

Jack reaccionó de inmediato.

—¡Yo!

—Hoy no —dijo Ali—. Tenemos que hacer las maletas y prepararnos.

Jack frunció el entrecejo.

—Quizás en otro momento.

Esperé que Jack dijese «jooo, mamá», pero quizás él también había percibido algo en su tono. Agachó la cabeza y luego se volvió hacia mí sin decir nada más. Chocamos los nudillos —así era como nos decíamos hola y adiós, el saludo de los nudillos— y Jack fue hacia la puerta.

Ali hizo un gesto con los ojos para que mirase a la derecha. Seguí el gesto hasta el entrenador.

—Ni sueñes pelearte con él.

—Me desafió —respondí.

—Los grandes hombres se apartan.

—Quizás en las películas. En los lugares llenos con polvos mágicos, conejos de Pascua y hadas bonitas. Pero en la vida real, el hombre que se aparta es considerado un cobardica de tomo y lomo.

—Entonces por mí, ¿vale? Por Jack. No vayas a ese bar esta noche. Prométemelo.

—Dijo que si no iba, buscaría satisfacción o algo así.

—Es un bocazas. Prométemelo.

Me obligó a mirarla a los ojos.

Titubeé pero no mucho tiempo.

—Vale, no iré.

Ella se volvió para alejarse. No hubo ningún beso, ni siquiera uno en la mejilla.

—¿Ali?

—¿Qué?

El pasillo de pronto pareció muy vacío.

—¿Hemos acabado?

—¿Quieres vivir en Scottsdale?

—¿Quieres que te responda ahora mismo?

—No. Pero yo ya sé la respuesta. Tú también.

3

No estoy muy seguro de cuánto tiempo pasó. Quizás un minuto o dos. Entonces me fui hacia el coche. El cielo estaba gris. La llovizna me mojó. Me detuve por un momento, cerré los ojos y alcé el rostro al cielo. Pensé en Ali. Pensé en Terese en un hotel de lujo de París.

Bajé el rostro, di dos pasos más y fue entonces cuando vi al entrenador Bobby y a sus colegas en un Ford Expedition.

Un suspiro.

Los cuatro estaban allí: el segundo entrenador Pat al volante, el entrenador Bobby en el asiento del copiloto y los otros dos trozos de carne con ojos sentados atrás. Saqué el móvil y apreté la tecla de marcado rápido. Win respondió a la primera.

—Articule —dijo Win.

Es así como responde siempre, incluso cuando ve con toda claridad en el identificador de llamadas que soy yo, y sí, es cabreante.

—Será mejor que des la vuelta.

—Oh —exclamó Win con la voz de un niño feliz en la mañana de Navidad—, bueno, bueno.

—¿Cuánto tardarás?

—Estoy al final de la calle. Sospeché que iba a pasar algo así.

—No le dispares a nadie.

—Sí, mamá.

Mi coche estaba cerca del final del aparcamiento. El Expedition me siguió a marcha lenta. La lluvia arreció un poco. Me pregunté cuál sería su plan —sin duda algo estúpidamente chulesco— y decidí seguirle el juego.

Apareció el Jaguar de Win y esperó en la distancia. Yo conduzco un Ford Taurus, también conocido como El Gallinero. Win detesta mi coche. No quiere sentarse en él. Saqué las llaves y apreté el mando a distancia. El coche hizo el típico ruido y se abrieron las cerraduras. Entré. Entonces el Expedition se movió. Aceleró y se detuvo detrás mismo del Taurus para impedirme la salida. Bobby fue el primero en saltar del vehículo; se acariciaba la barbilla. Sus dos colegas lo siguieron.

Exhalé un suspiro y miré como se acercaban por el espejo retrovisor.

—¿Puedo hacer algo por usted? —pregunté.

—Oí que su chica le metía la bronca —respondió.

—Espiar las conversaciones es de mala educación, entrenador Bobby.

—Me dije que quizás cambiaría de opinión y no aparecería. Así que pensé que podríamos solucionar esto ahora mismo. Aquí.

Bobby acercó su rostro al mío hasta casi tocarlo.

—A menos que sea un gallina.

—¿Ha comido atún?

El Jaguar de Win se detuvo junto al Expedition. Bobby dio un paso atrás y entrecerró los ojos. Win se apeó. Los cuatro hombres lo miraron y fruncieron el entrecejo.

—¿Quién demonios es ése?

Win sonrió y levantó una mano como si lo acabasen de presentar en un programa de entrevistas y quisiese agradecer los aplausos del público presente en el estudio.

—Es un placer estar aquí —dijo—. Muchas gracias a todos.

—Es un amigo —expliqué—. Está aquí para nivelar las probabilidades.

—¿Él? —Bobby rió. El coro lo imitó—. Oh sí, claro.

Salí del coche. Win se acercó un poco más a los tres colegas.

—Le romperé el culo —anunció Bobby.

Me encogí de hombros.

—Le deseo suerte.

—Por aquí hay mucha gente. Hay un claro en el bosque detrás de aquel campo —dijo, y señaló el camino—. Nadie nos molestará allí.

—¿Tendría la bondad de decirme cómo conoce la existencia de ese claro? —preguntó Win.

—Yo fui aquí al instituto. Allí le rompí el culo a mucha gente. —Sacó pecho mientras añadía—: También fui el capitán del equipo de fútbol.

—Qué guay —dijo Win con un tono monótono—. ¿Puedo llevar su cazadora del equipo en el baile de graduación?

Bobby señaló con un dedo gordo en la dirección de Win.

—Tendrá que usarla para quitarse la sangre si no se calla.

Win intentó con todas sus fuerzas no mostrarse demasiado risueño.

Pensé en mi promesa a Ali.

—Somos dos adultos —dije. Me parecía estar escupiendo vidrio molido con cada palabra—. Tendríamos que ser capaces de evitar llegar a las manos, ¿no le parece?

Miré a Win. Win fruncía el entrecejo.

—¿De verdad ha utilizado la expresión «llegar a las manos»?

Bobby apareció en mi espacio personal.

—¿Es un gallina?

Otra vez con la gallina.

Pero soy un gran hombre y los grandes hombres se van. Sí, claro.

—Sí —respondí—. Soy un gallina. ¿Contento?

—¿Lo habéis escuchado, muchachos? Es un gallina.

Hice una mueca pero me mantuve firme. O débil, todo depende de cómo se mire. Sí, el gran hombre. Ése era yo.

Creo que nunca había visto a Win tan desolado.

—¿Le importaría mover ahora el coche para que me pueda marchar? —pregunté.

—Vale —respondió Bobby—, pero se lo avisé.

—¿Me avisó de qué?

Estaba de nuevo en mi espacio personal.

—No quiere pelear, vale. Pero entonces queda abierta la temporada de caza de su chico.

Sentí latir la sangre en mis oídos.

—¿De qué habla?

—El chico espástico que lanzó a la canasta equivocada será el objetivo durante el resto de la temporada. Si tenemos la oportunidad de que falle, la aprovecharemos. Si vemos una oportunidad para meternos en su mente, la usaremos.

No estoy seguro de si me quedé boquiabierto. Miré hacia Win para asegurarme de que había escuchado bien. Win ya no parecía tan desolado. Se frotaba las manos.

Me volví hacia el entrenador.

—¿Habla en serio?

—Como la vida misma.

Repasé mi promesa a Ali buscando un agujero. Después de la lesión que acabó con mi carrera en el baloncesto necesité probarle al mundo que me sentía bien. Así que estudié abogacía en Harvard. Myron Bolitar, el estudiante-atleta, el educado e impecable abogado. Me había licenciado en derecho. Eso significaba que podía encontrar agujeros.

En realidad, ¿qué había prometido hacer? Pensé en las palabras exactas de Ali: «Esta noche no vayas al bar. Prométemelo».

Bueno, eso no era un bar, ¿verdad? Era una zona boscosa detrás de un instituto. Claro, podía estar desafiando la intención de la ley, pero no la letra. Aquí lo importante era la letra.

—Pues vamos allá —dije.

Los seis caminamos hacia el bosque. Win prácticamente daba saltos. A unos veinte metros entre los árboles había un claro. El suelo estaba cubierto de colillas y latas de cerveza. El instituto. Nunca cambia.

Bobby ocupó su lugar en el centro del claro. Levantó el brazo derecho y me hizo un gesto para que me acercase. Lo hice.

—Caballeros —llamó Win—, permítanme un momento de su tiempo antes de que ellos comiencen.

Todas las miradas se volvieron hacia él. Win estaba con el segundo entrenador y los otros dos matones cerca de un árbol.

—Creo que sería una negligencia por mi parte —continuó Win— no ofrecerles este importante consejo.

—¿De qué coño está hablando? —preguntó Bobby.

—No hablo con usted. Este consejo es para sus tres amiguitos. —La mirada de Win recorrió sus rostros—. Quizás se sientan tentados en algún momento de intervenir para ayudar al entrenador Bobby. Ése sería un grave error. El primero que dé aunque solo sea un paso en su dirección acabará hospitalizado. Observen que no he dicho detenido, herido, o siquiera dañado. Hospitalizado.

Todos se limitaron a mirarlo.

—Éste es el final de mi consejo. —Se volvió hacia mí y el entrenador—. Ahora volvamos al asunto que nos ha traído hasta aquí y sigamos con la riña anunciada.

Bobby me miró.

—¿Este tipo es de verdad?

Pero yo ya estaba metido de lleno en el asunto y eso no era bueno. La furia me consumía. Y eso es un error cuando peleas. Hay que calmar un poco las cosas, evitar que el pulso se dispare, conseguir que la descarga de adrenalina no te paralice.

Bobby me miró y por primera vez vi la duda en sus ojos. Pero en ese momento recordé cómo se había reído, cómo había señalado la canasta equivocada, y lo que había dicho:

«¡Eh, chico, hazlo de nuevo!».

Respiré hondo.

Bobby levantó los puños como un boxeador. Yo hice lo propio, aunque mi pose era mucho menos rígida. Mantuve las rodillas flexionadas, salté un poco. Bobby era un tipo muy grande y el matón local y acostumbrado a intimidar a sus oponentes. Pero estaba fuera de su liga.

Unos rápidos apuntes sobre la pelea. Uno, la regla principal: nunca sabes de verdad cómo irá. Cualquiera puede soltar un puñetazo afortunado. Confiarse demasiado es siempre un error. Pero la verdad era que el entrenador no tenía ninguna posibilidad. No digo eso por falsa modestia o por ser repetitivo. A pesar de que los padres en aquellas gradas querían creer en sus entrenadores y sus ligas de tercer grado, superagresivas, los atletas generalmente se gestan en el útero. De acuerdo, necesitas el ansia, el entrenamiento y la práctica, pero la diferencia, la gran diferencia, es la capacidad natural.

La naturaleza siempre estará por encima de la preparación.

Yo había sido dotado de unos reflejos rapidísimos y una perfecta coordinación mano-ojo. No fanfarroneo. Es como el color del pelo, la estatura o el oído. Es así. Y aquí ni siquiera hablo de los años de entrenamiento para mejorar mi cuerpo y aprender a pelear. Aunque también es eso.

Bobby hizo lo más previsible. Se acercó y lanzó un golpe abierto. Un golpe abierto carece totalmente de efectividad contra un luchador veterano. Aprendes pronto que cuando peleas en serio, la distancia más corta entre dos puntos es la línea recta. Pegas unos golpes estupendos cuando lo sabes.

Me moví un poco a la derecha. No mucho. Lo suficiente para desviar el golpe con la mano izquierda y mantenerme lo bastante cerca para responder. Me metí dentro de la defensa abierta de Bobby. El tiempo se había ralentizado. Podía golpear entre varios objetivos blandos.

Escogí la garganta.

Doblé el brazo derecho y golpeé con el antebrazo en la nuez del cuello.

Bobby soltó un cacareo. La pelea se había acabado en ese instante. Lo sabía, o al menos tendría que haberlo sabido. Tendría que haberme retirado y dejarlo caer jadeando al suelo.

Pero aquella voz burlona seguía sonando en mi cabeza...

«Eh, chico, hazlo de nuevo... El resto de la temporada será un objetivo... Si tenemos una oportunidad para confundirlo, la aprovecharemos... ¡Gallina!»

Tendría que haberlo dejado caer. Tendría que haberle preguntado si ya tenía suficiente y darlo por acabado. Pero en aquel momento se había desbordado la furia. No podía contenerla. Doblé el brazo izquierdo y comencé a girar con todas mis fuerzas en el sentido contrario a las agujas del reloj. Pensaba golpearlo de lleno en el rostro con el codo.

Mientras giraba comprendí que sería un golpe tremendo. La clase de golpe que hunde los huesos de un rostro. La clase de golpe que requiere cirugía y meses de calmantes.

En el último instante recuperé algo de sentido común. No me detuve, pero me contuve un poco. En lugar de pegarle de lleno, mi codo cruzó la nariz de Bobby. Brotó la sangre. Se escuchó un sonido como si alguien hubiese pisado una rama seca.

Bobby se desplomó con todo el peso.

—¡Bobby!

Era el segundo entrenador. Me volví hacia él, levanté las manos con las palmas hacia fuera y grité:

—¡No!

Pero fue demasiado tarde. Pat dio un paso adelante, con el puño en alto.

El cuerpo de Win apenas se movió. Solo la pierna. Descargó un puntapié en la rodilla izquierda de Pat. La articulación se dobló de lado, de una manera en la que nunca debía doblarse. Pat soltó un alarido y cayó al suelo como si le hubiesen disparado.

Win sonrió y arqueó la ceja hacia los otros dos hombres.

—¿El siguiente?

Ninguno de los dos se atrevió siquiera a respirar.

Mi furia se disipó en el acto. Bobby estaba ahora de rodillas, sujetándose la nariz como si fuese un animal herido. Lo miré. Me sorprendió mucho ver como un hombre derrotado se parece a un chiquillo.

39

—Deje que lo ayude.

La sangre manaba de la nariz a través de los dedos.

—¡Apártese de mí!

—Necesita presionarse la herida. Detener la hemorragia.

—¡Apártese de mí!

Estaba a punto de decir algo en mi defensa cuando sentí una mano en el hombro. Era Win. Sacudió la cabeza como si quisiese decirme: «No sirve de nada». Tenía razón.

Salimos del bosque sin decir palabra.

Cuando llegué a casa una hora más tarde había dos mensajes de voz. Ambos eran breves y concisos. El primero me sorprendió. Las malas noticias viajan rápido en los pueblos.

«No puedo creer que rompieses tu promesa», dijo Ali.

Pues ya estaba.

Exhalé un suspiro. La violencia no resuelve nada. Win tuerce el gesto cuando lo digo, pero la verdad es que cada vez que recurría a la violencia, que solía ser algo bastante frecuente, nunca acababa allí. La violencia se transmite y reverbera. Resuena y su eco nunca parece acallarse.

El segundo mensaje era de Terese:

«Por favor, ven».

Cualquier intento de ocultar la desesperación había desaparecido.

Dos minutos más tarde vibró mi móvil. El identificador de llamadas me dijo que era Win.

—Tenemos un pequeño problema.

—¿Cuál es?

—El segundo entrenador va a necesitar cirugía ortopédica.

—¿Qué pasa con él?

—Es un oficial de policía de Kasselton. Un capitán, para ser precisos, aunque no le pediré llevar su cazadora del equipo en el baile de graduación.

—Vaya.

—Al parecer están pensando en hacer arrestos.

—Ellos comenzaron.

—Oh, sí —dijo Win—, y estoy seguro de que todos en el pueblo aceptarán nuestra palabra frente a la de un capitán de la policía local y tres residentes de toda la vida.

Tenía toda la razón.

—Pero se me ocurre —prosiguió— que podríamos disfrutar de unas semanas en Tailandia mientras mi abogado resuelve este asunto.

—No es mala idea.

—Me han hablado de un nuevo club para caballeros de Bangkok, en la calle Patpong. Podríamos iniciar allí nuestro viaje.

—No lo creo —dije.

—Qué puritano. En cualquier caso, tendrías que desaparecer por un tiempo.

—Ése es mi plan.

Colgamos. Llamé a Air France.

—¿Queda algún billete para el vuelo de esta noche a París?

—¿Su nombre, señor?

—Myron Bolitar.

—Ya tiene usted billete. ¿Desea ventanilla o pasillo?

4

Utilicé los puntos de viajero habitual para conseguir alguna ventaja. No necesito bebidas gratuitas o una comida mejor, pero el espacio para las piernas significa mucho para mí. Cuando viajo en clase turista siempre me toca el asiento entre dos señoras enormes con problemas de espacio, y delante de mí, sin falta, hay una vieja diminuta cuyos pies ni siquiera tocan el suelo, pero que necesita echar el asiento hacia atrás todo lo humanamente posible para llegar casi al orgasmo cuando oye que el respaldo se aplasta contra mis rodillas, tumbándolo al máximo para que pueda pasarme todo el vuelo mirándole la caspa del cuero cabelludo.

No tenía el número de teléfono de Terese, pero recordaba el Hotel D'Aubusson. Llamé y dejé un mensaje en el que le anunciaba que iba de camino. Subí al avión y me puse los auriculares del iPod. Muy pronto me sumí en aquel duermevela de los vuelos, pensando en Ali: la primera vez que salía con una mujer con hijos, nada menos que una viuda, la manera como ella me había dado la espalda después de decir: «Lo nuestro no es para siempre, Myron...».

¿Tenía razón?

Intenté imaginarme la vida sin ella.

¿Amaba a Ali Wilder? Sí.

Había amado a tres mujeres en mi vida. La primera fue Emily Downing, mi novia del colegio universitario Duke. Había acabado por abandonarme en favor de mi rival universitario de Carolina del Norte. Mi segundo amor, lo más cercano a una compañera del alma que he tenido, fue Jessica Culver, una escritora. Jessica también había aplastado mi corazón como si fuese un vaso de plástico; o quizás al final fui yo quien aplastó el suyo. Es difícil saberlo a estas alturas. La había amado con toda mi alma, pero no había sido suficiente. Ahora estaba casada. Con un tipo llamado Stone.[1] Stone. No es broma.

La tercera, bueno, Ali Wilder. Yo había sido el primer hombre con quien ella había salido después de que su marido muriese en la Torre Norte el 11-S. Nuestro amor era fuerte, pero también más sereno, más maduro, y quizás el amor no debía ser así. Sabía que el final dolería pero no sería devastador. Me pregunté si eso también venía con la madurez, o si después de años de que te rompiesen el corazón, de forma natural comenzabas a protegerte.

O quizás Ali tenía razón. Lo nuestro no era para siempre. Así de sencillo.

Hay un viejo dicho yiddish que me parece muy adecuado, aunque no por elección: «El hombre planea, Dios se ríe». Soy todo un ejemplo. Mi vida ya estaba diseñada. Fui una estrella del baloncesto desde la infancia, destinado a ser un jugador de la NBA con los Boston Celtics. Pero en mi primer partido de la pretemporada, Gran Burt Wesson se me llevó por delante y me arruinó la rodilla. Intenté volver, pero hay una gran diferencia entre valentía y efectividad. Mi carrera se acabó antes de pisar la cancha.

También estaba destinado a ser un hombre de familia como lo había sido el hombre que más admiraba en el mundo: Al Bolitar, mi padre. Se había casado con su novia, mi madre, Ellen, se habían ido a vivir al suburbio de Livingston, en Nueva Jersey, y habían criado una familia, trabajado duro y organizado barbacoas en el patio trasero.

1. Juego de palabras intraducible. Culver Stone es un bloque de granito sobrante de la remodelación de la tumba de Lincoln en Springfield, Illinois. Se llama Culver Stone en honor del donante, J.S. Culver, el contratista encargado de la remodelación, que la mandó tallar como un monumento recordatorio de la madre de Lincoln, Nancy Hanks Lincoln. (N. del T.)

Así se suponía que sería mi vida: un padre amante, 2,6 hijos, las tardes sentado en aquellas gradas destartaladas mirando a mi propio hijo, quizás un perro, una canasta oxidada en la entrada del garaje, visitas a Home Depot y Modwell's Sporting Goods los sábados. Ya se hacen una idea.

Pero aquí estoy, pasados los cuarenta, todavía soltero y sin familia.

—¿Le apetece alguna bebida? —me preguntó la azafata.

No soy bebedor, pero pedí un whisky con soda. La copa de Win. Necesitaba algo que me adormeciese un poco, que me ayudase a dormir. Volví a cerrar los ojos. De nuevo al bloqueo. El bloqueo es bueno.

Entonces, ¿dónde encajaba Terese Collins, la mujer por la que estaba cruzando el océano?

Nunca pensaba en Terese en términos de amor. Al menos no de esa manera. Pensaba en su piel tersa y su olor de manteca de cacao. Pensaba en la pena que emanaba de ella a oleadas. Pensaba en la manera como habíamos hecho el amor en aquella isla, dos náufragos. Cuando Win por fin vino a buscarme con un yate para llevarme a casa, era más fuerte gracias al tiempo que habíamos pasado juntos. Ella no. Nos dijimos adiós, pero la historia no había acabado. Terese me ayudó cuando más lo necesitaba, hacía ocho años, y entonces había vuelto a desaparecer con su dolor.

Ahora había regresado.

Durante ocho años, Terese Collins había desaparecido no solo para mí, sino de la vista del público. En los noventa, había sido una figura popular de la televisión, la principal presentadora de la CNN, y de pronto, puf, desapareció.

El avión aterrizó y fue hasta la puerta de desembarque. Cogí mi maleta —no hace falta facturar cuando se va solo por un par de noches— y me pregunté qué me esperaba. Fui el tercero en desembarcar, y con mis pasos largos ocupé de pronto el lugar número uno cuando llegamos a la cola de la aduana e inmigración. Había confiado en pasar sin problemas, pero acababan de aterrizar otros tres vuelos y había un atasco. La cola serpenteaba entre las cuerdas al estilo

Disney World. Se movía deprisa. Los agentes en su mayoría dejaban pasar a las personas con un gesto, y solo dedicaban una mirada de trámite a cada pasaporte. Cuando fue mi turno, la funcionaria de inmigración miró mi pasaporte, luego mi cara, otra vez el pasaporte, y de nuevo a mí. Su mirada se demoró. Le sonreí, sin pasarme con el encanto Bolitar. No quería que la pobre mujer comenzase a desnudarse detrás del mostrador.

La funcionaria se volvió como si le hubiese dicho una grosería. Le hizo un gesto a un agente. Cuando me miró de nuevo, deduje que debía mejorar mi juego. Agrandar la sonrisa. Aumentar el encanto de poco a máximo.

—Póngase al lado, por favor —dijo ella con el entrecejo fruncido.

Yo continuaba sonriendo como un idiota.

—¿Por qué?

—Mi colega se ocupará de su caso.

—¿Soy un caso? —pregunté.

—Por favor, póngase al lado.

Estaba reteniendo la cola y los pasajeros de detrás de mí no estaban nada contentos.

Me aparté. El otro agente uniformado dijo:

—Por favor, sígame.

No me gustó, pero, ¿qué podía hacer? Me pregunté, ¿por qué yo? Quizás había una ley francesa contra ser demasiado encantador; tenía que ser eso.

El agente me llevó a un pequeño cuarto sin ventanas. Las paredes desnudas eran de color beige. Había dos ganchos detrás de la puerta que servían de percheros. Las sillas eran de plástico. Había una mesa en un rincón. El agente cogió mi maleta y la puso sobre la mesa. Comenzó a buscar en su interior.

—Vacíese los bolsillos, por favor. Póngalo todo en esta bandeja. Quítese los zapatos.

Lo hice. Billetero, BlackBerry, monedas, zapatos.

—Tengo que cachearlo.

Lo hizo muy a fondo. Iba a hacerle un chiste sobre cómo lo estaba disfrutando o quizás decirle que, después, un viaje en un Bateau Mouche no estaría nada mal, pero me pregunté cuál debía de ser el sentido del humor francés. ¿Acaso Jerry Lewis no era aquí un ídolo? Quizás un chiste visual sería más apropiado.

—Por favor, siéntese.

Lo hice. Se marchó, llevándose la bandeja con mis pertenencias. Durante media hora me quedé allí solo, esperando sentado, como se suele decir. No me gustó.

Dos hombres entraron en el cuarto. El primero era joven, veintitantos, apuesto, con el pelo rubio y aquella barba de tres días que los chicos guapos utilizan para parecer más duros. Vestía vaqueros, botas y una camisa con las mangas arremangadas hasta el codo. Se apoyó en la pared, cruzó los brazos sobre el pecho y mascó un palillo.

El segundo hombre tendría unos cincuenta y tantos, con unas grandes gafas con montura de acero y un pelo gris que se acercaba peligrosamente a la calvicie. Se secaba las manos con una toalla de papel cuando entró. Su cazadora de cuero parecía una de aquellas que Members Only vendía en 1986.

Para que después hablen de los franceses y su alta costura.

El tipo mayor llevó la conversación.

—¿Cuál es el propósito de su visita a Francia?

Lo miré, después al mascador del palillo, y de nuevo a él.

—¿Quién es usted?

—Soy el capitán Berleand. Él es el inspector Lefebvre.

Le hizo un gesto a Lefebvre, que masticó el palillo un poco más.

—¿El propósito de su visita? —insistió Berleand—. ¿Negocios o placer?

—Placer.

—¿Dónde se alojará?

—En París.

—¿En qué parte de París?

—En el Hotel D'Aubusson.

No lo anotó. Ninguno de los dos tenía bolígrafo ni papel.

—¿Estará solo? —preguntó Berleand.

—No.

Berleand continuaba secándose las manos con la toalla de papel. Se detuvo, utilizó un dedo para subirse las gafas en el puente de la nariz. Cuando seguí sin decir nada más, se encogió de hombros como diciéndome: «¿Y?».

—Me reuniré con un amigo.

—¿El nombre del amigo?

—¿Es necesario? —pregunté.

—No, señor Bolitar, soy curioso y hago las preguntas sin ninguna razón aparente.

A los franceses les da por el sarcasmo.

—¿El nombre?

—Terese Collins.

—¿Cuál es su ocupación?

—Soy agente.

Berleand pareció confuso. Lefebvre, al parecer, no hablaba inglés.

—Soy representante de actores, atletas, escritores, animadores —expliqué.

Berleand asintió, satisfecho. Se abrió la puerta. El primer agente le dio a Berleand la bandeja con mis pertenencias. Él la dejó en la mesa, junto a mi maleta. Luego comenzó a secarse las manos de nuevo.

—Usted y la señora Collins no viajaron juntos, ¿verdad?

—No, ella ya está en París.

—Comprendo. ¿Cuánto tiempo piensa permanecer en Francia?

—No estoy seguro. Dos, tres noches.

Berleand miró a Lefebvre. Éste asintió, se separó de la pared y fue hacia la puerta. Berleand lo siguió.

—Lamento las molestias —dijo Berleand—. Espero que disfrute de una agradable estancia.

5

Terese Collins me esperaba en el vestíbulo.

Me abrazó, pero no fuerte. Su cuerpo se apoyó en el mío en busca de apoyo, pero tampoco demasiado, ni colapso total ni nada parecido. Ambos nos mostrábamos reservados en nuestro primer encuentro. Así y todo, cuando nos abrazamos, cerré los ojos y me pareció que podía oler la manteca de cacao.

Mi mente regresó a aquella isla del Caribe, pero sobre todo volvió —seamos sinceros— a la cosa que nos definía de verdad: el sexo que te atraviesa el alma. Aquel desesperado sujetarse y destrozarse que te hace comprender, de una forma nada sadomasoquista, que el dolor —el dolor emocional— y el placer no solo se mezclan, sino que se incrementan el uno al otro. Ninguno de los dos tenía interés en las palabras, los sentimientos, los falsos consuelos, el sujetarse las manos, o tan siquiera los abrazos reservados, como si todo eso fuese demasiado tierno, como si una suave caricia pudiese reventar aquella frágil burbuja que de momento nos protegía a ambos.

Terese se apartó. Seguía siendo toda una belleza. Había envejecido un poco, pero en algunas mujeres —quizás en la mayoría de las mujeres de estos tiempos de excesivos estiramientos— un poco de envejecimiento funciona.

—¿Qué pasa? —pregunté.

—¿Ésa es tu primera frase después de todos estos años?

Me encogí de hombros.

—Yo empecé con «Ven a París» —dijo Terese.

—Me estoy esforzando en contener el encanto, al menos hasta saber qué está mal.

—Debes de estar agotado.

—Estoy bien.

—Tengo una habitación para nosotros. Un dúplex. Dormitorios separados para que podamos tener esa opción.

No dije nada.

—Tío. —Terese consiguió sonreír—. Es fantástico verte de nuevo.

Yo sentía lo mismo. Quizás nunca había sido amor, pero estaba allí, fuerte, sincero y especial. Ali dijo que lo nuestro no era para siempre. Con Terese, bueno, quizás no estábamos hechos para el día a día, pero había algo, algo difícil de definir, algo que podías poner en un estante durante años y olvidarte y dar por sentado que quizás era así como debía ser.

—Sabías que vendría —dije.

—Sí, y sabes que habría hecho lo mismo si hubieras sido tú quien hubiese llamado.

Lo sabía.

—Estás fantástica —dije.

—Ven. Vayamos a comer algo.

El conserje cogió mi maleta y dirigió de soslayo una mirada de admiración a Terese antes de obsequiarme con aquella sonrisa universal de hombre a hombre que dice: «Menuda suerte, cabrón».

La Rue Dauphine es una calle angosta. Una furgoneta blanca había aparcado en doble fila junto a un taxi y ocupaba casi toda la calle. El conductor del taxi gritaba lo que solo podía suponer eran obscenidades francesas, pero bien podía haber sido solo una forma muy agresiva de pedir indicaciones.

Giramos a la derecha. Eran las nueve de la mañana. En Nueva York a esa hora ya estarían en plena marcha, pero los parisinos aún se estaban levantando de sus camas. Llegamos al Sena por el Pont Neuf. A nuestra derecha, en la distancia, veía las torres de la catedral de Nôtre Dame. Terese comenzó a caminar junto a la ribera en aquella dirección, donde están las casetas verdes famosas por sus libros antiguos, pero que en realidad parecen más interesadas en vender vulgares recuerdos para turistas. Al otro lado del río se alzaba una gigantesca fortaleza con un magnífico tejado abuhardillado que, citando a Bruce Springsteen, era atrevida y austera.

Cuando nos acercamos a Nôtre Dame, dije:

—Te sentirías avergonzada si encorvase la espalda, arrastrase la pierna izquierda y gritase: ¡Santuario!

—Alguien podría confundirte con un turista —contestó Terese.

—Bien dicho. Quizás debería comprarme una gorra con mi nombre escrito en la cinta.

—Sí, entonces pasarías desapercibido.

Terese aún tenía aquella increíble manera de caminar, la cabeza erguida, los hombros echados hacia atrás, la postura perfecta. Otra cosa más de la que acababa de darme cuenta sobre las mujeres de mi vida: todas tenían un andar de fábula. Me resulta sensual el caminar confiado, la manera casi felina que tienen algunas mujeres de entrar en una habitación, como si ya la poseyesen. Puedes saber mucho por la manera como camina una mujer.

Nos detuvimos en la terraza de un bistrot en Saint Michel. El cielo aún estaba gris, pero el sol luchaba para hacerse con el control. Terese se sentó y observó mi rostro durante un largo tiempo.

—¿Tengo algo entre los dientes? —pregunté.

Terese consiguió sonreír.

—Dios, te he echado de menos.

Sus palabras flotaron en el aire. No sabía si era ella quien hablaba o era la ciudad. París es así. Se ha escrito mucho sobre su belleza y esplendores, y desde luego, todo muy cierto. Cada edificio es una pequeña maravilla arquitectónica, una fiesta para los ojos. París es como una hermosa mujer que se sabe hermosa, le gusta el hecho de ser hermosa y, en consecuencia, no tiene que esforzarse tanto. Es fabulosa y usted y ella lo saben.

Pero más que eso, París te hace sentir, a falta de un término mejor, vivo. Táchelo. París hace que quieras sentirte vivo. Quieres actuar, ser, saborear cuando estás aquí. Quieres sentir, simplemente sentir, y no importa qué. Todas las sensaciones se ven incrementadas. París quiere que llores, rías, te enamores, escribas un poema, hagas el amor y compongas una sinfonía.

Terese pasó la mano por encima de la mesa y cogió la mía.

—Podrías haber llamado —dije—. Podrías haberme dicho que estabas bien.

—Lo sé.

—No me he movido. Mi oficina todavía está en Park Avenue. Todavía comparto el apartamento de Win en el Dakota.

—También has comprado la casa de tus padres en Livingston —añadió ella.

No era un desliz. Terese sabía de la casa. Sabía de Ali. Terese quería que supiese que me había estado siguiendo.

—Desapareciste sin más —dije.

—Lo sé.

—Intenté encontrarte.

—Eso también lo sé.

—¿Podrías dejar de decir «lo sé»?

—Vale.

—Entonces, ¿qué pasó? —pregunté.

Ella apartó la mano. Su mirada se dirigió hacia el Sena. Una joven pareja pasó junto a nosotros. Discutían en francés. La mujer estaba furiosa. Recogió una lata de refresco aplastada y se la lanzó a la cabeza al chico.

—No lo entenderías —respondió Terese.

—Eso es peor que «lo sé».

Su sonrisa era tan triste...

—Soy un producto caducado. Te hubiera hundido conmigo. Te quiero demasiado como para permitir que eso ocurra.

Lo comprendí solo a medias.

—No lo tomes como una ofensa, pero eso suena como un exceso de racionalización.

—No lo es.

—Entonces, ¿dónde has estado, Terese?

—Oculta.

—¿De qué?

Ella sacudió la cabeza.

—Entonces, ¿por qué estoy aquí? —pregunté—. Por favor, no me digas que es porque me echabas de menos.

—No. Quiero decir, sí te echo de menos. No tienes idea de cuánto. Pero tienes razón, no te llamé por eso.

—¿Y?

Apareció el camarero con un delantal negro y camisa blanca. Terese pidió por los dos en un francés fluido. Yo no hablo ni una palabra de francés, así que bien podría haberme pedido un pañal sobre una tostada de pan integral.

—Hace una semana recibí una llamada de mi ex marido.

Ni siquiera sabía que había estado casada.

—No he hablado con Rick en nueve años.

—Nueve años —repetí—. Es más o menos cuando nos conocimos.

Ella me miró.

—No te asombres por mi capacidad matemática. Las matemáticas son uno de mis talentos ocultos. Intento no ufanarme.

—Te estás preguntando si Rick y yo aún estábamos casados cuando nos fugamos a aquella isla —dijo.

—En realidad no.

—Eres tan correcto...

—No —dije. Pensé de nuevo en el dolor del alma en aquella isla—, no lo soy.

—¿Cómo puedo estar segura?

—De nuevo, talentos ocultos, intento no ufanarme.

—Está bien. Pero déjame que te tranquilice. Rick y yo ya no estábamos juntos cuando nos conocimos.

—Entonces, ¿qué quería tu ex marido Rick?

—Dijo que estaba en París. Que era urgente que viniese.

—¿A París?

—No, a Six Flags Great Adventure en Jackson, Nueva Jersey. Pues claro que a París.

Ella cerró los ojos. Esperé.

—Lo siento. No era necesario.

—No, me gusta cuando te pones sarcástica. ¿Qué más dijo tu ex?

—Me dijo que me alojase en el Hotel D'Aubusson.

—¿Y?

—Eso es todo.

Me acomodé en la silla.

—¿Eso fue todo lo que te dijo? ¿«Eh, Terese, soy Rick, tu ex marido con el que no hablabas desde hace una década, ven a París de inmediato y alójate en el Hotel D'Aubusson, y oh, es urgente»?

—Algo así.

—¿No le preguntaste por qué era urgente?

—¿Te estás haciendo el tonto aposta? Por supuesto que se lo pregunté.

—¿Y?

—No me lo quiso decir. Dijo que necesitaba verme en persona.

—¿Y tú lo dejaste todo y viniste?

—Sí.

—Después de todos estos años, tú vas... —Me interrumpí—. Espera un momento. Dijiste que estabas oculta.

—Sí.

—¿También te ocultabas de Rick?

—Me ocultaba de todos.

—¿Dónde?

—En Angola.

¿Angola? Lo dejé correr por el momento.

—¿Cómo te encontró Rick?

Apareció el camarero. Traía dos tazas de café y lo que parecía ser un sándwich de jamón y queso sin tapa.

—Los llaman Croque Monsieurs —me explicó.

Lo sabía. Un sándwich de jamón y queso sin tapa, pero con un nombre de fantasía.

—Rick trabajaba conmigo en la CNN —dijo—. Es probablemente el mejor reportero de investigación del mundo, pero detesta estar ante la cámara, así que siempre está fuera de escena. Supongo que me rastreó.

Terese estaba menos bronceada de lo que lo estaba en aquella isla bendecida por el sol. Los ojos azules tenían menos brillo, pero aún veía el anillo dorado en cada pupila. Siempre me han gustado las mujeres de pelo oscuro, pero sus rizos más claros me habían conquistado.

—Bien. Continúa.

—Así que hice lo que me pidió. Llegué aquí hace cuatro días. Desde entonces no he tenido ni una sola noticia de él.

—¿Lo llamaste?

—No tengo su número. Rick fue muy específico. Me dijo que se pondría en contacto conmigo cuando llegase. Hasta ahora no lo ha hecho.

—¿Por eso me has llamado?

—Sí. Tú sabes buscar a las personas.

—Si soy tan bueno buscando personas, ¿cómo es que no te pude encontrar?

—Porque no pusiste mucho empeño.

Eso podía ser verdad.

Se inclinó hacia delante.

—Yo estaba allí, ¿lo recuerdas?

Sí, lo recordaba.

No añadió lo obvio. Me había ayudado entonces, cuando una vida muy importante para mí colgaba de un hilo. Sin ella, hubiese fracasado.

—Ni siquiera sabes si tu ex ha desaparecido.

Terese no respondió.

—Bien podría ser que estuviese buscando una pequeña revancha.

Quizás ésta es la idea un tanto retorcida que tiene Rick de lo que es una broma. O quizás, sea lo que sea, no era tan importante. En realidad quizás cambió de opinión.

Siguió mirándome un poco más.

—Si ha desaparecido, no sé muy bien cómo ayudarte. Sí, de acuerdo, puedo hacer algo en casa. Pero estamos en un país extranjero. No hablo ni una palabra del idioma. No tengo a Win para ayudarme, a Esperanza o a Big Cyndi.

—Yo estoy aquí. Hablo el idioma.

La miré. Había lágrimas en sus ojos. La había visto destrozada, pero nunca con ese aspecto. Sacudí la cabeza.

—¿Qué es lo que no me estás diciendo?

Ella cerró los ojos. Esperé.

—Su voz —respondió.

—¿Qué pasa con la voz?

—Rick y yo comenzamos a salir en mi primer año de estudios universitarios. Estuvimos casados durante diez años. Trabajamos juntos casi cada día.

—Vale.

—Lo sé todo de él, todos sus estados de ánimo. ¿Sabes a qué me refiero?

—Supongo.

—Pasamos temporadas en zonas de guerra. Descubrimos cámaras de tortura en Oriente Medio. En Sierra Leona vimos cosas que ningún ser humano debería ver. Rick sabía cómo mantener la perspectiva personal. Siempre se mostraba ecuánime, siempre mantenía sus emociones controladas. Detestaba la exageración que acompaña de forma natural a las noticias en la televisión. Así que he oído su voz en toda clase de circunstancias.

Terese volvió a cerrar los ojos.

—Pero nunca le había escuchado ese tono.

Le tendí la mano sobre la mesa, pero ella no la cogió.

—¿Como qué? —pregunté.

—Había un temblor que nunca le había oído. Creí... creí que quizás había estado llorando. Estaba más allá del terror; y eso en un hombre al que jamás había visto antes asustado. Dijo que quería que estuviese preparada.

—¿Preparada para qué?

Ahora había lágrimas en sus ojos. Terese unió las manos como si rezase, con la punta de los dedos apoyados en el puente de la nariz.

—Dijo que lo que iba a decirme cambiaría toda mi vida.

Me eché hacia atrás y fruncí el entrecejo.

—¿Utilizó esa frase exacta, cambiar toda tu vida?

—Sí.

Terese tampoco era aficionada a la hipérbole. No estaba muy seguro de cómo tomármelo.

—¿Dónde vive Rick? —pregunté.

—No lo sé.

—¿Podría vivir en París?

—Podría.

Asentí.

—¿Se volvió a casar?

—Eso tampoco lo sé. Como dije, no hemos hablado en mucho tiempo.

No iba a ser fácil.

—¿Sabes si todavía trabaja para la CNN?

—Lo dudo.

—Quizás podrías darme una lista de amigos y familiares, algo con lo que empezar.

—Está bien.

Su mano temblaba cuando cogió la taza de café y se la llevó a los labios.

—¿Terese?

Ella mantuvo la taza levantada, como si la utilizase para protegerse.

—¿Qué podría decirte tu ex marido que podría cambiar toda tu vida?

Terese desvió la mirada.

Autobuses rojos de dos pisos circulaban junto al Sena cargados de turistas. Todos los autobuses llevaban el anuncio de una tienda en el que aparece una atractiva mujer con la Torre Eiffel en la cabeza. Tenía un aspecto ridículo e incómodo. El sombrero Torre Eiffel se veía pesado, mal equilibrado en la cabeza de la mujer, sujetado por una delgada cinta. El cuello de cisne de la modelo se torcía como si estuviese a punto de quebrarse. ¿A quién se le había ocurrido que era una buena manera de hacer publicidad de la moda?

Aumentaba el número de peatones. La chica que había arrojado la lata aplastada ahora estaba haciendo las paces con el damnificado. Ah, los franceses. Un guardia urbano comenzó a hacer gestos a una camioneta blanca que obstaculizaba el tráfico. Me volví y esperé a que Terese respondiera. Dejó la taza de café.

—No me lo imagino.

Pero había un tono de ahogo en su voz. Una buena pista si estuviese jugando a las cartas con ella. No me mentía. De eso estaba bastante seguro. Pero tampoco me lo estaba contando todo.

—¿No existe ninguna posibilidad de que tu ex solo se muestre vengativo?

—Ninguna.

Se detuvo, miró a lo lejos e intentó rehacerse.

Había llegado el momento de dar el gran paso.

—¿Qué fue lo que pasó, Terese?

Ella sabía a qué me refería. Sus ojos rehuían los míos, pero una pequeña sonrisa apareció en sus labios.

—Tú tampoco me lo dijiste nunca —respondió.

—Nuestra regla tácita en la isla.

—Sí.

—Pero ahora no estamos en aquella isla.

Silencio. Ella tenía razón. Yo tampoco le había dicho nunca qué me había llevado a aquella isla, qué me había destrozado. Por lo tanto, quizás me tocaba a mí hablar primero.

—Se suponía que debía proteger a alguien. Me equivoqué. Ella murió por mi culpa. Para complicar las cosas, reaccioné de mala manera.

Violencia, pensé de nuevo. El eco que no se apagaba.

—Has dicho ella —señaló Terese—. ¿Era una mujer a quien debías proteger?

—Sí.

—Visitaste su tumba. Lo recuerdo.

No dije nada. Ahora era el turno de Terese. Me recliné en la silla y dejé que se preparase. Recordé lo que Win me había dicho de su secreto, que era muy malo. Estaba nervioso. Mi mirada vagó sin rumbo y entonces vi algo que captó mi atención.

La furgoneta blanca.

Te acostumbras a vivir de esta manera después de un tiempo. Supongo que en guardia. Miras en derredor y comienzas a ver esquemas y te preguntas. Ésa era la tercera vez que veía la misma furgoneta. O al menos creía que era la misma. Había estado delante del hotel cuando salimos. Para ser más preciso, la última vez que la vi, el agente de tráfico le estaba pidiendo que se moviese.

Sin embargo, seguía estando en el mismo lugar.

Me volví hacia Terese. Ella vio mi expresión y preguntó:

—¿Qué?

—Puede que la furgoneta blanca nos esté siguiendo.

No añadí «No mires», ni nada por el estilo. Terese no hubiese cometido ese error.

—¿Qué debemos hacer? —preguntó.

Lo pensé. Las piezas empezaron a encajar. Deseé estar equivocado. Por un momento imaginé que todo eso se podía acabar en cuestión de segundos. El ex marido conducía la furgoneta, nos espiaba. Me acercaba, abría la puerta y lo sacaba de detrás del volante.

Me levanté y miré sin más a la ventanilla del conductor. No tenía sentido seguir el juego si estaba en lo cierto. Había un reflejo, pero así y todo conseguí ver el rostro sin afeitar, y todavía más, el palillo.

Era Lefebvre, el del aeropuerto.

No intentó ocultarse. Se abrió la puerta y salió. De la puerta del pasajero apareció a la vista el poli mayor, Berleand. Se acomodó las gafas y sonrió casi como disculpándose.

Me sentí como un idiota. Los polis de paisano del aeropuerto. Eso me tendría que haber servido de aviso. Los funcionarios de inmigración no vestirían de paisano. El interrogatorio irrelevante. Una demora. Tendría que haberlo visto.

Lefebvre y Berleand metieron las manos en los bolsillos. Pensé que iban a sacar las armas, pero sacaron unos brazaletes rojos con la palabra «policía» escrita en ellos. Se las colocaron en los bíceps. Miré a la izquierda y vi a unos polis de uniforme que venían hacia nosotros.

No me moví. Mantuve las manos a los lados, donde pudiesen verlas con claridad. Tenía una somera idea de lo que estaba pasando, pero ése no era el momento para movimientos bruscos.

Mantuve la mirada fija en Berleand. Se acercó a nuestra mesa, miró a Terese y nos dijo a ambos:

—Por favor, ¿podrían venir con nosotros?

—¿De qué va esto? —pregunté.

—Hablaremos de ello en comisaría.

—¿Estamos arrestados? —pregunté.

—No.

—Entonces no iremos a ninguna parte hasta que sepamos de qué se trata.

Berleand sonrió. Miró a Lefebvre. Lefebvre sonrió detrás del palillo.

—¿Qué? —pregunté.

—¿Cree que estamos en Estados Unidos, señor Bolitar?

—No, pero creo que ésta es una democracia moderna con algunos derechos inalienables. ¿Estoy equivocado?

—No tenemos los derechos Miranda en Francia. No necesitamos acusarlo para detenerlo. Es más, puedo retenerlos a los dos durante cuarenta y ocho horas casi por puro capricho.

Berleand se acercó a mí, se acomodó de nuevo las gafas y se secó las manos en los costados de los pantalones.

—Se lo preguntaré de nuevo: ¿Tienen la amabilidad de venir con nosotros?

—Me encantaría —respondí.

6

Nos separaron allí mismo, en plena calle.

Lefebvre la escoltó hasta la furgoneta. Fui a protestar, pero Berleand me dirigió una mirada aburrida que indicaba que mis palabras en el mejor de los casos serían superfluas. Me llevó a un coche. Conducía un agente de uniforme. Berleand se acomodó conmigo en el asiento trasero.

—¿Cuánto dura el viaje? —pregunté.

Berleand consultó su reloj de pulsera.

—Unos treinta segundos.

Quizás calculó en exceso. De hecho, yo había visto el edificio antes: la fortaleza de piedra arenisca «atrevida y austera» al otro lado del río. Los tejados con buhardillas estaban cubiertos con láminas de pizarra, y también las torres cónicas dispersas por todo el conjunto. Podríamos haber ido a pie. Entrecerré los ojos cuando nos acercamos.

—¿La reconoce? —preguntó Berleand.

No era ninguna sorpresa que antes me hubiese llamado la atención. Dos guardias armados se apartaron cuando nuestro coche atravesó la imponente arcada. El portal parecía unas fauces que nos tragaban por entero. Al otro lado había un gran patio. Ahora estábamos rodeados por imponentes edificios. Fortaleza, sí, eso encajaba. Te sentías un poco como un prisionero de guerra en el siglo XVIII.

—¿Qué?

La reconocí, sobre todo por los libros de Georges Simenon y porque sabía que en los círculos de las fuerzas de la ley era legendaria.

Había entrado en el patio del 36 Quai des Orfèvres: la famosa jefatura de policía francesa. Piensen en Scotland Yard. Piensen en Quantico.

—Vaaaya —estiré la palabra al tiempo que miraba a través de la ventanilla—, sea lo que sea esto, es grande.

Berleand levantó las palmas.

—Aquí no nos ocupamos de las infracciones de tráfico.

Caramba con los franceses. La jefatura de policía era una fortaleza sólida, intimidatoria, gigantesca y absolutamente preciosa.

—Impresionante, ¿no?

—Incluso sus comisarías son maravillas arquitectónicas —comenté.

—Espere a ver el interior.

No tardé en averiguar que Berleand estaba siendo de nuevo sarcástico. El contraste entre la fachada y lo que había en el interior era como un brutal puñetazo. El exterior había sido creado para durar siglos; el interior tenía todo el encanto y la personalidad de los lavabos públicos de una autopista. Las paredes eran de un blanco sucio, o quizás habían sido blancas pero se habían amarilleado con los años. No había pinturas, ningún adorno en las paredes, pero sí los suficientes raspones como para preguntarme si alguien había corrido encima de ellas con zapatos de tacón. El linóleo que cubría el suelo quizás había estado de moda allá por 1957.

No había ascensores hasta donde pude averiguar. Subimos por unas anchas escaleras, la versión francesa de una caminata de precalentamiento. La subida parecía no acabar nunca.

—Por aquí.

Los cables al aire se entrecruzaban en el techo y daban el aspecto de decorado para un anuncio de peligro de incendios. Seguí a Berleand por un pasillo. Pasamos junto a un horno microondas colocado en el suelo. Había impresoras, pantallas y ordenadores junto a las paredes.

—¿Se trasladan?

—No.

Me llevó a una celda, quizás de metro ochenta por metro ochenta. Individual. Tenía cristales en lugar de barrotes. Dos bancos sujetos a las paredes formaban una V en el rincón. Los colchones eran delgados, azules y tenían el sospechoso aspecto de las colchonetas de lucha que recordaba del gimnasio del instituto. Una manta de color naranja raída, como las de una línea aérea de bajo coste usada durante demasiado tiempo, descansaba plegada sobre el banco.

Berleand abrió los brazos como un maître dándome la bienvenida al Café Maxim's.

—¿Dónde está Terese?

Berleand se encogió de hombros.

—Quiero un abogado.

—Y yo quiero darme un baño de burbujas con Catherine Deneuve —replicó él.

—¿Me está diciendo que no tengo derecho a que un abogado esté presente durante el interrogatorio?

—Así es. Puede hablar con uno antes, pero no estará presente durante el interrogatorio. Le seré sincero. Le hará parecer culpable. Y además a mí me cabreará. Así que no se lo recomiendo. Mientras tanto, póngase cómodo.

Me dejó solo. Intenté pensar, sin hacer ningún movimiento brusco. Las colchonetas estaban pegajosas y no quería saber de qué. El olor era rancio, esa horrible mezcla de sudor, miedo y, ejem, otros fluidos corporales. El hedor se colaba en mi nariz y se pegaba. Pasó una hora. Oí el microondas. Un guardia me trajo comida. Pasó otra hora.

Cuando Berleand volvió, yo estaba apoyado en un trozo limpio que había encontrado en la pared de vidrio.

—Espero que su estancia haya sido cómoda.

—La comida —dije—. Esperaba una comida mejor, siendo ésta una cárcel parisina y todo eso.

—Hablaré con el cocinero personalmente.

Berleand abrió la puerta de cristal. Lo seguí por el pasillo. Esperaba que me llevase a una sala de interrogatorios, pero no fue así. Nos detuvimos delante de una puerta con un cartel que decía: «GROUPE BERLEAND». Lo miré.

—¿Su nombre de pila es Groupe?

—¿Se supone que eso es un chiste?

Entramos. Deduje que «Groupe» probablemente significaba «grupo» y a juzgar por lo que había en el interior del cuarto comprobé que había acertado. Había seis mesas apiñadas en un despacho que no recibiría el adjetivo de espacioso ni aunque solo hubiese habido una. Debíamos de estar en el último piso, porque el techo de la buhardilla hacía que se inclinase a través de la mayor parte de la habitación. Tuve que agacharme al entrar.

Cuatro de las seis mesas estaban ocupadas con lo que supuse eran otros inspectores, parte del Groupe Berleand. Había monitores anticuados, de aquellos que ocupaban casi la mitad de la mesa. Fotos de familia, banderines de los equipos deportivos favoritos, un cartel de Coca-Cola, un calendario con mujeres desnudas, toda la atmósfera se correspondía muy poco a una jefatura de policía de alto nivel y mucho al cuarto trasero de una tienda de tubos de escape de Hoboken.

—Groupe Berleand —dije—. ¿Es usted el jefe?

—Soy un capitán de la Brigada Criminal. Éste es mi equipo. Siéntese.

—¿Dónde, aquí?

—Claro. Aquélla es la mesa de Lefebvre. Utilice su silla.

—¿No hay cuarto de interrogatorios?

—No deja de pensar que está en Estados Unidos. Realizamos todas las entrevistas en el despacho del equipo.

Los otros inspectores parecían no hacer el menor caso de nuestra charla. Dos tomaban café y charlaban. El otro escribía en su mesa. Me senté. Había una caja de toallas de papel en la mesa. Berleand cogió una y comenzó a secarse las manos de nuevo.

—Hábleme de su relación con Terese Collins.

—¿Por qué?

—Porque me encanta estar al corriente de los últimos cotilleos.

—Había sarcasmo bajo ese casi humor—. Hábleme de su relación.

—No la había visto en ocho años.

—Sin embargo, aquí están los dos.

—Sí.

—¿Por qué?

—Me llamó para invitarme a pasar unos días en su ciudad.

—¿Y usted lo dejó todo sin más y voló hasta aquí?

Me limité a enarcar una ceja por respuesta.

Berleand sonrió.

—Casi he estropeado otro estereotipo francés, ¿no?

—Comienza a preocuparme, Berleand.

—¿Así que vino para una cita romántica?

—No.

—¿Entonces?

—No sé por qué quería que viniese. Solo intuí que estaba en problemas.

—¿Y usted la quería ayudar?

—Sí.

—¿Sabía para qué necesitaba ayuda?

—¿Antes de llegar? No.

—¿Y ahora?

—Sí.

—¿Le importaría decírmelo?

—¿Tengo otra alternativa? —pregunté.

—En realidad, no.

—Su ex marido ha desaparecido. Le llamó, le dijo que tenía algo urgente que discutir con ella y luego desapareció.

Berleand pareció sorprendido, ya fuese por la respuesta o por el hecho de que me mostrase tan dispuesto a cooperar. Yo tenía mis propias sospechas al respecto.

—Entonces, ¿la señora Collins le llamó para qué, para ayudarla a encontrarlo?

—Así es.

—¿Por qué a usted?

—Cree que soy bueno para esa clase de cosas.

—Creí que me había dicho que era un agente. Que representaba a artistas. ¿Cómo le convierte eso en bueno a la hora de encontrar a personas desaparecidas?

—Mi negocio es un tanto personal. Me llaman para hacer un montón de cosas extrañas para mis clientes.

—Comprendo —dijo Berleand.

Entró Lefebvre. Aún tenía el palillo. Se acarició la barba y se detuvo a mi derecha. Me miró con una expresión feroz. Damas y caballeros, les presento al poli malo. Miré a Berleand, que parecía estar diciéndole: ¿En serio es necesario? Él se encogió de hombros.

—Usted aprecia a la señora Collins, ¿no es así?

—Sí.

Lefebvre, dispuesto a interpretar a su personaje como tocaba, me continuó mirando como si quisiese despellejarme. Se quitó el palillo de la boca y dijo:

—¡Mentiroso de sábana![1]

—¿Perdón?

—Usted —repitió con un furioso y fuerte acento francés—, usted es un mentiroso de sábana.

—Y usted —repliqué—, es una almohada mentirosa.

Berleand se limitó a mirarme.

—Mierda —dije—. Almohada. ¿Lo pesca?

Berleand parecía mortificado. No podía culparlo.

—¿Ama a Terese Collins? —preguntó.

Me mantuve en la senda de la verdad.

—No lo sé.

1. Juego de palabras entre *shit* (mierda) y *sheet* (sábana). Es un error frecuente entre las personas de habla no inglesa pronunciar la primera con el sonido de la segunda. (N. del T.)

—Pero, ¿están unidos?

—No la he visto en años.

—Eso no cambia nada, ¿verdad?

—No. Supongo que no.

—¿Conoce a Rick Collins?

Por alguna razón, al escuchar decírselo, me sorprendió que Terese hubiese tomado su apellido, pero, claro, se conocían desde la universidad. Supongo que es lo natural.

—No.

—¿Nunca lo conoció?

—Nunca.

—¿Qué puede decirme de él?

—Nada de nada.

Lefebvre apoyó una mano en mi hombro y apretó un poco.

—Mentiroso de sábana.

Lo miré.

—Por favor, dígame que no es el mismo palillo del aeropuerto. Porque si lo es, esto que estamos haciendo es muy poco higiénico.

—¿La señora Collins tiene razón? —preguntó el capitán.

Me volví hacia él.

—¿Qué?

—¿Es usted bueno encontrando personas?

Me encogí de hombros.

—Creo que sé dónde está Rick Collins.

Berleand miró a Lefebvre. Lefebvre se irguió un poco.

—¿Ah sí? ¿Y dónde está?

—En alguna morgue cercana —respondí—. Alguien lo asesinó.

7

Berleand me sacó del despacho del Groupe Berleand y giró a la derecha.

—¿Adónde vamos? —pregunté.

Se secó las manos en las perneras y respondió:

—Usted sígame.

Caminamos por un pasillo con una abertura lateral que caía cinco pisos. Una red de acero cubría el espacio.

—¿Para qué está la red? —pregunté.

—Hace dos años trajimos a un sospechoso de terrorismo. Una mujer. Cuando caminábamos por este pasillo, sujetó a uno de los guardias e intentó arrojarse con él por encima de la barandilla.

Miré abajo. Era una caída larga.

—¿Murieron?

—No, otro agente los sujetó por los tobillos. Por eso ahora hay una red.

Subió dos escalones a lo que parecía ser el ático.

—Cuidado con la cabeza —me avisó Berleand.

—¿Sospechoso de terrorismo?

—Sí.

—¿Se ocupan del terrorismo?

—Terrorismo, homicidios, los límites ya no están tan claros. Hacemos un poco de todo.

Entramos en el ático. Esta vez tuve que agacharme mucho. Había prendas en unas cuerdas.

—¿Aquí hacen la colada?

—No.

—¿De quién son esas prendas?

—De las víctimas. Aquí es donde las secamos.

—Es una broma, ¿no?

—No.

Me detuve y las miré. Había una camisa azul oscura rasgada y cubierta con manchas de sangre.

—¿Pertenecen éstas a Rick Collins?

—Sígame.

Abrió una ventana y salió al tejado. Se volvió y me miró para que lo siguiese.

—Es una broma, ¿no? —repetí.

—Una de las grandes vistas de París.

—¿Desde el tejado del 36 Quai des Orfèvres?

Salí al tejado de pizarra y vaya si tenía razón en cuanto al panorama. Berleand encendió un cigarrillo, le dio una calada tan grande que creí que todo el cigarrillo se convertiría en ceniza y soltó el humo en una larga exhalación por la nariz.

—¿Interroga aquí a menudo?

—Para ser sincero, ésta es la primera vez.

—Podría amenazar con tirar a alguien a la calle.

—No es mi estilo.

—Entonces, ¿por qué estamos aquí?

—No se nos permite fumar en el interior del edificio y estaba desesperado por un cigarrillo.

Dio otra profunda calada.

—No me importa cumplir la norma. Solo fumar en la calle. Puedo subir y bajar los cinco pisos a la carrera como una manera de hacer ejercicio. Pero entonces me quedo sin aliento por el tabaco.

—Se anulan el uno al otro —dije.

—Así es.

—Podría pensar en dejarlo.

—Pero entonces no tendría una razón para subir y bajar las escaleras y entonces no haría ejercicio. ¿Me sigue?

—Todo lo que puedo, Berleand.

Se sentó y miró al espacio. Me hizo un gesto para que hiciese lo mismo. Así que ahí estaba yo, en el tejado de una de las jefaturas de policía más famosas del mundo, contemplando la vista más extraordinaria de Nôtre Dame.

—Mire allí.

Señaló por encima de su hombro derecho. Miré a través del Sena y allí estaba: la Torre Eiffel. Sabía lo turístico que es sentirse impresionado por la Torre Eiffel, pero solo la miré por un momento.

—Sorprendente, ¿no?

—La próxima vez que me detenga, no me olvidaré de traer una cámara.

Se echó a reír.

—Su inglés es muy bueno —comenté.

—Nos lo enseñan desde pequeños. También pasé un semestre en el Amherst College en mi juventud y trabajé durante dos años en un programa de intercambio con Quantico. Oh, y tengo todas las series de los *Simpson* en DVD en versión original.

—Eso debe bastar.

Dio otra calada al cigarrillo.

—¿Cómo lo asesinaron? —pregunté.

—No debería decir algo así como: «Ajá, ¿cómo sabe que lo han asesinado?»

Me encogí de hombros.

—Como usted dijo, aquí no investigan infracciones de aparcamiento.

—¿Qué puede decirme de Rick Collins?

—Nada.

—¿Qué me dice de Terese Collins?

—¿Qué quiere saber?

—Es muy hermosa.

—¿Es eso lo que quiere saber?

—Investigué un poco. Aquí también vemos la CNN, por supuesto. La recuerdo.

—¿Y?

—Hace una década ella estaba en la cumbre de su profesión. De pronto desapareció y no hay ni una mención de ella en Google desde entonces. Lo averigüé. Ningún empleo. Ningún domicilio, nada.

No respondí.

—¿Dónde ha estado?

—¿Por qué no se lo pregunta a ella?

—Porque ahora mismo se lo pregunto a usted.

—Ya se lo he dicho. No la he visto en ocho años.

—¿No tenía ni idea de dónde estaba?

—No lo sabía.

Sonrió y me señaló moviendo un dedo.

—¿Qué?

—Ha dicho no lo sabía. Tiempo pasado. Eso implica que ahora sabe dónde ha estado.

—Su buen inglés —dije—. Ha vuelto para perseguirme.

—¿Entonces?

—Angola —respondí—, o al menos, eso es lo que me dijo.

Asintió. Una sirena de la policía francesa se puso en marcha. Los franceses tienen una sirena diferente a la nuestra: más insistente, horrible, como el hijo preferido de una alarma de coche barata y el timbre de respuesta equivocada de los programas de preguntas y respuestas. Dejamos que rompiese nuestro silencio y esperamos a que se alejase.

—Hizo algunas llamadas, ¿verdad? —pregunté.

—Unas cuantas.

—¿Y?

No dijo nada más.

—Sabe que yo no lo maté. Ni siquiera estaba en el país.

—Lo sé.

—¿Pero?

—¿Puedo ofrecer otro escenario?

—Adelante.

—Terese Collins asesinó a su ex marido —dijo Berleand—. Necesitaba una manera de hacer desaparecer el cuerpo, alguien en quien pudiese confiar para que le ayudara a limpiar el estropicio. Le llamó a usted.

Fruncí el entrecejo.

—¿Entonces cuando respondí, ella me dijo: «Acabo de matar a mi ex marido en París, por favor ayúdame»?

—Bueno, quizás solo le dijo que volase aquí. Quizás le dijo el propósito después de su llegada.

Sonreí. Eso ya estaba durando demasiado.

—Usted sabe que ella no me dijo eso.

—¿Cómo podría saberlo?

—Usted nos estaba escuchando.

Berleand no me miró. Continuó fumando y mirando el panorama.

—Cuando me retuvo en el aeropuerto —añadí—, colocó un micro en alguna parte. Quizás en mi zapato. Lo más probable en el móvil.

Era la única cosa que tenía sentido. Encontraron el cuerpo, quizás buscaron en el móvil de Rick Collins o lo que fuese, encontraron que su ex esposa estaba en la ciudad, le pincharon el teléfono, vieron que ella me llamaba, me retuvieron en el aeropuerto lo suficiente para instalar un micro y comenzaron la vigilancia.

Por eso me había mostrado tan sincero con Berleand; él ya conocía todas las respuestas. Había esperado ganarme su confianza.

—Su teléfono móvil —respondió—. Reemplazamos la batería con un aparato de escucha que contiene la misma carga. Es muy nuevo, lo último en tecnología.

—Por lo tanto, sabe que Terese cree que su ex ha desaparecido.

Movió la cabeza atrás y adelante.

—Sabemos que eso fue lo que le dijo.

—Vamos, Berleand. Escuchó su tono. Estaba desesperada de verdad.

—Parecía estarlo —asintió.

—¿Y?

Apagó la colilla.

—También escuchamos lo que no decía —manifestó Berleand—. Le ha mentido. Usted lo sabe, yo lo sé. Esperaba que quizás usted pudiese sacárselo, pero vio la furgoneta. —Lo pensó un momento—. Fue entonces cuando se dio cuenta de que lo espiábamos.

—Así que ambos somos muy listos.

—O no tan listos como creemos.

—¿Han informado a los familiares?

—Lo estamos intentando.

Intenté ser sutil, pero de nuevo me dije que ya no valía la pena.

—¿Quién es el familiar más cercano?

—Su esposa.

—¿Tiene un nombre?

—Por favor, no abuse —dijo Berleand.

Sacó otro cigarrillo, se lo metió entre los labios y lo dejó colgar mientras lo encendía con una mano, lo cual mostraba que había hecho eso muchas veces antes.

—Encontraron sangre en el escenario del crimen —explicó—. Mucha. La mayor parte pertenecía a la víctima, claro. Pero las pruebas preliminares nos dicen que también había sangre de otra persona. Así que recogimos una muestra de sangre de Terese Collins y haremos una prueba de ADN.

—Ella no lo hizo, Berleand.

Guardó silencio.

—Hay algo más que no me dice —señalé.

—Hay mucho que no le digo. Usted no es parte del Groupe Berleand.

—¿No me podría nombrar como adjunto o algo así?

Volvió a mostrar aquella expresión mortificada.

—No puede ser una coincidencia —afirmó—. Que lo asesinasen inmediatamente después de la llegada de su ex.

—Usted oyó lo que me dijo. Su ex parecía asustado. Probablemente se había metido en algún lío; por eso le llamó.

Nos interrumpió el móvil. Berleand lo cogió, se lo llevó al oído y escuchó. Seguro que mi nuevo amigo Berleand sería un estupendo jugador de póquer, pero algo ensombreció su rostro y se quedó allí. Ladró algo en francés, claramente enojado a la vez que intrigado. Luego guardó silencio. Después de unos momentos, cerró el móvil, apagó la colilla y se puso de pie.

—¿Problemas? —pregunté.

—Eche una última mirada. —Berleand se limpió los fondillos con ambas manos—. No permitimos que muchos turistas vengan aquí.

Lo hice. A algunos les puede resultar extraña esta jefatura con su espectacular vista. Decidí aprovechar la oportunidad para mirar y recordar por qué el asesinato era semejante abominación.

—¿Adónde vamos? —pregunté.

—El laboratorio ha recibido los resultados preliminares del ADN de la sangre.

—¿Ya?

Se encogió de hombros en un gesto un tanto teatral.

—Nosotros los franceses somos algo más que vino, comida y mujeres.

—Es una pena. ¿Cuál es el resultado?

—Creo —comenzó, mientras se agachaba para atravesar la ventana— que debemos hablar con Terese Collins.

8

La encontramos en la misma celda en la que yo había estado media hora antes.

Tenía los ojos enrojecidos e hinchados. Cuando Berleand abrió la puerta, desapareció toda pretensión de fortaleza. Se abrazó a mí y yo la retuve. Sollozó contra mi pecho. La dejé hacer. Berleand permaneció allí. Lo miré directamente a los ojos. Él hizo otra vez aquel gran encogimiento de hombros.

—Los dejaremos ir a los dos —dijo—, si están de acuerdo en entregar sus pasaportes.

Terese se apartó y me miró. Ambos asentimos.

—Tengo unas preguntas más antes de que se marche —añadió Berleand. ¿Está de acuerdo?

—Me doy cuenta de que soy una sospechosa —manifestó Terese—. La ex esposa en la misma ciudad después de todos estos años, la llamada telefónica entre nosotros, lo que sea. No importa; solo quiero que atrape a quien mató a Rick. Así que pregunte lo que quiera, inspector.

—Aprecio su sinceridad y cooperación. —Parecía ahora titubeante, casi demasiado deliberado. Algo que había escuchado durante aquella llamada telefónica en el tejado lo había desconcertado. Me pregunté qué se traía entre manos.

—¿Sabía que su ex marido se había vuelto a casar? —preguntó Berleand.

Terese sacudió la cabeza.

—No lo sabía. ¿Cuándo?

—¿Cuándo qué?

—¿Cuándo se volvió a casar?

—No lo sé.

—¿Puedo preguntarle el nombre de su esposa?

—Karen Tower.

Terese casi sonrió.

—¿La conoce?

—Sí.

Berleand asintió y volvió a frotarse las manos. Esperaba que preguntase cómo conocía a Karen Tower, pero lo dejó correr.

—Hemos recibido los resultados de los análisis de sangre preliminares del laboratorio.

—¿Ya? —Terese pareció sorprendida—. Pero si he dado la muestra, cuándo, ¿hará una hora?

—No, la suya, no. Ésa llevará un poco más de tiempo. Se trata de la sangre que encontramos en la escena del crimen.

—Ah.

—Algo curioso.

Ambos esperamos. Terese tragó como si estuviese preparándose para recibir un golpe.

—La mayoría de la sangre, para ser precisos casi toda ella, pertenece a la víctima, Rick Collins —respondió Berleand. Su voz era ahora mesurada, como si estuviese intentando abrirse camino entre lo que fuese que iba a decir—. Eso no es una sorpresa.

Seguimos sin decir nada.

—Pero había otra mancha de sangre que encontramos en la alfombra, no muy lejos del cuerpo. No sabemos muy bien cómo llegó allí. Nuestra teoría original también fue la más obvia: hubo una pelea. Rick Collins hirió a su asesino.

—¿Y entonces? —pregunté.

—En primer lugar, encontramos cabellos rubios con la sangre. Cabellos rubios largos. Como los de una mujer.

—Las mujeres matan.

—Sí, por supuesto.

Él se interrumpió.

—¿Pero? —dije.

—Pero todavía parece imposible que la sangre sea del asesino.

—¿Por qué?

—Porque, según las pruebas de ADN, la sangre y el pelo rubio pertenecen a la hija de Rick Collins.

Terese no gritó. Solo dejó escapar un gemido. Le fallaron las rodillas. Me moví deprisa y la sujeté antes de que cayese al suelo. Interrogué a Berleand con la mirada. Él no parecía sorprendido. La observaba; evaluaba esta reacción.

—Usted no tiene hijos, ¿verdad, señora Collins?

Todo el color había desaparecido de su rostro.

—¿Puede darnos un segundo? —pregunté.

—No, estoy bien —afirmó Terese. Recuperó el control y miró a Berleand con firmeza—. No tengo hijos. Usted ya lo sabía, ¿verdad?

Berleand no respondió.

—Cabrón —le dijo ella.

Quería preguntar qué estaba pasando, pero quizás era el momento de cerrar la boca y escuchar.

—Aún no hemos podido encontrar a Karen Tower —añadió Berleand—. Pero supongo que esta hija era suya.

—Supongo —dijo Terese.

—Usted, por supuesto, no sabía nada de ella.

—Así es.

—¿Cuánto hace que se divorciaron usted y el señor Collins?

—Nueve años.

Yo ya había tenido suficiente.

—¿Qué demonios está pasando aquí?

Berleand no me hizo caso.

—Por lo tanto, incluso si su ex marido se casó muy poco después, esta hija en realidad no podría tener más de cuanto, ¿ocho años?

Eso hizo que reinase el silencio en la habitación.

—Por consiguiente —continuó Berleand—, ahora sabemos que la pequeña hija de Rick estuvo en la escena del crimen y que resultó herida. ¿Dónde cree que está ahora?

Optamos por volver a pie al hotel.

Cruzamos el Pont Neuf. El agua tenía un color verde fangoso. Sonaban las campanas de una iglesia. Los paseantes se detenían en mitad del puente y sacaban fotos. Un hombre me pidió que le sacase una a él y la que supuse era su novia. Se pusieron muy juntos. Conté hasta tres y tomé la foto. Luego les pregunté si les importaba que les hiciese otra. Conté de nuevo hasta tres, la hice y entonces me dieron las gracias y se marcharon.

Terese no había dicho ni una palabra.

—¿Tienes hambre? —le pregunté.

—Tenemos que hablar.

—De acuerdo.

No se detuvo ni un momento al pasar por el Pont Neuf, la Rue Dauphine y el vestíbulo del hotel. El conserje, en el mostrador de recepción, nos saludó con un amable «Bienvenidos», pero ella pasó a su lado con una rápida sonrisa.

Una vez que se cerraron las puertas del ascensor, se volvió hacia mí y me dijo:

—Tú querías conocer mi secreto, lo que me llevó a aquella isla, por qué he estado huyendo durante todos estos años.

—Si quieres decírmelo... —dije de una manera que sonó incluso compasiva a mis propios oídos—. Si puedo ayudar...

—No puedes. Pero de todas maneras debes saberlo.

Bajamos en el cuarto piso. Abrió la puerta de su habitación, me dejó pasar y cerró la puerta. La habitación era de un tamaño normal, pequeña para lo habitual en Estados Unidos, con una escalera de caracol que llevaba a lo que imaginé era el ático. Se parecía mucho a lo que se suponía que era: una casa parisina del siglo XVI, aunque con un televisor de pantalla plana y DVD incorporado.

Terese fue hacia la ventana para alejarse de mí lo más posible.

—Ahora voy a decirte algo, pero quiero que primero me prometas una cosa.

—¿Qué?

—Prométeme que no intentarás consolarme —dijo.

—No te entiendo.

—Te conozco. Escucharás esta historia y querrás ayudarme. Querrás abrazarme o sujetarme o decir las cosas correctas, porque es así como eres. No lo hagas. Hagas lo que hagas, estaría mal.

—De acuerdo.

—Prométemelo.

—Lo prometo.

Ella se acurrucó todavía más en el rincón. Al diablo con después; yo quería abrazarla ahora.

—No tienes por qué hacerlo —señalé.

—Sí, debo. Solo que no sé cómo.

No dije nada.

—Conocí a Rick en mi primer año en Wesleyan. Yo venía de Shady Hills, Indiana, y era el perfecto cliché: la reina del baile que sale con el capitán del equipo, con todas las posibilidades de éxito, dulce como el azúcar. Yo era aquella niña guapa y empollona que estudia mucho y se pone muy nerviosa pensando que fracasará en el examen y que luego termina antes que todos y comienza a poner aquellos refuerzos en su libreta. ¿Recuerdas aquellas pequeñas cosas blancas que parecían Life Savers de menta, aquellos caramelos que parecían anillas?

No pude evitar la sonrisa.

—Sí.

—También era aquella chica guapa que quiere que todos escarben debajo de la superficie para ver que es algo más que guapa, pero la única razón por la que escarban es porque eres guapa. Ya sabes de qué va.

79

Lo sabía. Para algunos eso puede sonar poco modesto. No lo era. Era sincero. Como París, Terese no era ciega a su belleza, ni tampoco fingía lo contrario.

—Así que me teñí el pelo rubio de oscuro para parecer más lista y fui a un colegio pequeño de artes liberales del nordeste. Llegué, como muchas otras chicas, con mi cinturón de castidad bien cerrado y solo mi capitán del instituto tenía la llave. Él y yo íbamos a ser la excepción. Íbamos a hacer que la relación a larga distancia durase.

Yo recordaba también a aquellas chicas de mis años en Duke.

—¿Cuánto crees que duró? —preguntó.

—¿Dos meses?

—Digamos que uno. Conocí a Rick. Era un torbellino. Listo, divertido y sensual de una manera que jamás había visto antes. Era el radical del campus, con el pelo rizado, penetrantes ojos azules y la barba que rascaba cuando le besaba...

Su voz se apagó.

—No puedo creer que esté muerto. Esto va a sonar vulgar, pero Rick era un alma especial. Era bondadoso de verdad. Creía en la justicia y la humanidad. Y alguien lo mató. Alguien acabó con su vida con toda la intención.

No hice ningún comentario.

—Me estoy desviando —dijo ella.

—No hay prisa.

—Sí, la hay. Necesito acabar con esto. Si me demoro, me detendré, me haré pedazos y nunca me lo sacarás. Es probable que Berleand ya lo sepa. Por eso me dejó ir. Deja que te dé la versión resumida. Rick y yo nos licenciamos, nos casamos y trabajamos como reporteros. Con el tiempo acabamos en la CNN, yo delante de las cámaras, Rick detrás. Esa parte ya te la conté. En algún momento quisimos iniciar una familia. O al menos yo lo quise. Rick, creo, no lo tenía tan claro, o quizás intuía lo que se avecinaba.

Terese se acercó a la ventana, apartó con suavidad la cortina a un lado y miró al exterior. Me acerqué un paso. No sé por qué. Solo que de alguna manera necesitaba hacer el gesto.

—Tuvimos problemas de infertilidad. Me dijeron que era algo común. Muchas parejas los tienen. Pero cuando quieres hacerlo, parece que todas las mujeres que encuentras están embarazadas. La infertilidad es uno de los problemas que crece exponencialmente con el tiempo. Todas las mujeres que conocía eran madres, y todas se veían felices y gratificadas, y todo parecía ser muy natural. Comencé a evitar a las amigas. El matrimonio se resintió. El sexo se convirtió solo en algo para la procreación. Tienes un único objetivo. Recuerdo que hice un reportaje de las madres solteras de Harlem, aquellas chicas de dieciséis años que quedaban embarazadas con tanta facilidad, y comencé a odiarlas porque consideraba que era endiabladamente injusto.

Me daba la espalda. Me senté en una esquina de la cama. Quería verle el rostro, aunque solo fuese una parte. Desde mi nuevo punto de observación, conseguía ver un trozo, quizás una vista de cuarto creciente.

—Continúo yéndome por las ramas.

—Estoy aquí.

—Quizás no lo hago. Quizás necesite contarlo de esta manera.

—De acuerdo.

—Visitamos médicos. Lo intentamos todo. Fue todo bastante horrible. Me inyectaron Pergonal, hormonas y Dios sabe qué. Nos llevó tres años, pero finalmente concebimos. Todos lo llamaron un milagro médico. Al principio, tenía miedo hasta de moverme. Cada dolor, cada punzada, creía que iba a abortar. Pero después de un tiempo, me encantó estar embarazada. ¿No suena antifeminista? Siempre decía que las mujeres que hablan y hablan de sus maravillosos embarazos me irritaban, pero yo era como ellas. Me encantaba. No tenía náuseas. El embarazo nunca se me volvería a presentar, era un milagro, y lo disfrutaba. El tiempo voló y, antes de darme cuenta, tenía una hija de dos kilos y medio. Le pusimos el nombre de Miriam, como mi difunta madre.

Un viento gélido heló mi corazón. Ahora sabía cómo iba a acabar la historia.

—Ahora tendría diecisiete años —dijo Terese con una voz muy distante.

Hay momentos en los que sientes que te invade el silencio, y todo permanece inmóvil y frágil. Nos quedamos así, Terese, yo y nadie más.

—Creo que no ha pasado un día en los últimos diez años sin que no haya intentado imaginar cómo sería ahora. Diecisiete años. En el último año de instituto. Por fin habrían pasado los años rebeldes de la adolescencia. La torpe etapa de la adolescencia se habría acabado, y ella sería hermosa. Volvería a ser mi amiga. Se estaría preparando para entrar en la universidad.

Las lágrimas acudieron a mis ojos. Me moví un poco a la izquierda. Los ojos de Terese estaban secos. Empecé a levantarme. Su cabeza giró de inmediato en mi dirección. No, nada de lágrimas. Algo peor. La devastación total, aquella que hace que las lágrimas parezcan una nadería, impotentes. Levantó una palma en mi dirección como si fuese una cruz y yo un vampiro al que detener.

—Fue culpa mía —dijo.

Comencé a sacudir la cabeza, pero ella cerró los ojos fuertemente como si mi gesto fuese un estallido de luz intolerable. Recordé mi promesa, me aparté e intenté mantener una expresión neutra.

—Se suponía que aquella noche yo no debía trabajar, pero en el último minuto necesitaban a alguien que presentase las noticias de las ocho. Yo estaba en casa. Entonces vivíamos en Londres. Rick estaba en Estambul. Pero las ocho de la noche... no sabes cómo deseaba aquel horario de máxima audiencia. No podía perdérmelo. Aunque Miriam estuviera durmiendo. La carrera, ¿no? Llamé a una buena amiga, a la madrina de Miriam, y le pregunté si podía dejarla con ella unas pocas horas. Dijo que no había ningún problema. Desperté a Miriam y la instalé en el asiento trasero. El reloj corría y me urgía llegar a maquillaje. Así que conduje muy rápido. Las calles estaban mojadas. Así y todo, ya casi estábamos allí; como mucho a unos quinientos metros.

Dicen que no recuerdas los grandes accidentes, sobre todo cuando pierdes el conocimiento. Pero yo lo recuerdo todo. Recuerdo que vi los faros. Giré el volante a la izquierda. Quizás habría sido mejor seguir recto. Matarme yo y salvarla a ella. Pero no, fue un impacto lateral. De su lado. Incluso recuerdo su grito. Fue corto, más como una inspiración. El último sonido que hizo. Yo estuve en coma durante dos semanas, pero como Dios tiene un retorcido sentido del humor, me dejó vivir. Miriam murió en el choque.

Nada.

Ahora tenía miedo de moverme. Tenía la sensación de que la habitación estaba inmóvil, como si incluso las paredes y los muebles estuviesen conteniendo el aliento. No pretendía hacerlo, pero di un paso hacia ella. Me pregunté si esa parte del consuelo a menudo no sería egoísta, si el consolador también lo necesita, incluso más que el consolado.

—No —dijo ella.

Me detuve.

—Por favor, déjame sola. Solo por un momento, ¿de acuerdo?

Asentí, pero ella no me miraba.

—Claro, lo que tú digas —respondí.

No añadió nada más, pero de nuevo había dejado sus deseos bien claros. Así que fui hasta la puerta y salí.

9

Salí a la Rue Dauphine aturdido.

Giré a la izquierda y encontré un lugar en el que se cruzaban cinco calles.

Me senté en la terraza de un café llamado Le Buci. Por lo general, me gusta mirar a la gente, pero era difícil concentrarse. Pensé en la vida de Terese. Ahora lo entendía. Reconstruir tu vida para que se parezca a... ¿exactamente a qué?

Saqué el móvil, y porque sabía que me distraería, llamé a mi oficina. Big Cyndi atendió al segundo timbrazo.

—MB Reps.

La M corresponde a Myron. La B a Bolitar. Reps es porque representamos a personas. Se me ocurrió el nombre a mí solito. Sin embargo, no hago ninguna alharaca de mis dones para el marketing. Cuando representábamos solo a atletas, la agencia se llamaba MB Sports Reps. Ahora es MB Reps. Haré una pausa hasta que se apaguen los aplausos.

—Uuumm —dije—. ¿La actual Madonna, con el detalle del acento británico?

—Bingo.

Big Cyndi puede imitar vocalmente casi a cualquiera o cualquier acento. Digo «vocalmente», porque cuando una mujer mide más de un metro noventa y pesa ciento cincuenta kilos, es difícil triunfar haciendo imitaciones en directo.

—¿Está Esperanza?

—Espera un momento.

Esperanza Díaz, más conocida como Pequeña Pocahontas, su nombre de luchadora profesional, era mi socia. Esperanza atendió el teléfono y preguntó:

—¿Estás follando?

—No.

—Entonces más te vale tener una buena razón para estar ahí. Tienes varias reuniones para esta tarde.

—Sí, lo siento. Escucha, necesito que averigües todo lo que puedas de Rick Collins.

—¿Quién es?

—El ex de Terese.

—Tío, tienes unas citas románticas la mar de curiosas.

Le expliqué lo que había sucedido. Esperanza se calló y supe por qué. Se preocupa por mí. Win es la roca. Esperanza es el corazón. Cuando acabé la explicación dijo:

—¿Así que ahora mismo Terese no es una sospechosa?

—No lo sé a ciencia cierta.

—Pero, ¿tiene pinta de un asesinato, un secuestro o algo así?

—Supongo.

—Entonces no sé por qué necesitas involucrarte. No tiene ninguna relación con ella.

—Por supuesto que está relacionado.

—¿Cómo?

—Rick Collins le llamó. Dijo que era urgente, que lo cambiaría todo, y ahora está muerto.

—Entonces, ¿qué es exactamente lo que piensas hacer? ¿Atrapar al asesino? Deja que lo hagan los polis franceses. Folla o vuelve a casa.

—Solo averigua un poco. Eso es todo. Averigua sobre la nueva esposa y la hija, ¿de acuerdo?

—Sí, lo que quieras. ¿Te importa si se lo digo a Win?

—No.

—Folla o vuelve a casa —repitió—. Es una buena frase.

—Tendría que ser una pegatina.

Colgamos. ¿Y ahora qué? Esperanza tenía razón. Eso no era asunto mío. Si pudiese ayudar de alguna manera a Terese, quizás entonces todo tendría sentido. Pero más allá de mantenerla fuera de problemas —aparte de asegurarme de que no le endosasen un asesinato que no había cometido—, no veía cómo podía ayudarla. Berleand no era el tipo de persona que se lo endosaría.

Por la visión periférica vi que alguien se sentaba a la mesa junto a mí.

Me giré y vi a un hombre con un asomo de pelo en la cabeza afeitada. Tenía cicatrices en el cráneo. Su piel era muy morena, y cuando sonrió vi un diente de oro que hacía juego con la cadena que llevaba colgada alrededor del cuello, a la moda urbana más hortera. Quizás guapo, a la manera de un tío peligroso. Llevaba una camiseta blanca debajo de una camisa gris de manga corta sin abrochar. Pantalones negros.

—Mire debajo de la mesa —me dijo.

—¿Va a mostrarme la pilila?

—Mire o muera.

Su acento no era francés, algo más suave y más refinado. Casi británico o quizás español, casi aristocrático. Eché la silla hacia atrás y miré. Me apuntaba con un arma.

Dejé mis manos sobre el borde de la mesa e intenté respirar con normalidad. Nos miramos fijamente a los ojos. Luego miré alrededor. Había un hombre con gafas de sol en la esquina sin ningún motivo aparente que intentaba con todas sus fuerzas fingir que no nos estaba mirando.

—Escúcheme o morirá de un disparo.

—¿Como opuesto a vivirá?

—¿Qué?

—Morirá de un disparo frente a vivirá de un disparo —dije. Y continué—: No importa.

—¿Ve aquel vehículo verde de la esquina?

Lo veía, no muy lejos del hombre con las gafas de sol que intentaba no mirarnos. Parecía una minifurgoneta o algo así. Había dos hombres sentados en la cabina. Memoricé el número de la matrícula y comencé a planear mi siguiente movimiento.

—Lo veo.

—Si no quiere que le dispare, siga mis instrucciones al pie de la letra. Nos vamos a levantar poco a poco y usted se meterá en la parte de atrás del vehículo. Sin escándalos...

Fue entonces cuando le estrellé la mesa contra el rostro.

En el momento en el que se sentó a mi lado había comenzado a considerar las alternativas. Ahora lo sabía: se trataba de un secuestro. Si subía al vehículo, estaría acabado. ¿Quién no ha escuchado que cuando alguien desaparece las primeras cuarenta y ocho horas son cruciales? Lo que no te dicen —quizás porque es demasiado evidente— es que cada segundo que pasa hace mucho más difícil encontrar a la víctima.

Lo mismo pasaba ahora. Si me metían en el coche, las posibilidades de que me encontrasen caían en picado. En el momento en que me levantase y lo siguiese hasta el coche, estaría perdido. Él no se esperaba un ataque inmediato. Creía que le escuchaba. Que no era una amenaza. Aún está soltando el discurso ensayado.

Así que opté por el elemento sorpresa.

Él también había desviado la mirada, solo por un segundo, para asegurarse de que el vehículo seguía en su lugar. Era todo lo que necesitaba. Mis manos ya sujetaban la mesa. Los músculos de las piernas se tensaron. Me levanté como un resorte.

La mesa dio de lleno en su rostro. Al mismo tiempo me moví de lado, por si acaso disparaba.

Ni hablar.

Mantuve el impulso y continué moviéndome hacia arriba. Si solo tenía que preocuparme por Cicatrices, mi siguiente paso estaba claro: imposibilitarlo. Lastimarlo, herirlo o acabar con su capacidad de lucha de alguna manera. Pero al menos había otros tres hombres. Mi esperanza era que se dispersasen, pero no podía contar con ello.

Buena decisión. Porque no lo hicieron.

Mis ojos buscaron el arma. Como era de esperar, la había dejado caer con el impacto. Me lancé sobre mi adversario. La mesa todavía estaba caída sobre su rostro. La nuca golpeó contra el pavimento con un sonido hueco.

Fui por el arma.

La gente gritó y se dispersó. Me arrojé al suelo, rodé sobre mí mismo hacia el arma, la cogí y continué rodando. Me levanté sobre una rodilla y apunté al tipo de las gafas que había estado esperando en la esquina.

Él también tenía un arma.

—¡Quieto! —grité.

Levantó el arma en mi dirección. No vacilé. Le disparé en el pecho.

En el momento de apretar el gatillo rodé hacia la pared. La minifurgoneta verde aceleraba hacia mí. Sonaron disparos. Esta vez no era una pistola.

Las balas de una metralleta destrozaron la pared.

Más gritos.

No había contado con eso. Mis cálculos solo me incluían a mí. Había transeúntes y me enfrentaba a unos locos perdidos que parecían estar muy dispuestos a herir a cualquiera, incluyendo a los transeúntes.

Vi al primer hombre, Cicatrices, al que le había golpeado con la mesa, que se sacudía. Gafas había caído. La sangre me subió a las orejas. Oía mi propia respiración.

Tenía que moverme.

—¡Todo el mundo al suelo! —le grité a la multitud, y entonces, porque piensas cosas raras incluso en momentos como éste, me pregunté cómo se decía eso en francés o si podían traducirlo o, bueno, el fuego de ametralladora les daría una pista.

Agachado, corrí en la dirección opuesta al movimiento de la furgoneta, hacia donde había estado aparcada. Escuché el chirrido de los neumáticos. Más disparos. Llegué a la esquina y continué corriendo.

Me encontraba de nuevo en la Rue Dauphine. El hotel estaba a unos noventa metros.

¿Podía llegar?

Me arriesgué a mirar atrás. La furgoneta había retrocedido para dar la vuelta. Busqué una calle o un callejón en el que meterme.

Nada. ¿O quizás...?

Había una callejuela al otro lado. Pensé en cruzar, pero entonces quedaría más expuesto. La furgoneta avanzaba hacia mí a toda velocidad. El cañón de un arma asomaba por una ventanilla.

Estaba muy al descubierto.

Movía las piernas como pistones. Mantenía la cabeza gacha, como si eso fuese a convertirme en un blanco más pequeño. Había personas en la calle. Algunas dedujeron lo que estaba pasando y se dispersaron. A otras me las llevé por delante y las hice caer.

—¡Agáchense! —gritaba porque tenía que gritar alguna cosa.

Otra descarga. Sentí como una bala pasaba por encima de mi cabeza, noté el aire que me movía el pelo.

Entonces escuché las sirenas.

Era otra de aquellas horrorosas sirenas francesas, el pitido corto y estridente; nunca creí que me alegraría tanto de escuchar aquel horrible sonido.

La furgoneta se detuvo. Me moví a un lado y me aplasté contra la pared. La furgoneta dio marcha atrás para dirigirse hacia la esquina. Tenía el arma en la mano y me pregunté si debía disparar. La furgoneta probablemente estaba muy lejos y había demasiados transeúntes en el camino. Ya había sido bastante temerario.

No me gustaba la idea de que huyesen, pero no quería ver las calles acribilladas por más balas.

Se abrió la puerta trasera del vehículo. Vi aparecer a un hombre. Cicatrices se había levantado. Había sangre en su rostro y me pregunté si le habría roto la nariz. Dos días, dos narices rotas. Un buen trabajo si cobrase por ello.

Cicatrices necesitaba ayuda. Miró a lo largo de la calle en mi dirección, pero yo estaba demasiado lejos como para que me viese. Resistí la tentación de saludarlo. Escuché de nuevo las sirenas, que se acercaban. Me giré y vi que dos coches de la poli venían hacia mí.

Los polis se apearon de un salto y me apuntaron con las armas. Por un momento me quedé sorprendido, dispuesto a explicar que aquí yo era el bueno, pero entonces quedó claro. Sujetaba un arma en la mano. Había disparado a alguien.

Los polis gritaron algo que deduje era una orden para que me quedase quieto y levantase las manos, y fue lo que hice. Dejé caer el arma al pavimento y me agaché con una rodilla en el suelo. Los polis corrieron hacia mí.

Miré de nuevo hacia la furgoneta. Quería señalársela a los polis, decirles que la persiguiesen, pero sabía cómo interpretarían cualquier movimiento súbito. Los polis me gritaban órdenes y yo no entendía ninguna de ellas, así que me mantuve inmóvil.

Entonces vi algo que me hizo pensar en echar mano a la pistola.

La puerta trasera de la furgoneta estaba abierta. Cicatrices estaba subiendo. El otro hombre saltó detrás de él y comenzó a cerrar las puertas en el momento en que la furgoneta comenzaba a moverse. El ángulo cambió y solo por un segundo —en realidad menos tiempo, quizás medio segundo— pude ver el interior.

Estaba a bastante distancia, quizás entre sesenta y setenta metros, así que puedo estar equivocado. A lo mejor no estaba viendo lo que creía ver.

Me dominó el miedo. No pude evitarlo; comencé a levantarme. Así estaba de desesperado. Estaba preparado para coger el arma y disparar a los neumáticos. Pero ahora tenía a los polis encima. No sé cuántos eran. Cuatro o cinco. Se lanzaron contra mí y me aplastaron contra el pavimento.

Me resistí y sentí algo agudo, tal vez el extremo de una porra, que se clavaba en los riñones. No me detuve.

—¡La furgoneta verde! —grité.

Eran demasiados. Sentí que me tiraban los brazos hacia atrás.

—Por favor —fui consciente del miedo desbocado en mi voz e intenté dominarlo—, tienen que detenerlos.

Mis palabras no obtuvieron ningún resultado. La furgoneta había desaparecido. Cerré los ojos e intenté retener el recuerdo de aquel medio segundo. Porque lo que había visto en el interior —o lo que creía haber visto— antes de que se cerrasen las puertas de la furgoneta y se la tragasen por entero era una muchacha con largos cabellos rubios.

10

Dos horas más tarde, estaba en mi apestosa celda en el 36 Quai des Orfèvres.

La policía me interrogó durante mucho tiempo. Intenté explicarme lo más llanamente posible y les rogué que buscasen a Berleand. Procuré mantener mi voz firme mientras les decía que buscasen a Terese Collins en el hotel —me preocupaba que el que había venido a por mí pudiese estar interesado también en ella— y sobre todo repetí el número de matrícula de la furgoneta y les dije que la víctima de un secuestro podía estar en la parte trasera.

Primero me dejaron en la calle, lo que era curioso, pero también tenía sentido. Estaba esposado y tenía a dos agentes conmigo todo el tiempo, cada uno sujetándome de un codo. Querían que les explicase qué había pasado.

Me llevaron de nuevo al café Le Buci, en la esquina. La mesa todavía estaba volcada. Había una mancha de sangre en ella. Expliqué lo que había hecho. Ningún testigo había visto a Cicatrices empuñar el arma, solo mi contraataque. Al hombre al que había herido de un disparo se lo habían llevado en una ambulancia. Esperaba que eso significase que estaba vivo.

—Por favor —dije por enésima vez—, el capitán Berleand puede explicarlo todo.

A juzgar por su lenguaje corporal, llegué a la conclusión de que los polis se mostraban un tanto escépticos y aburridos acerca de todo lo que yo decía. Pero no puedes juzgar por el lenguaje corporal. Lo he aprendido a lo largo de los años. Los polis son siempre escépticos; además, de ese modo consiguen más información. Siempre se comportan como si no te creyesen y sigues hablando, intentas defenderte, explicarte y dices cosas que quizás no deberías.

—Tienen que encontrar la furgoneta —repetí—, y de nuevo recité el número de la matrícula como si fuese un mantra.

—Mi amiga se aloja en el D'Aubusson. —Señalé por la calle Rue Dauphine, di el nombre de Terese y el número de habitación.

A todo esto, los polis asentían y respondían con preguntas que no tenían nada que ver con lo que acababa de decir. Contesté las preguntas y continuaron mirándome como si cada palabra que saliera de mi boca fuese un invento.

Entonces me metieron de nuevo en la celda. No creo que nadie la haya limpiado desde mi última visita. O desde que murió De Gaulle. Me preocupaba Terese. Además estaba un tanto preocupado por mí mismo. Le había disparado a un hombre en un país extranjero. Eso se podía demostrar. Lo que no era demostrable —lo que sería difícil, por no decir imposible de corroborar— era mi versión del incidente.

¿Le había disparado a aquel tipo?

Sin ninguna duda. Tenía un arma en la mano.

¿Me hubiese disparado a mí?

No esperé a saberlo. Así que disparé primero. ¿Cómo haces algo así aquí, en Francia?

Me pregunté si alguien más había resultado herido. Había visto más de una ambulancia. Supongo que algún inocente había sido alcanzado por el fuego de la ametralladora. Eso iba a recaer sobre mí. Supongo que si me hubiese ido con Cicatrices, ahora estaría con la chica rubia. Para que hablen de estar aterrorizado. ¿Qué estaría pensando y sintiendo aquella chica, en la caja de la furgoneta, probablemente herida dado que había sangre en la escena del crimen de su padre?

¿Había sido testigo del asesinato de su padre?

Vaya, no nos adelantemos tanto.

—La próxima vez, le sugiero que contrate a un guía particular. Son demasiados los turistas que intentan recorrer París por su cuenta y se meten en problemas.

Era Berleand.

—Vi a una chica rubia en la parte de atrás de la furgoneta —dije.

—Eso he oído.

—Dejé a Terese en el hotel.

—Se marchó unos cinco minutos después que usted.

Permanecí detrás de la puerta de cristal, a la espera de que la abriese. No lo hizo. Pensé en lo que acababa de decirme.

—¿Nos tenía vigilados?

—No tengo personal para vigilarlos a los dos —respondió—. Pero dígame: ¿cómo interpretó lo que le contó acerca del accidente de coche?

—¿Cómo...? —Ahora lo entendía—. ¿Puso micros en nuestra habitación?

Berleand asintió.

—No se puede decir que follase mucho.

—Muy gracioso.

—O patético —replicó—. ¿Qué le pareció su relato?

—¿Qué quiere decir con eso de que qué me pareció su relato? Es horrible.

—¿Usted la creyó?

—Por supuesto. ¿Quién se inventaría algo así?

Algo pasó por su rostro.

—¿Me está diciendo que no es verdad?

—No. Todo parece ser correcto. Miriam Collins, de siete años de edad, murió en un accidente cerca de la autopista A-40 en Londres. Terese sufrió heridas graves. He pedido que me manden todo el expediente a mi despacho para repasarlo.

—¿Por qué? Pasó hace diez años. No tiene nada que ver con esto.

No me respondió. Se acomodó las gafas sobre el puente de la nariz. Me sentí como un perro en exhibición en la celda de plexiglás.

—Supongo que sus colegas de la escena del crimen le han informado de lo que pasó —dije.

—Sí.

—Tienen que encontrar la furgoneta verde.

—Ya la encontramos —respondió Berleand.

Me acerqué más a la puerta.

—La furgoneta era de alquiler —dijo Berleand—. La abandonaron en el aeropuerto Charles de Gaulle.

—¿La alquilaron con una tarjeta de crédito?

—Sí. Con un nombre falso.

—Tiene que impedir que despegue cualquier vuelo.

—¿En el aeropuerto más grande del país? —Berleand frunció el entrecejo—. ¿Alguna otra sugerencia para evitar crímenes?

—Solo estoy diciendo...

—Fue hace dos horas. Si tenían que volar ya se han ido.

Otro poli entró en la habitación, le dio a Berleand un papel y se marchó. Berleand la leyó.

—¿Qué es eso? —pregunté.

—La carta para la cena. Vamos a probar la comida de otro restaurante.

No hice caso del pobre intento humorístico de Berleand.

—Usted sabe que esto no es una coincidencia. Vi a una muchacha rubia en la parte de atrás de la furgoneta.

Él continuaba con la lectura.

—Lo mencionó, sí.

—Podría ser la hija de Collins.

—Lo dudo —dijo Berleand.

Esperé.

—Encontramos a la esposa —dijo Berleand—. Karen Tower. Está bien. Ni siquiera sabía que su marido estaba en París.

—¿Dónde creía que estaba?

95

—Aún no sé todos los detalles. Ahora viven en Londres. Scotland Yard se encargó de comunicarle la noticia. Al parecer tenían algunas dificultades matrimoniales.

—¿Qué pasa con la hija?

—Bueno, ahí está el problema —dijo Berleand. No tienen ninguna hija. Tienen un niño de cuatro años. Está en su casa sano y salvo, con su madre.

Intenté procesar la información.

—La prueba del ADN demostró que la sangre era de la hija de Rick Collins —comencé.

—Sí.

—¿Sin ninguna duda?

—Ninguna.

—¿El pelo rubio largo estaba relacionado con la sangre? —pregunté.

—Sí.

—Entonces Rick Collins tiene una hija con pelo largo y rubio —dije más para mí mismo que para él. No tardé mucho tiempo en pensar en otro escenario alternativo. Quizás fue porque estaba en Francia, la supuesta tierra de las amantes. Incluso el anterior presidente había reconocido abiertamente que tenía una, ¿no?

—Una segunda familia —dije.

Claro que no eran solo los franceses. Estaba aquel político de Nueva York al que pillaron conduciendo borracho de camino a visitar a su segunda familia. Los hombres suelen tener hijos con sus amantes. Si añadimos la creencia de Berleand de que había dificultades matrimoniales entre Rick Collins y Karen Tower no había más que sumar. Aún quedaban grandes agujeros por llenar —por ejemplo por qué Collins llamaría a Terese, su primera esposa, para decirle que era urgente que lo viese en París—, pero hay que ir paso a paso.

Comencé a explicarle mi teoría a Berleand, pero vi que no le convencía lo más mínimo, así que interrumpí el rollo.

—¿Qué es lo que no veo? —pregunté.

Sonó el móvil. De nuevo Berleand habló en francés y me dejó en ascuas. Tenía que ir a un curso de la Berlitz, o hacer algo cuando volviese a casa. Cuando colgó, se apresuró a abrir la puerta y me hizo un gesto para que saliese. Lo hice. Echó a andar por el pasillo a paso ligero.

—¿Berleand?

—Venga. Tengo que enseñarle algo.

Volvimos a la sala del Groupe Berleand. Lefebvre estaba allí. Me miró como si yo hubiese acabado de salir por el ano de su peor enemigo. Estaba conectando otra pantalla al ordenador, una pantalla plana de treinta pulgadas.

—¿Qué está pasando? —pregunté.

Berleand se sentó al teclado. Lefebvre se apartó. Había otros dos polis en la sala. Ellos también permanecieron junto a la pared. Berleand miró la pantalla y luego el teclado. Frunció el entrecejo. En la mesa tenía una caja de toallitas de papel. Cogió una y comenzó a limpiar el teclado.

Lefebvre dijo algo en francés que sonó como una queja.

Berleand replicó, señalando el teclado. Acabó de limpiarlo y comenzó a escribir.

—La chica rubia de la furgoneta —me dijo Berleand—. ¿Cuántos años diría que tenía?

—No lo sé.

—Piense.

Lo intenté; sacudí la cabeza.

—Todo lo que vi fue el pelo largo rubio.

—Siéntese.

Acerqué una silla. Él abrió un correo y descargó un archivo.

—Llegará más vídeo —explicó—, pero esta foto es la más clara.

—¿De qué?

—De la cámara de vigilancia del aparcamiento del aeropuerto De Gaulle.

Apareció una foto en color; yo esperaba algo granuloso en blanco y negro, pero ésta era bastante clara. Centenares de coches —claro, era un aparcamiento—, pero también personas. Miré con atención.

Berleand me señaló la esquina superior derecha.

—¿Son ellos?

La cámara estaba tan lejos que los sujetos solo se veían a gran distancia. Eran tres hombres. Uno se cubría el rostro con algo blanco, quizás una camisa, para contener la sangre. Cicatrices.

Asentí.

La chica rubia también estaba allí, pero ahora entendí la pregunta. Desde ese ángulo —una toma desde atrás— no podía decir la edad, pero desde luego no tenía seis o siete o siquiera diez o doce años, a menos que fuese de una estatura fuera de lo normal. Era una muchacha crecida. Las prendas sugerían una adolescente, alguien joven, pero en estos días es difícil saberlo a ciencia cierta.

La rubia caminaba entre dos hombres normales. Cicatrices estaba en el extremo derecho.

—Son ellos —dije. Después añadí—: ¿Por qué supusimos que la hija debería de tener unos siete u ocho años? Por el pelo rubio, supongo. Eso me desconcertó. Mi reacción fue exagerada.

—No estoy seguro.

Miré a Berleand. Se quitó las gafas, las dejó sobre la mesa y se frotó el rostro con las dos manos. Ordenó algo en francés. Los tres hombres, incluido Lefebvre, salieron de la habitación. Nos quedamos solos.

—¿Qué demonios está pasando? —pregunté.

Dejó de frotarse la cara y me miró.

—¿Es consciente de que nadie más en el café vio al otro hombre apuntarle con un arma?

—Claro que nadie más lo vio. Estaba debajo de la mesa.

—La mayoría de las personas hubiesen levantado las manos y se hubieran marchado en silencio. La mayoría de las personas no hubiesen pensado en aplastar el rostro del hombre con una mesa, cogerle el arma y disparar a su cómplice en medio de un bulevar.

Esperé a que dijese algo más. Como no lo hizo, añadí:

—¿Qué puedo decir? Soy la hostia.

—El hombre al que le disparó; iba desarmado.

—No cuando le disparé. Sus cómplices se llevaron el arma cuando escaparon. Usted lo sabe, Berleand. Sabe que no me he inventado nada.

Nos sentamos allí durante otro minuto. Berleand miraba la pantalla.

—¿A qué estamos esperando?

—A que llegue el vídeo —respondió.

—¿De?

—De la muchacha rubia.

—¿Por qué?

No respondió. Pasaron otros cinco minutos. Lo acribillé a preguntas. No me hizo caso. Por fin sonó el correo y llegó un vídeo muy corto del aparcamiento. Apretó el botón de play y se echó hacia atrás.

Ahora veíamos a la muchacha rubia con mayor claridad. Desde luego era una adolescente: quizás dieciséis o diecisiete años. Tenía el pelo largo y rubio. El punto de toma aún estaba demasiado lejos para ver bien las facciones, pero había algo conocido en ella, en la manera como erguía la cabeza, la manera como sus hombros se echaban hacia atrás, la postura perfecta...

—Hicimos una prueba de ADN preliminar de aquella muestra de sangre y del pelo rubio —dijo Berleand.

La temperatura en la habitación bajó diez grados. Aparté la mirada de la pantalla y lo miré.

—No solo es la hija del marido —explicó Berleand, con un gesto hacia la rubia de la pantalla—. También es la hija de Terese Collins.

11

Tardé un tiempo en poder articular palabra.

—Dijo preliminar.

Berleand asintió.

—La prueba de ADN definitiva tardará algunas horas más.

—Por lo tanto, podría estar equivocado.

—Poco probable.

—Pero, ¿se han dado casos?

—Sí. Tuve un caso en el que detuvimos a un hombre basándonos en una prueba preliminar como ésta. Resultó que era de su hermano. También sé de un caso de paternidad en el que una mujer llevó a juicio a su novio por la custodia de un hijo. Él afirmaba que el bebé no era suyo. La prueba preliminar de ADN daba una precisión absoluta, pero cuando el laboratorio la examinó a fondo, resultó que era del padre del novio.

Pensé.

—¿Terese Collins tiene alguna hermana? —preguntó Berleand.

—No lo sé.

Berleand hizo un gesto.

—¿Qué? —pregunté.

—Ustedes dos tienen una relación muy especial, ¿verdad?

No hice caso de la insinuación.

—¿Qué pasa ahora?

—Necesitamos que llame a Terese Collins —respondió Berleand—. Así podremos interrogarla un poco más.

—¿Por qué no le llama usted?

—Lo hicimos. No atiende la llamada.

Me pasó mi móvil. Lo encendí. Una llamada perdida. No me molesté en ver quién era. Había un correo basura con el siguiente texto: «Cuando Peggy Lee cantaba "¿Eso es todo lo que hay?", ¿hablaba de la serpiente en tus pantalones? Tu pequeña pilila necesita Viagra en 86BR22.com».

—¿Todo eso qué significa? —preguntó Berleand después de leerlo por encima de mi hombro.

—Una de mis viejas novias ha estado hablando fuera de la escuela.

—Su autocrítica —dijo Berleand— es muy encantadora.

Marqué el número de Terese. Sonó durante un rato y luego apareció el buzón de voz. Le dejé un mensaje y colgué.

—¿Y ahora qué?

—¿Sabe rastrear la localización de un teléfono móvil? —preguntó.

—Sí.

—También debe de saber que mientras el teléfono está encendido, incluso aunque no se haga ninguna llamada, podemos triangular las coordenadas y localizarlo.

—Sí.

—Por lo tanto no nos preocupábamos en seguir a la señora Collins. Para eso tenemos la tecnología. Pero hace cosa de una hora, apagó el teléfono.

—Quizás se quedó sin batería —dije.

Berleand me miró con el entrecejo fruncido.

—O quizás solo necesitaba un descanso. Usted sabe que tuvo que ser duro hablarme del accidente de coche.

—Entonces, ¿desconecta el teléfono para alejarse de todo?

—Claro.

—¿En lugar de silenciar el timbre —añadió—, la señora Collins desconecta el teléfono?

—¿No le convence?

—Por favor. Aún podemos buscar en sus listados de llamadas,

ver quién le llamó o a quién llamó. Hace cosa de una hora, la señora Collins recibió la única llamada del día.

—¿De quién?

—No lo sé. El número rebotó a algún teléfono de Hungría y luego pasó a una página web y entonces lo perdimos. La llamada duró dos minutos. Después de eso, desconectó el teléfono. En aquel momento estaba en el museo Rodin. Ahora no tenemos ni idea de dónde está.

No dije nada.

—¿Se le ocurre alguna idea?

—¿De Rodin? Me encanta *El Pensador.*

—Me mata con sus chistes, Myron. De verdad.

—¿Va a retenerme?

—Tengo su pasaporte. Puede irse, pero por favor, permanezca en su hotel.

—Donde podrá escucharme —dije.

—Piénselo de esta manera —manifestó Berleand—. Si finalmente tiene suerte, quizás yo pueda encontrar algunas pistas.

El proceso de soltarme llevó unos veinte minutos. Comencé a caminar por el Quai des Orfèvres hacia el Pont Neuf. Me pregunté cuánto tardaría. Existía la posibilidad de que Berleand ya me estuviese vigilando, pero lo consideré poco probable.

Delante había un coche con la matrícula 97 CS 33.

El código no podía haber sido más simple. El correo basura decía 86 BR 22. Solo tenías que sumarle uno a cada elemento. El ocho se convierte en nueve. La B se convierte en C. Cuando me acerqué al coche, cayó un trozo de papel por la ventanilla del conductor. Estaba pegado a una moneda para que no volase.

Exhalé un suspiro. Primero el código elemental, ahora esto. ¿James Bond se había decidido por la tecnología antigua?

Recogí la nota.

1 RUE DU PONT NEUF, QUINTO PISO.
ARROJE EL MÓVIL EN EL ASIENTO TRASERO.

Lo hice. El coche se puso en marcha con mi teléfono encendido en el asiento trasero. Que lo rastreasen. Giré a la derecha. Era el edificio Louis Vouitton, aquel con la cúpula de cristal en la azotea. La tienda de Kenzo estaba en la planta baja y me sentí como un paleto solo con abrir la puerta. Entré en el ascensor de cristal y vi que el quinto piso correspondía a un restaurante llamado Kong.

Cuando el ascensor se detuvo, me recibió una azafata vestida de negro. Medía más de un metro ochenta, vestía un traje negro ajustado como un torniquete y era tan delgada como una lombriz.

—¿Señor Bolitar? —preguntó.

—Sí.

—Por aquí.

Me llevó por unas escaleras que brillaban en un verde fluorescente que daba acceso a la cúpula de cristal. Podría tildar el Kong de ultramoderno, pero ya estaba casi más allá de eso, algo así como un ultramoderno postmoderno. La decoración era como una geisha futurista. Había televisores de plasma con imágenes de preciosas mujeres asiáticas que te guiñaban a tu paso. Las sillas eran de acrílico transparente, excepto por los rostros impresos de hermosas mujeres con extraños peinados. Los rostros resplandecían, como si tuvieran una luz cada uno. El efecto era un tanto siniestro.

Por encima de mi cabeza colgaba el gigantesco tapiz de una geisha. Los clientes vestían en el mismo estilo que la azafata: elegante y de negro. Lo que hacía que ese lugar funcionase, lo que conseguía que todo fuese fantástico, era la sensacional vista del Sena, casi tan buena como la de la jefatura de policía, y allí, en la mesa con la mejor vista de todas, estaba Win.

—Te he pedido foie gras —dijo.

—Algún día alguien acabará por descubrir nuestro viejo truco.

—Aún no lo han hecho.

Me senté a la mesa.

—Este lugar me resulta conocido.

—Apareció en una película francesa con François Cluzet y Kris-

103

tin Scott Thomas —respondió Win—. Se sentaron a esta misma mesa.

—¿Kristin Scott Thomas en una película francesa?

—Vivió aquí durante cuatro años y habla un francés fluido.

No me explico cómo Win sabe cosas como ésas.

—En cualquier caso —continuó Win—, quizás por eso el restaurante te está causando, para mantenernos dentro de nuestro entorno francés, un déjà vu.

Sacudí la cabeza.

—No veo películas francesas.

—Oh —dijo Win con un sonoro suspiro—, quizás recuerdas a Sarah Jessica Parker comiendo aquí en el último capítulo de *Sexo en Nueva York*.

—Bingo —exclamé.

Llegó el foie gras, hígado de oca para los no iniciados. Estaba muerto de hambre y comencé. Sé que las personas defensoras de los derechos de los animales me crucificarían, pero no puedo evitarlo. Adoro el foie gras. Win ya había servido el vino tinto. Bebí un sorbo. No soy un experto, pero sabía como si algún dios hubiese pisado las uvas en persona.

—Supongo que ahora ya conoces el secreto de Terese —manifestó Win.

Asentí.

—Te dije que era duro.

—¿Cómo te enteraste?

—No fue difícil de descubrir —afirmó Win.

—Permíteme que te lo plantee de otra manera. ¿Por qué te interesó averiguarlo?

—Hace nueve años te fugaste con ella.

—¿Y?

—Ni siquiera me dijiste adónde ibas.

—Insisto, ¿y?

—Eras vulnerable, así que hice algunas averiguaciones.

—No te correspondía.

—Quizás no.

Comimos un poco más.

—¿Cuándo llegaste? —pregunté.

—Esperanza me llamó después de vuestra conversación. Mandé que el avión diese la vuelta y vine hacia aquí. Cuando llegué a tu hotel, acababan de arrestarte. Hice algunas llamadas.

—¿Dónde está Terese?

Supuse que Win había sido quien le había llamado para sacarla de la ratonera.

—Nos encontraremos con ella muy pronto. Ponme al corriente.

Lo hice. No dijo nada. Unió la punta de los dedos para formar una capilla. Win siempre forma una capilla con los dedos. Cuando lo hago yo resulta ridículo. Cuando lo hace él, con las uñas tan bien cuidadas, en cierta forma funciona. Cuando acabé, Win dijo:

—La hostia.

—Buen resumen.

—¿Cuánto sabes de su accidente? —preguntó.

—Solo lo que te acabo de decir.

—Terese nunca vio el cuerpo —señaló Win—. Eso es algo un tanto curioso.

—Estuvo inconsciente durante dos semanas. No puedes tener un cadáver fuera de la tierra durante tanto tiempo.

—Así y todo —Win movió los dedos—, ¿por qué ahora su difunto ex dijo que aquello que le diría lo cambiaría todo?

Yo también había pensado en eso. Había pensado en el extraño tono de su voz, casi de pánico.

—Tiene que haber alguna otra explicación. Como dije, las pruebas de ADN son preliminares.

—Obviamente, te habrás dado cuenta de que los polis te dejaron ir con la esperanza de que los llevases hasta Terese.

—Lo sé.

—Pero eso no ocurrirá —dijo Win.

—También lo sé.

—Entonces, ¿ahora qué? —preguntó Win.

Eso me sorprendió.

—¿No vas a intentar convencerme de que no la ayude?

—¿Serviría de algo que lo hiciese?

—Probablemente no.

—Entonces quizás sea divertido —opinó Win—, y también hay una razón mucho más importante para continuar esta búsqueda.

—¿De qué se trata?

—Te lo diré más tarde. ¿Así que ahora adónde, jefe?

—No estoy seguro. Me gustaría hablar con la esposa de Rick Collins; vive en Londres, pero Berleand tiene mi pasaporte.

Sonó el móvil de Win. Atendió la llamada.

—Articule.

Detesto que diga eso.

Colgó.

—Pues entonces, Londres.

—Acabo de decirte...

Win se levantó.

—Hay un túnel en el sótano de este edificio. Lleva al edificio contiguo. Tengo un coche esperando. Mi avión está en un pequeño aeropuerto cerca de Versailles. Terese está allí. Tengo documentación para los dos. Por favor, date prisa.

—¿Qué ha pasado?

—Mi gran razón para querer continuar con esta búsqueda. El hombre al que le disparaste hace unas horas acaba de morir. La policía quiere detenerte por asesinato. Creo que quizás tendremos que actuar para limpiar tu nombre.

12

Cuando le dije a Terese el resultado de la prueba de ADN, esperé una reacción diferente.

Terese y yo estábamos en la sala del avión de Win, un Boeing que le había comprado hacía poco a un rapero. Las butacas eran enormes y de cuero. Había una gran pantalla plana de televisión, un sofá, una mullida alfombra y revestimientos de madera. El avión también tenía un comedor y, detrás, un dormitorio separado.

Por si acaso no se han dado cuenta, Win está forrado.

Ganó el dinero al viejo estilo: lo heredó. Su familia era propietaria de Lock-Horne Investments, todavía una de las principales en Wall Street, y Win había cogido sus miles de millones para transformarlos en billones.

La «azafata» —pongo las comillas porque dudo que tuviese mucha preparación en el oficio— era despampanante, asiática, joven y, conociendo a Win, probablemente muy flexible. La placa de identificación ponía «Mii». Su vestimenta parecía sacada de un anuncio de la Pan Am de 1968, con el traje chaqueta, una blusa con encajes e incluso el sombrero bombonera.

Cuando comenzamos a subir, Win dijo:

—El sombrero bombonera.

—Sí —respondí—, hace que te olvides de todo lo demás.

—Me gusta que lleve el sombrero bombonera a todas horas.

—Por favor no entres en más detalles.

Win sonrió.

—Su nombre es Mii.

—Lo he leído en la placa.

—Es algo así como no solo va de ti, Myron, también va de Mii. O yo disfruto teniendo conocimiento carnal solo con Mii.

Me limité a mirarlo.

—Mii y yo nos quedaremos atrás para que tú y Terese podáis tener algo de intimidad.

—¿Atrás, en el dormitorio?

Win me palmeó la espalda.

—Siéntete bien contigo mismo, Myron. Después de todo, yo me siento bien con Mii.

—Por favor, déjalo ya.

Entré en la cabina. Terese estaba allí. Cuando le hablé del asalto y posterior tiroteo, se mostró muy preocupada. Cuando abordé lo del análisis de ADN que señalaba que ella era la madre de la chica rubia —primero utilizando palabras como «preliminar» e «incompleto» hasta el punto que temí aburrirla— me sorprendió.

Apenas reaccionó.

—¿Estás diciendo que el análisis de sangre muestra que podría ser la madre de la muchacha?

De hecho, el análisis de ADN preliminar mostraba que ella era la madre de la muchacha, pero quizás eso era algo excesivo para recalcarlo en ese momento. Así que me limité a decir:

—Sí.

De nuevo eso no pareció afectarla. Terese entrecerró los ojos como si tuviese dificultades para escuchar. Hubo un pequeño y casi del todo imperceptible gesto en los ojos. Pero eso fue todo.

—¿Cómo puede ser?

No dije nada; me encogí de hombros.

Nunca subestimes el poder de la negación. Terese se la sacudió de encima, adoptó la personalidad de reportera y me acribilló a preguntas. Le dije todo lo que sabía. Empezó a quedarse sin respiración. Intentaba contenerse, tanto que veía el temblor en sus labios.

Pero no había lágrimas.

Quería tocarla y no podía. No estoy seguro de por qué. Así que continué sentado y esperé. Ninguno de los dos lo dijo, como si las palabras pudiesen reventar aquella frágil burbuja de esperanza. Sin embargo estaba allí, el proverbial elefante en la habitación, y ambos lo veíamos y lo evitábamos.

Algunas veces las preguntas de Terese parecían profundizar, apuntando coléricamente hacia lo que quizás su ex, Rick, había hecho, o quizás solo para mantener controlada la esperanza. Finalmente se echó hacia atrás, se mordió el labio inferior y parpadeó.

—Entonces, ¿adónde vamos ahora? —preguntó.

—A Londres. Pensé que a lo mejor deberíamos hablar con la esposa de Rick.

—Karen.

—¿La conoces?

—Sí, la conozco. —Me miró—. ¿Recuerdas que te mencioné que llevaba a Miriam a la casa de una amiga cuando tuve el accidente?

—Sí. ¿Karen Tower era esa amiga?

Ella asintió.

El avión llegó a la altura de crucero. El piloto lo comunicó por el altavoz. Yo tenía otro millón más de preguntas, pero Terese cerró los ojos. Esperé.

—¿Myron?

—¿Sí?

—No lo digamos. Todavía no. Ambos sabemos que está aquí con nosotros. Pero no lo verbalicemos, ¿vale?

—Vale.

Abrió los ojos y desvió la mirada. Lo comprendí. El momento era demasiado emotivo incluso para el contacto visual. Como si le hubiesen dado entrada, Win abrió la puerta del dormitorio. Mii, la azafata, tenía puesto el sombrero bombonera y todo lo demás. Win también iba todo vestido y me hizo un gesto para que me uniese a él en el dormitorio.

—Me gusta el sombrero bombonera —comentó.

—Eso dijiste.

—Le queda bien a Mii.

Lo miré. Me hizo entrar en el dormitorio y cerró la puerta. El dormitorio estaba empapelado con un papel que imitaba la piel de tigre, y las mantas, la piel de cebra. Miré a Win.

—¿Estás canalizando a tu Elvis interior?

—El rapero decoró la habitación. Me estoy acostumbrando.

—¿Querías algo?

Win señaló el televisor.

—Te miraba mientras hablabas con ella.

Miré la pantalla. Terese continuaba sentada en la butaca.

—Así es como supe el momento adecuado para interrumpir. —Abrió un cajón y metió la mano—. Ten.

Era una Blackberry.

—Tu número todavía funciona; recibirás todas las llamadas, pero serán imposibles de rastrear. Si intentan rastrearte, acabarán en algún lugar del sudoeste de Hungría. Por cierto, el capitán Berleand te dejó un mensaje.

—¿Es seguro llamarle?

Win frunció el entrecejo.

—¿No entiendes qué quiere decir no rastreable?

Berleand respondió a la primera.

—Mis colegas quieren detenerlo.

—Pero si soy un tío encantador.

—Eso es lo que les dije, pero no están tan convencidos de que el encanto pueda más que una acusación de asesinato.

—El encanto es un bien escaso. Se lo dije, Berleand. Fue en defensa propia.

—Lo hizo, y nosotros tenemos tribunales, abogados e investigadores que quizás puedan llegar a la misma conclusión.

—No tengo tanto tiempo para desperdiciar.

—¿Así que no me dirá dónde está?

—No lo haré.

—El restaurante Kong me pareció un sitio un poco turístico. La próxima vez lo llevaré a un pequeño bistrot cerca de Saint Michael donde solo sirven foie gras. Le encantará.

—La próxima vez.

—¿Aún está en mi jurisdicción?

—No.

—Una pena. ¿Puedo pedirle un favor?

—Por supuesto.

—¿Su nuevo móvil tiene capacidad para recibir fotos?

Miré a Win. Él asintió. Le dije a Berleand que sí.

—Le envío una foto mientras hablamos. Por favor, dígame si reconoce al hombre que aparece en ella.

Le pasé el teléfono a Win. Él apretó una tecla y encontró la foto. Le eché una buena mirada, aunque lo supe de inmediato.

—Probablemente sea él —dije.

—¿El hombre al que golpeó con la mesa?

—Sí.

—¿Es una identificación positiva?

—He dicho probablemente.

—Asegúrese.

Miré de nuevo.

—Supongo que es una foto vieja. El tipo al que golpeé hoy es por lo menos diez años mayor que el que aparece en la imagen. Hay algunos cambios: la cabeza afeitada, la nariz es diferente. Pero en general, diría que estoy muy seguro.

Silencio.

—¿Berleand?

—De verdad que me gustaría que regresase a París.

No me gustó la manera como lo dijo.

—No puede ser, lo siento.

Más silencio.

—¿Quién es él? —pregunté.

111

—Esto es algo que no podrá manejar solo —respondió.

Miré a Win.

—Tengo ayuda.

—No será suficiente.

—No será el primero en subestimarnos.

—Sé con quien está. Conozco su reputación y su riqueza. No es suficiente. Puede ser bueno encontrando a personas o ayudando a atletas que tienen problemas con la ley. Pero no está equipado para manejar esto.

—Si no fuese un tipo tan duro —dije—, diría que ahora mismo me está intentando asustar.

—Si no fuese tan obstinado, me escucharía. Tenga cuidado, Myron. Manténgase en contacto.

Colgó. Miré a Win.

—Quizás podamos enviarle esta foto a alguien en casa que pueda decirnos quién es.

—Tengo un contacto en la Interpol —dijo Win.

No me miraba. Miraba por encima de mi hombro. Me volví para seguir su mirada. De nuevo su mirada estaba puesta en la pantalla.

Terese estaba allí, pero su valor había desaparecido. Estaba doblada sobre sí misma, sollozando. Intenté comprender las palabras, pero sonaban confusas por la angustia. Win cogió el mando a distancia y subió el volumen. Terese repetía la misma cosa una y otra vez, y mientras se deslizaba de la butaca creo que por fin entendí lo que decía:

—Por favor —le rogaba Terese a algún poder superior—. Por favor, que esté viva.

13

Era tarde cuando llegamos al hotel Claridge's, en el centro de Londres. Win había alquilado el ático. Había una gran sala de estar y tres dormitorios grandes, todos con camas enormes y maravillosas bañeras de mármol con la alcachofa de la ducha del tamaño de una alcantarilla. Abrimos las puertas de los balcones. La terraza ofrecía una maravillosa vista de los tejados de Londres, pero con toda franqueza ya estaba cansado de vistas panorámicas. Terese estaba allí con la actitud de un zombi. Pasó de aturdida a emocional. Estaba destrozada, pero también había esperanza. Creo que la esperanza la asustaba más que todo lo demás.

—¿Quieres volver adentro? —le pregunté.

—Dame un minuto.

No soy un experto en lenguaje corporal, pero cada músculo de su ser parecía tenso y sujeto en una actitud protectora. Esperé cerca del balcón. Su dormitorio era de color azul y amarillo girasol. Miré la cama, y quizás estaba mal, pero quería cogerla en brazos y llevarla a aquella hermosa cama y hacerle el amor durante horas.

Vale, no «quizás». Estaba mal. Pero...

Cuando digo cosas como éstas en voz alta, Win me llama mariquita.

Miré entonces su hombro desnudo y recordé un día después del regreso de aquella isla, después de que ella viniese a Nueva Jersey y me ayudase y sonriese, sonriese de verdad, por primera vez desde que la había conocido, y pensé que a lo mejor me estaba enamorando de ella. Por lo general, entro en las relaciones como una mujer, pensando a largo plazo. Esta vez me dominó, ella sonrió y aquella noche hicimos el amor de otra manera, con un poco más de ternura, y cuando acabamos besé aquel hombro desnudo y entonces ella lloró, también por primera vez. Sonrió y lloró por primera vez conmigo.

Pocos días más tarde, se había ido.

Terese se volvió para mirarme, y fue como si supiese lo que estaba pensando. Por fin pasamos a la sala con sus techos de bóveda de cañón y los encerados suelos de madera. En la chimenea ardía un fuego acogedor. Win, Terese y yo ocupamos nuestros lugares en el cómodo entorno y analizamos con frialdad nuestros siguientes pasos.

Terese fue al grano.

—Necesitamos encontrar una razón para exhumar el cuerpo que hay en la tumba de mi hija, si es que hay un cuerpo.

Lo dijo así. Sin lágrimas, sin titubeos.

—Tendríamos que contratar a un abogado —dije.

—Un procurador —me corrigió Win—. Estamos en Londres. No utilizamos la palabra «abogado», Myron. Decimos procurador.

Me limité a mirarlo y evité preguntarle: «¿Cómo se dice que te den por el culo? ¿Decimos eso en Londres?».

—Haré que mi gente se ocupe de eso mañana a primera hora.

Lock-Horne Investments tiene una sucursal en Londres en la calle Curzon.

—También tendremos que comenzar a investigar el accidente —dije—. Ver si nos podemos hacer con el expediente de la policía, hablar con los inspectores, esa clase de cosas.

Todos estuvimos de acuerdo. La conversación continuó en este estilo, como si estuviésemos en una sala de juntas dispuestos a lanzar un nuevo producto en lugar de preguntarnos si la hija de Terese que había muerto en un accidente de coche podía estar viva. Era una locura siquiera pensarlo. Win comenzó a hacer llamadas. Descubrimos que Karen Tower, la esposa de Rick Collins, aún vivía en la misma casa de Londres. Terese y yo iríamos allí por la mañana para hablar con ella.

Después de un rato, Terese se tomó dos Valium, se fue a su dormitorio y cerró la puerta. Win abrió un armario. Yo estaba agotado, con todo aquello del jet lag y el día que había pasado. Resultaba difícil pensar que había aterrizado en París aquella misma mañana. Pero no quería dejar la habitación. Me encanta sentarme con Win de esta manera. Tenía una copa de coñac en la mano. Por lo general prefiero un batido de chocolate llamado Yoo-Hoo, pero esa noche me mantuve firme con el agua mineral. Pedimos que nos sirviesen unos bocadillos.

Me encanta la normalidad.

Mii asomó la cabeza por la habitación y miró a Win. Él movió los labios para darle una negativa. Su bonito rostro desapareció.

—Todavía no es la hora de Mii —dijo Win.

Sacudí la cabeza.

—¿Cuál es concretamente tu problema con Mii?

—Mii como azafata, ¿no?

—Asistente de vuelo —me corrigió él, de nuevo con la terminología—. Como con procurador.

—Parece joven.

—Tiene casi veinte años. —Win soltó una risita—. Me encanta cuando tú no lo apruebas.

—No estoy en condición de juzgar —señalé.

—Bien, porque aquí estoy intentando poner una cosa en claro.

—¿Qué?

—De ti y la señora Collins en el avión. Tú, mi querido amigo, ves el sexo como un acto que requiere un componente emocional. Yo no. Para ti, el acto en sí mismo, no importa lo sensacional que sea físicamente, no es suficiente. Pero yo lo veo desde otra perspectiva.

—Una que por lo general incluye varios ángulos —dije.

—Bien dicho. Pero deja que continúe. Para mí, el acto de dos personas «haciendo el amor» —para usar tu terminología, porque a mí me basta con follar—, ese acto sagrado es maravilloso. Más que eso, lo es todo. De hecho, creo que es en su punto máximo —en su momento más puro, si quieres— cuando lo es todo, el final de todo y el ser todo, cuando no hay un bagaje emocional que lo estropee. ¿Lo ves?

—Sí.

—Es una opción. Eso es todo. Tú lo ves de una manera, yo de otra. Una no es mejor que la otra.

Lo miré.

—¿Qué quieres decir?

—En el avión te observé hablando con Terese.

—Ya lo has dicho.

—Tú querías abrazarla, ¿no? Después de dejar caer la bomba. Tú querías abrazarla y consolarla. El componente emocional que acabamos de mencionar.

—No te sigo.

—Cuando los dos estabais solos en aquella isla, el sexo era fabuloso y puramente físico. Apenas os conocíais el uno al otro. Sin embargo, aquellos días en la isla te calmaron, te consolaron, calaron en ti y te curaron. Ahora, aquí, cuando lo emocional ha entrado en escena, cuando quieres mezclar esos sentimientos con algo tan inocente como un abrazo, no puedes hacerlo. —Win ladeó la cabeza y sonrió—. ¿Por qué?

Tenía razón. ¿Por qué no lo había hecho? Más que eso, ¿por qué no podía?

—Porque hubiese dolido —respondí.

Win se volvió como si eso lo hubiese dicho todo. No era así. Sabía que muchos creían que Win utilizaba la misoginia para protegerse a sí mismo, pero nunca me lo había creído. Era una respuesta demasiado fácil.

Consultó su reloj.

—Una copa más —dijo Win—, y entonces iré a la otra habitación, porque, oh, a ti te encantará esto, Mii es tan cachonda...

Sacudí la cabeza. Sonó el teléfono. Win lo atendió, habló un momento y colgó.

—¿Estás muy cansado? —me preguntó.

—¿Por qué, qué pasa?

—El policía que investigó el accidente del coche de Terese se llama Nigel Manderson y ahora está jubilado. Uno de mis hombres me informa de que en este momento se está emborrachando en un pub cerca de Coldharbour Lane, por si quieres hacerle una visita.

—Vamos allá.

14

Coldharbour Lane está en el sur de Londres, tiene casi dos kilómetros de largo y une Camberwell con Brixton. La limusina nos dejó en un lugar llamado Suns and Doves, cerca del final por el lado de Camberwell. El edificio tenía un tercer piso que solo llegaba hasta la mitad, como si alguien se hubiese cansado y dicho: «Bah, coño, no necesitamos más espacio. Con esto basta».

Seguimos una manzana más allá y entramos en un callejón. Había un local mezcla de sex shop y artículos para drogatas y una tienda de comida ecológica que estaban abiertas.

—Esta zona tiene reputación por las bandas y el tráfico de drogas —comentó Win, como si fuese un guía turístico—. De ahí que el apodo de Coldharbour Lane es, no te lo pierdas, Crackharbour Lane.

—Conocida por las bandas y el tráfico de drogas —dije—, aunque no por la creatividad para los sobrenombres.

—¿Qué esperas de las bandas y traficantes de drogas?

El callejón era oscuro y sucio y yo continuaba pensando en que Bill Sikes y Fagin acechaban juntos tras ladrillos oscuros. Llegamos a un pub cochambroso llamado Careless Whisper. De inmediato recordé una vieja canción de George Michael y aquellas ahora famosas cuartetas en las que el enamorado del corazón roto nunca podrá volver a bailar porque «los pies culpables no tienen ritmo». Música de los ochenta. Deduje que el nombre no tenía nada que ver con la canción, pero probablemente sí con la indiscreción.

Estaba equivocado.

Abrimos la puerta y fue como entrar en una dimensión anterior. La melodía de *Our House*, el éxito de Madness, salió a la calle junto con dos parejas, ambas abrazadas, más para mantenerse en pie que por afecto. El olor de las salchichas friéndose flotaba en el aire. El suelo estaba pegajoso. El local era ruidoso, estaba abarrotado y, desde luego, cualquier ley antitabaco que rigiese en este país no había llegado a este callejón. Seguramente pocas leyes lo habían hecho.

El lugar era *new wave*, que equivalía a decir *old wave*, y estaba orgulloso de serlo. En el televisor de pantalla panorámica aparecía un petulante Judd Nelson en *El club de los cinco*. Las camareras se movían entre la bullanguera concurrencia con vestidos negros, lápiz de labios brillante, el pelo liso y los rostros blancos casi Kabuki. Llevaban guitarras colgadas alrededor del cuello. Se suponía que debían tener el aspecto de las modelos en aquel videoclip, *Adicto al amor*, de Robert Palmer, excepto que eran algo más maduras y menos atractivas. Como si hubiese una nueva versión del videoclip con las actrices de *Las chicas de oro*.

Madness acabó de hablarnos de su casa en medio de la calle, y Bananarama apareció para ofrecernos ser nuestra Venus, fuego para nuestro deseo.

Win me tocó con el puño.

—La palabra «Venus».

—¿Qué? —grité.

—Cuando yo era joven —explicó Win—, creía que cantaban «Soy tu pene». Me equivocaba.

—Gracias por compartirlo.

Pese a que los adornos eran *new wave* de los ochenta, el local seguía siendo un bar de clase obrera. Hombres duros y mujeres que habían visto de todo venían después de un día de trabajo, y maldita sea si no se lo merecían. No podías fingir que pertenecías a su mundo. Yo iba con tejanos, pero así y todo estaba muy lejos de encajar. Win, sin embargo, destacaba como una hamburguesa doble en un centro de dietética.

Los clientes —algunos llevaban hombreras, corbatas de cuero y gomina en el pelo— miraban furiosos a Win. Siempre era así. Conocemos los prejuicios obvios y los estereotipos, y Win sería el último en pedir comprensión, pero la gente lo ve y lo odia. Juzgan por el aspecto, no es ninguna novedad. Las personas veían en Win la encarnación de los privilegios inmerecidos. Querían herirlo. Había sido así toda su vida. Ni siquiera yo sabía toda la historia —«el origen» de Win, por utilizar el léxico de los superhéroes—, pero una de aquellas palizas infantiles lo marcó. No quiso volver a tener miedo nunca más. Así que utilizó su dinero, sus talentos naturales, y pasó años desarrollando sus capacidades. Cuando nos conocimos en la universidad ya era un arma letal.

Win caminó entre las miradas con una sonrisa. El bar era viejo y ruinoso, y parecía casi un decorado, algo que solo conseguía hacerlo parecer más auténtico. Las mujeres eran grandotas, pechugonas y con peinados que parecían nidos de ratas. Muchas llevaban aquellas sudaderas con un hombro al aire al estilo de *Flashdance*. Una le echó el ojo a Win. Le faltaban varios dientes. Llevaba cintas en el pelo que no parecían añadir nada, al estilo Madonna de los principios, y su maquillaje parecía haber sido aplicado con una pistola de paintball en un armario a oscuras.

—Bueno, bueno —le dijo a Win—. Sí que eres guapo.

—Sí —respondió Win—. Lo soy.

El camarero nos hizo un gesto cuando nos acercamos. Llevaba una camiseta que decía: «FRANKIE DICE RELÁJATE».

—Dos cervezas —pedí.

Win sacudió la cabeza.

—Quiere decir dos pintas de cerveza rubia.

De nuevo con la terminología.

Pregunté por Nigel Manderson. El camarero ni parpadeó. Sabía que sería inútil. Me volví y grité:

—¿Quién de ustedes es Nigel Manderson?

Un hombre vestido con una camisa blanca con volantes y los hombros cuadrados levantó su copa. Parecía acabado de salir de un videoclip de Spandau Ballet.

—Salud, compañero.

La voz arrastrada llegó desde el final de la barra. Manderson tenía las manos alrededor de la copa como si fuese un pichón que se hubiese caído del nido y necesitase protección. Tenía los ojos llorosos y venillas en la nariz, como si alguien le hubiese dado un pisotón a una araña.

—Bonito lugar.

—¿No es una locura? Es un pequeño diamante en bruto que me recuerda tiempos mejores. ¿Quién coño es usted?

Le dije mi nombre y le pregunté si recordaba un accidente de coche mortal ocurrido hacía diez años. Mencioné a Terese Collins. Me interrumpió antes de que acabase.

—No lo recuerdo.

—Era una presentadora famosa. Su hija murió en el accidente. Tenía siete años.

—Sigo sin recordarlo.

—¿Tuvo muchos casos en los que muriesen niñas de siete años?

Se giró en el taburete para mirarme.

—¿Me está llamando mentiroso?

Sabía que su acento era legítimo, auténtico, pero a mí me sonaba como a Dick Van Dyke en *Mary Poppins*. Casi esperaba que añadiese «caballero».

Le mencioné la esquina donde había ocurrido el accidente y la marca del coche. Escuché un sonido extraño y miré a mi izquierda. Alguien estaba jugando a los marcianitos en una máquina.

—Estoy jubilado —dijo.

Insistí, le repetí con paciencia todos los detalles que conocía. El televisor estaba detrás de Manderson. Confieso que me encanta *El club de los cinco* y me distraía un poco. No entiendo por qué me gusta la película. El reparto tenía que ser una broma: ¿«un punk cachas»?, ¿qué tal Emilio Estevez, que no tiene ni un músculo en el cuerpo? ¿Un matón de instituto convincente?, ¿qué tal Judd Nelson? Sí, Judd Nelson. ¿Quién ocupaba el segundo lugar? Sería como, para mantener la analogía de *Las chicas de oro*, filmar una película de Marilyn Monroe con Bea Arthur. Sin embargo, Nelson y Estevez funcionaban y la película funcionaba, y a mí me encantaba; me conozco todas las frases.

Al cabo de un rato Nigel Manderson dijo:

—Quizás recuerde algo.

No era muy convincente. Acabó su copa y pidió otra. Observé como la servía el camarero y él la recogía en el momento en que tocó la pegajosa madera de la barra.

Miré a Win. Su rostro era, como siempre, impenetrable.

La mujer con el maquillaje de paintball —difícil de calcular la edad, bien podían ser unos plácidos cincuenta o unos duros veinticinco, aunque yo me inclinaba más por lo último— le dijo a Win:

—Vivo cerca de aquí.

Win le dirigió aquella mirada altanera que hace que la gente le odie.

—¿Quizás en el callejón?

—No —dijo ella con una gran carcajada. Win era tan excéntrico...—. Tengo un piso en un sótano.

—Debe de ser divino —manifestó Win con una voz bañada en sarcasmo.

—Oh, no es nada especial —afirmó «Paintball», sin captar el tono de Win—. Pero tiene una cama.

Ella se arregló los calentadores rosas y rojos y le dedicó un guiño a Win.

—Una cama —repitió. Por si acaso él no captaba la indirecta.

—Suena encantador.

—¿Quieres verlo?

—Señora —Win la miró de frente—, antes preferiría que me sacasen el semen con un catéter.

Otro guiño.

—Es una manera muy curiosa de decir que sí.

—¿Qué puede decirme del accidente? —le pregunté a Manderson.

—A ver, ¿quién coño es usted?

—Un amigo de la conductora.

—Eso es mentira.

—¿Por qué dice eso? —Él bebió otro trago. Acabó Bananarama. Comenzó a sonar la balada clásica de Duran Duran, *Save a Prayer*. Se hizo silencio en el bar. Alguien bajó las luces mientras los clientes encendían los mecheros y comenzaban a balancearlos como si estuviesen en un concierto.

Nigel también levantó su mechero.

—Se supone que debo aceptar su palabra sin más. ¿Lo envía ella?

Tenía toda la razón.

—Incluso si así fuese, ¿entonces qué? Aquel accidente fue... ¿cuándo dijo?

Se lo había dicho dos veces. Lo había escuchado dos veces.

—Hace diez años.

—Y ella ahora, ¿qué necesita saber?

Comencé a formular una pregunta pero me hizo callar. Atenuaron las luces un poco más. Todos cantaron que en aquel momento no debíamos rezar una plegaria, y que por alguna razón debíamos reservarla para la mañana siguiente. ¿La mañana siguiente a qué? Todos se balancearon atrás y adelante por la bebida y el canto con los mecheros todavía levantados. Con tanta cabellera, me percaté del elevado riesgo de incendio. La mayoría de los parroquianos, incluido Nigel Manderson, tenían lágrimas en los ojos.

Eso no nos conducía a ninguna parte. Decidí pincharle un poco.

—El accidente no ocurrió de la manera que dice su informe.

Apenas me miró.

—¿Ahora me está diciendo que cometí un error?

—No, estoy diciendo que mintió y ocultó la verdad.

Eso hizo que se detuviese. Bajó el mechero. Lo mismo hicieron

123

otros. Miró en derredor y saludó a los amigos, buscando apoyo. No me preocupaba. Continué mirándolo. Win ya se encargaba de evaluar la competencia. Iba armado, lo sabía. No me había mostrado el arma y sabía que son muy difíciles de conseguir en el Reino Unido. Pero Win tenía por lo menos un arma encima.

No creí que la fuésemos a necesitar.

—Lárguese —dijo Manderson.

—Si mintió en alguna cosa, voy a descubrir qué es.

—¿Diez años más tarde? Buena suerte. Además, yo no tuve nada que ver con el informe. Todo estaba preparado cuando llegué allí.

—¿Qué quiere decir con eso?

—Yo no fui el primero al que llamaron, amigo.

—¿Quién fue?

Sacudió la cabeza.

—¿Dice que lo envió la señora Collins?

De pronto recordó el nombre y que estaba casada.

—Sí.

—Bueno, ella tenía que saberlo. O quizás pregúntele a la amiga a quien llamaron.

Dejé que eso calase. Después continué:

—¿Cuál era el nombre de la amiga?

—Que me cuelguen si lo sé. Escuche, ¿quiere luchar contra molinos? Yo solo firmé el informe. No me importa ya nada. Cobro mi miserable pensión. Ahora no me pueden hacer nada. Sí, lo recuerdo, ¿vale? Llegué al escenario. Su amiga, la muchacha rica, no recuerdo su nombre. Ella llamó a alguien de las alturas. Uno de mis superiores ya estaba allí, un gusano pretencioso llamado Reginal Stubbs, pero no se moleste en llamarle; el cáncer lo mató hace tres años, gracias a Dios. Se llevaron el cuerpo de la pequeña. Se llevaron a la madre al hospital. Eso es todo lo que sé.

—¿Vio a la niña? —pregunté.

Apartó la mirada de su copa.

—¿Qué?

—Dijo que se llevaron el cuerpo de la pequeña. ¿Usted lo llegó a ver?

—Por todos los santos, estaba en una bolsa —respondió—. Pero a juzgar por la cantidad de sangre no había quedado mucho que ver aunque hubiera mirado en el interior.

15

Por la mañana Terese y yo fuimos a casa de Karen Tower mientras Win se reunía con sus «procuradores» para hacer parte del trabajo legal, como conseguir el expediente del accidente del coche y —ni siquiera quiero pensar en ello— ver la manera de exhumar el cadáver de Miriam.

Tomamos un taxi londinense, de esos de color negro, que, comparado con el resto de los servicios de taxi de todo el mundo, es uno de los sencillos placeres de la vida. Terese estaba bien y concentrada. Le relaté mi conversación con Nigel Manderson en el pub.

—¿Crees que la mujer a la que llamaron era Karen Tower? —preguntó.

—¿Quién si no?

Asintió y no dijo nada más. Llevábamos viajando en silencio unos minutos cuando Terese se inclinó hacia delante y dijo:

—Déjenos en la próxima esquina.

El taxista lo hizo. Ella comenzó a caminar. Yo había estado en Londres pocas veces así que no conocía muy bien la zona, pero sabía que ésa no era la dirección de Karen Tower. Terese se detuvo en la esquina. El sol empezaba a calentar. Se protegió los ojos. Esperé.

—Aquí es donde ocurrió el accidente —me explicó Terese.

La esquina era de lo más anodina.

—No había vuelto a estar aquí.

No vi ninguna razón por la que tendría que haber estado, pero no dije nada.

—Salí por aquella rampa. Lo hice muy rápido. Un camión apareció en mi carril más o menos por allí. —Señaló—. Intenté apartarme, pero...

Miré a un lado y a otro como si aún pudiese haber una pista reveladora una década más tarde, extrañas huellas de neumáticos o algo así. No había nada. Terese caminó de nuevo. La alcancé.

—La casa de Karen, bueno, supongo que ahora es la casa de Rick y Karen, ¿no?, está en aquella rotonda a la izquierda.

—¿Cómo quieres hacer esto?

—¿A qué te refieres?

—¿Quieres que vaya yo solo? —pregunté.

—¿Por qué?

—Quizás pueda sacar algo más de ella.

Terese sacudió la cabeza.

—No lo conseguirás. Solo quédate conmigo, ¿vale?

—Vale.

Ya había docenas de personas en la casa de Royal Crescent. Personas que venían a dar el pésame. No lo había considerado, pero claro, Rick Collins estaba muerto. La gente vendría para consolar a la viuda y presentar sus respetos. Terese titubeó al pie de los escalones de la entrada, pero luego sujetó mi mano con firmeza.

En cuanto entramos, noté que Terese se tensaba. Seguí su mirada hasta un perro —un collie barbudo; lo sé porque Esperanza tiene uno de la misma raza— que estaba acurrucado en un felpudo en un rincón. El perro parecía viejo y cansado y no se movía. Terese soltó mi mano y se agachó para acariciar al perro.

—Hola, chica —susurró—. Soy yo.

El perro movió la cola como si le costase un gran esfuerzo. El resto del cuerpo permaneció inmóvil. Había lágrimas en los ojos de Terese.

—Ésta es *Casey* —me dijo—. Se la regalamos a Miriam cuando cumplió cinco años.

La perra consiguió levantar la cabeza. Le lamió la mano. Terese se quedó allí, de rodillas. Los ojos de *Casey* se veían lechosos por las cataratas. La vieja perra intentó mover las patas y levantarse. Terese la calmó y encontró un punto detrás de las orejas. Así y todo giró la cabeza como si quisiese mirarla a los ojos. Terese se movió hacia delante para que le fuese más fácil. El momento era enternecedor y yo me sentía como un intruso.

—*Casey* solía dormir debajo de la cama de Miriam. Se agachaba y reptaba por el suelo hasta conseguir meterse debajo y luego se giraba de manera que su cabeza asomase. Era como si montase guardia.

Terese acarició a la perra y comenzó a llorar. Me aparté para ocultarlas de la vista de cualquiera, darles tiempo. Terese tardó algunos minutos en rehacerse. Cuando lo hizo, cogió de nuevo mi mano.

Entramos en la sala. Había una cola de quizás unas quince personas que esperaban para presentar sus condolencias.

Los murmullos y las miradas comenzaron en el momento en el que entramos. No lo había pensado, pero ahí estaba la ex esposa que se había marchado durante casi una década, y ahora aparecía en la casa de la actual esposa. Eso daría que hablar.

La gente se apartó y una mujer vestida de negro con mucha elegancia —me dije que sería la viuda— pasó entre ellos. Era guapa, menuda, casi como una muñeca con grandes ojos verdes. Yo no sabía a qué atenerme, pero sus ojos parecieron iluminarse cuando vio a Terese. Los de Terese también. Las dos mujeres se sonrieron con tristeza la una a la otra, el tipo de sonrisa que ofreces a alguien al que adoras pero al que desearías estar viendo en mejores circunstancias.

Karen abrió los brazos. Las dos mujeres se abrazaron, sujetándose la una a la otra, muy quietas. Me pregunté por un momento qué clase de amistad habían compartido estas dos mujeres y deduje que debía de haber sido algo muy profundo.

Cuando dejaron de abrazarse, Karen hizo un gesto con la cabeza y comenzaron a salir de la sala. Terese echó la mano hacia atrás y sujetó la mía, así que las acompañé. Fuimos hacia lo que los británicos probablemente llaman «el salón de diario» y Karen cerró las puertas correderas. Se sentaron en un diván como si lo hubiesen hecho mil veces y supiesen cuáles eran sus respectivos lugares. Ninguna incomodidad.

Terese me miró.

—Éste es Myron —dijo.

Tendí la mano. Karen Tower la estrechó con la suya, pequeña.

—Lamento su pérdida —manifesté.

—Gracias. —Karen miró a Terese—. ¿Él es...?

—Es complicado —respondió Terese.

Karen asintió.

Señalé atrás con el pulgar.

—¿Quieren que espere en la otra habitación?

—No —dijo Terese.

Me quedé donde estaba. Nadie estaba seguro de cómo seguir, pero seguro que yo no iba a tomar la iniciativa. Permanecí callado con todo el estoicismo de que soy capaz.

Karen fue al grano.

—¿Dónde has estado, Terese?

—Aquí y allá.

—Te he echado de menos.

—Yo también te he echado de menos.

Silencio.

—Quería encontrarte —continuó Karen—, y explicarte. De Rick y de mí.

—No hubiese importado —afirmó Terese.

—Eso fue lo que dijo Rick. Ocurrió poco a poco. Tú no estabas. Comenzamos a pasar tiempo juntos, en busca de compañía. Llevó mucho tiempo antes de que se convirtiese en algo más.

—No necesitas explicármelo —insistió Terese.

—No, supongo que no.

No había ninguna disculpa en su voz, ninguna expectativa de perdón o comprensión. Ni ambas parecían tenerlas.

—Desearía que vosotros hubieseis acabado mejor —manifestó Terese.

—Tenemos un hijo, Matthew —dijo Karen—. Tiene cuatro años.

—Eso he oído.

—¿Cómo te has enterado del asesinato?

—Yo estaba en París —respondió Terese.

Eso hizo reaccionar a Karen. Parpadeó y se apartó un poco.

—¿Es allí dónde has estado todo este tiempo?

—No.

—Entonces no estoy muy segura de entenderlo.

—Rick me llamó —dijo Terese.

—¿Cuándo?

Terese le explicó la llamada de auxilio de Rick. El rostro de Karen, que ya se parecía bastante a una máscara mortuoria, perdió un poco más de color.

—¿Rick te pidió que fueses a París? —preguntó Karen.

—Sí.

—¿Qué quería?

—Esperaba que quizás tú lo supieses —manifestó Terese.

Karen sacudió la cabeza.

—No hemos hablado mucho últimamente. Estábamos pasando por una racha bastante mala. Rick se había vuelto retraído. Yo confiaba en que solo fuese porque estaba detrás de una gran historia. Ya sabes cómo se ponía en esos casos.

Terese asintió.

—¿Cuánto tiempo ha estado así?

—Tres, cuatro meses; desde que murió su padre.

Terese se tensó.

—¿Sam?

—Creí que lo sabías.

—No.

—Sí, en invierno. Se tomó un frasco de pastillas entero.

—¿Sam se suicidó?

—Estaba enfermo, algo terminal. Nos lo ocultó durante la mayor parte del tiempo. Rick no supo hasta qué punto había llegado a ser grave. Supongo que fue algo insoportable al final y decidió acelerar lo inevitable. Rick se puso como loco, pero luego comenzó con una nueva investigación importante. A veces desaparecía durante semanas. Cuando le preguntaba dónde había estado, me replicaba de mala manera y luego se disculpaba, pero no me lo decía. O si no, me mentía.

Terese aún trataba de orientarse.

—Sam era un hombre muy dulce —comentó Terese.

—Yo nunca llegué a conocerlo muy bien —manifestó Karen—. Solo lo visitamos un par de veces, y ya estaba demasiado enfermo para venir hasta aquí.

Terese tragó saliva, intentó recuperar el control.

—Así que Sam se suicida y Rick se encierra en el trabajo.

—Algo así.

—¿Y no te quiso decir qué investigaba?

—No.

—¿Se lo preguntaste a Mario?

—No me lo quiso decir.

No pregunté quién era Mario. Deduje que Terese ya me lo diría más tarde.

Terese continuó; ya iba lanzada.

—Pero, ¿tienes alguna idea de en lo que estaba trabajando?

Karen observó a su amiga.

—¿Hasta qué punto estabas bien escondida, Terese?

—Muy bien.

—Quizás fuese eso en lo que estaba trabajando. Intentaba encontrarte.

—No le hubiese llevado meses.

—¿Estás segura?

—Incluso si se tratase de eso, ¿por qué lo haría?

—Intento no comportarme como la esposa celosa —dijo Karen—. Pero podría pensar en algo así como si el suicidio de su padre le hubiera hecho preguntarse sobre sus elecciones en la vida.

Terese torció el gesto.

—¿Tú crees...?

Karen se encogió de hombros.

—Ni hablar. Incluso si creyésemos que Rick estaba intentando, no sé, conectar conmigo o recuperarme, ¿por qué me iba a decir que se trataba de una emergencia?

Karen pensó en eso.

—¿Dónde estabas tú cuando te encontró?

—En un remoto lugar del noroeste de Angola.

—Y cuando te dijo que era urgente, tú lo dejaste todo y fuiste, ¿no?

—Sí.

Karen unió las manos como si eso lo aclarase todo.

—Él no mintió para que fuese a París, Karen.

Karen no parecía convencida. Había parecido triste antes de que entrásemos. Ahora parecía derrotada. Terese me miró. Asentí.

Era hora de presionar un poco.

—Necesitamos preguntarte por el accidente —dijo Terese.

Las palabras golpearon a Karen como una pistola paralizante. Alzó los ojos; se veían desenfocados. Me pregunté por el uso de la palabra «accidente», como si ella hubiese comprendido a qué se refería Terese. No había duda de que así era.

—¿Qué pasa con el accidente?

—Tú estabas allí. Me refiero al escenario.

Karen no respondió.

—¿Estabas?

—Sí.

Terese parecía un tanto sorprendida por la respuesta.

—Nunca me lo dijiste.

—¿Por qué iba a hacerlo? Olvida eso; ¿cuándo te lo iba a decir?

Nunca hablamos de aquella noche. Nunca jamás. Te despertaste. Yo no podía decirte algo así como: «Hola, ¿cómo te sientes? Yo estuve allí».

—Dime lo que recuerdas.

—¿Por qué? ¿Qué diferencia habría ahora?

—Dímelo.

—Te quiero, Terese. Siempre te querré.

Algo cambió. Lo vi en su lenguaje corporal. Quizás un envaramiento de la columna vertebral.

La mejor amiga se estaba apartando. Un adversario estaba saliendo a la superficie.

—Yo también te quiero.

—No creo que pase un día sin que piense en ti. Pero te marchaste. Tenías tus razones y tu dolor, y lo comprendí. Pero te fuiste. Inicié una vida con Rick. Teníamos problemas, pero él era todo mi mundo. ¿Lo entiendes?

—Por supuesto.

—Lo amaba. Era el padre de mi hijo. Matthew solo tiene cuatro años, y alguien asesinó a su padre.

Terese esperó.

—Así que ahora mismo estamos de luto. Me estoy ocupando de ello. Estoy intentando mantenerme a flote y proteger a mi hijo. Así que lo siento. No voy a hablar de un accidente que ocurrió hace diez años. Hoy no.

Se levantó. Todo tenía sentido; sin embargo, algo en su tono sonaba curiosamente a hueco.

—Yo intento hacer lo mismo —dijo Terese.

—¿Qué?

—Estoy intentando proteger a mi hija.

Karen mostró otra vez aquella mirada de sacudida por una pistola paralizante.

—¿De qué hablas?

—¿Qué le pasó a Miriam? —preguntó Terese.

Karen observó el rostro de Terese. Luego se volvió hacia mí, como si yo pudiese ofrecerle algo de cordura. Mantuve mi mirada firme.

—¿Tú la viste aquella noche?

Karen Tower no respondió. Abrió las puertas corredizas y desapareció entre la multitud de dolientes.

16

Cuando Karen salió de la sala, me acerqué a la mesa de escritorio.

—¿Qué haces?

—Espío.

La mesa era de caoba. En ella había un abrecartas dorado que también servía de lupa. Los sobres abiertos estaban colocados en posición vertical en los viejos casilleros. No me sentía a gusto haciéndolo, pero tampoco me sentía mal. Saqué mi Blackberry. La que Win me había dado tenía una cámara muy buena. Comencé a abrir sobres y tomar fotos.

Encontré extractos de tarjetas de crédito. No tenía tiempo para mirarlos todos, pero necesitaba los números de las cuentas. Había facturas de teléfono —que me interesaban— y facturas de electricidad —que no me interesaban—. Abrí los cajones y comencé a buscar entre el contenido.

—¿Qué estás buscando? —preguntó Terese.

—Un sobre que diga: «GRAN PISTA EN EL INTERIOR».

Esperaba un milagro. Algo de Miriam. Quizás fotos. Como no las había, tenía las facturas, las tarjetas de crédito, los números de teléfono. Tendríamos que conseguir alguna información a partir de ahí. Esperaba encontrar una agenda, pero no había ninguna.

Encontré unas cuantas fotos de personas que supuse que eran Rick, Karen y su hijo Matthew.

—¿Éste es Rick? —pregunté.

Ella asintió.

No sabía cómo interpretarlo. Tenía una nariz prominente, ojos azules y un pelo rubio que estaba a medio camino entre ondulado y rebelde. Un hombre no puede evitarlo: ve a un ex y lo evalúa. Comencé a hacerlo y entonces me detuve. Dejé las fotos donde las había encontrado y continué la búsqueda. Se habían acabado las fotos. Ninguna hija rubia se había mantenido oculta durante años. Ninguna foto vieja de Terese.

Me giré y vi el ordenador en una cómoda.

—¿De cuánto tiempo crees que disponemos? —pregunté.

—Montaré guardia junto a la puerta.

Encendí el Mac. Se puso en marcha en segundos. Hice clic en el icono de la parte inferior. Apareció la agenda. Nada en el último mes. A la derecha, solo había una anotación en «Pendiente». Leí:

OPAL

HHK

4714

No tenía ni idea de cuál podía ser el significado, pero la prioridad estaba marcada como alta.

—¿Qué? —preguntó Terese.

Le leí la nota y le pregunté si tenía idea de lo que podía significar. No lo sabía. El tiempo continuaba siendo un factor importante. Dudé de si era conveniente mandarle por mail el contenido de la agenda a Esperanza, pero eso dejaba huellas. Aunque bien pensado, ¿qué más daba? Win tenía varias direcciones de correo electrónico anónimas. Envié copias de los datos del calendario y de la agenda. Luego pasé a la sección de archivos enviados y los borré para que nadie se diese cuenta.

¿A que soy listo?

Aquí estaba yo buscando entre las pertenencias de un hombre que había sido asesinado hacía poco mientras su viuda y su hijo le lloraban en la otra habitación. Me sentía todo un héroe. A la salida quizás debería darle un puntapié a la vieja perra.

—¿Quién es ese Mario del que hablabais? —le pregunté a Terese.

—Mario Contuzzi. Era el mejor amigo y asistente de producción de Rick. Lo hacían todo juntos.

Busqué el nombre en la agenda. Bingo. Anoté los números del móvil y el fijo en mi teléfono.

De nuevo muy listo.

—¿Sabes dónde queda la calle Wilsham? —pregunté.

—Está a un paso de aquí. ¿Mario todavía vive allí?

Asentí y marqué el número de teléfono de la casa de Mario. Un hombre con acento norteamericano respondió:

—¿Hola?

Colgué.

—Está en casa —dije.

Espero que los detectives aficionados estén tomando nota.

—Tendríamos que acercarnos.

Abrí el archivo de fotos. Había muchas fotos pero ninguna destacaba. No podía enviarlas por correo electrónico. Eso me llevaría horas. Las fotos eran normales, lo que equivale a decir conmovedoras. Karen con aspecto dichoso junto a su hombre. Rick también parecía feliz. Sus rostros resplandecían mientras sujetaban a su hijo. Iphoto tiene la característica de que te permite poner el cursor sobre un acontecimiento y las fotos pasan como si fueran una película. Miré «MATTHEW HA NACIDO, SU PRIMER CUMPLEAÑOS» y otras más. De nuevo todo muy conmovedor.

Me detuve en una foto muy reciente que ponía «FINAL DE FÚTBOL DE PAPÁ». Rick y Matthew vestían las camisetas del Manchester United. Rick mostraba una amplia sonrisa y sujetaba a su hijo. Estaba sudando a chorros. Casi podías decir que estaba sin aliento y entusiasmado por ello. Matthew a sus cuatro años se acurrucaba contra él, vestido con las prendas de portero —aquellos guantes enormes y aquel ojo negro de mentira— e intentando parecer serio. Pensé que ese chico ahora crecería sin aquel padre sonriente y pensé en Jack, otro chico que tenía que crecer sin su padre, y en mi propio padre, en lo mucho que lo había amado y en que todavía lo necesitaba, y entonces cerré el archivo.

Nos escabullimos por la puerta principal sin despedirnos. Miré atrás y vi al pequeño Matthew en una silla en un rincón. Vestía un traje oscuro.

Los niños de cuatro años no deben llevar trajes oscuros. Los niños de cuatro años deben vestir prendas de portero y estar junto a sus papás.

Mario Contuzzi abrió la puerta sin preguntar quién llamaba. Era delgado y nervudo y me recordó a un perro Weinmaraner. Movió su afilado rostro en dirección a Terese.

—Vaya jeta que tienes.

—A mí también me alegra verte, Mario.

—Acabo de recibir una llamada de un amigo que está en casa de Karen. Dice que te presentaste sin anunciar. ¿Es verdad?

—Sí.

—¿En qué pensabas? —La cabeza de Mario se movió hacia mí—. ¿Y por qué has traído a este soplapollas contigo?

—¿Lo conozco? —pregunté.

Mario llevaba aquellas gafas de carey que siempre pensé que no debían de ser cómodas. Vestía un pantalón de traje y una camisa blanca que se había estado abrochando.

—No tengo tiempo para esto. Por favor, vete.

—Tenemos que hablar —dijo Terese.

—Demasiado tarde.

—¿Y eso cómo debo tomármelo?

Él abrió los brazos.

—Te marchaste, Terese, ¿lo recuerdas? Quizás tenías tus motivos. A mí ya me vale. Tú decidiste. Pero te marchaste y ahora que está muerto quieres por fin tener una pequeña charla. Olvídalo. No tengo nada que decirte.

—Eso fue hace mucho tiempo —afirmó ella.

—Es lo que te quiero decir. Rick esperaba que volvieses. ¿Lo sabías? Te esperó durante dos años. Tú estabas deprimida y desesperada, todos lo comprendíamos, pero eso no te impidió liarte con el Señor Baloncesto aquí presente.

Me señaló con el pulgar. Yo era el Señor Baloncesto aquí presente.

—¿Rick lo sabía? —preguntó Terese.

—Por supuesto. Creíamos que estabas destrozada, quizás vulnerable. No te perdíamos de vista. Creo que Rick confiaba en que volverías. En cambio te largaste a una pequeña isla para hacer una orgía privada con Cabeza de Canasta.

Me señaló de nuevo con el pulgar. Ahora era Cabeza de Canasta.

—¿Me estabais siguiendo? —preguntó Terese.

—Teníamos un ojo puesto en ti, sí.

—¿Durante cuánto tiempo?

No respondió. De pronto necesitó desarremangarse.

—¿Durante cuánto tiempo, Mario?

—Siempre supimos dónde estabas. No estoy diciendo que continuáramos hablando de ello y de que llevabas seis años en aquel centro de refugiados, no era como si estuviésemos siempre pendientes de ti. Pero lo sabíamos. Por eso me sorprende verte con Bozo el Musculitos aquí presente. Creíamos que habías abandonado a este imbécil hacía años.

De nuevo movió el pulgar hacia mi rostro.

—¿Mario?

Me miró.

—Si me señala otra vez con el pulgar, se lo haré tragar.

—Las amenazas físicas del gigantón del campus —dijo, con una expresión de burla en el rostro afilado—. Como si estuviese de nuevo en el instituto.

Estaba a punto de atizarle, pero me dije que no serviría de nada.

—Tenemos algunas preguntas que hacerle —dije.

—¿Se supone que debo contestarlas? No lo pilla, ¿verdad? Ella estaba casada con mi mejor amigo y luego se fue a la cama con usted en una isla desierta. ¿Sabe cómo se sintió?

—¿Mal?

Eso lo detuvo. Miró de nuevo a Terese.

—Escucha, no pretendo meterte la bronca padre, pero no deberías estar aquí. Rick y Karen tenían algo bueno. Tú renunciaste a eso hace mucho.

Miré a Terese. Hacía lo imposible por mantenerse firme.

—¿Me culpó? —preguntó ella.

—¿De qué?

Ella no respondió.

Los hombros de Mario se hundieron junto con, supuse, su furia. Su voz se suavizó.

—No, Terese, nunca te culpó. Por nada, ¿vale? Yo te culpé por largarte, y sí, es cierto, aquello no me concernía. Pero él nunca te culpó, ni por un segundo.

Ella no dijo nada.

—Tengo que prepararme —dijo Mario—. Estoy ayudando a Karen con los arreglos. Arreglos. Como si fuese una obra coral. Qué palabra más imbécil.

Terese aún parecía atontada, así que intervine.

—¿Se le ocurre alguna idea de quién pudo haberlo matado?

—¿Qué pasa, Bolitar, ahora se ha hecho poli?

—Estábamos en París cuando lo mataron.

Se volvió hacia Terese.

—¿Viste a Rick?

—No tuve la oportunidad.

—Pero, ¿te llamó?

—Sí.

—Maldita sea. —Mario cerró los ojos. Seguía sin invitarnos a pasar, así que más o menos me colé en el umbral y él dio un paso atrás. Esperaba encontrarme una casa de soltero —no estoy seguro del porqué—, pero había juguetes en el suelo. Había biberones vacíos en un mostrador,

—Me casé con Ginny —le dijo a Terese—. ¿La recuerdas?

—Por supuesto. Me alegra saber que eres feliz, Mario.

Él se tomó un respiro para tranquilizarse, evaluar las cosas.

—Tenemos tres hijos. No dejamos de decir que vamos a comprarnos una casa más grande, pero nos gusta este lugar. Además, las casas tienen unos precios de locura en Londres.

No dijimos nada.

—Así que Rick te llamó —le dijo Mario a Terese.

—Sí.

Él sacudió la cabeza.

Yo rompí el silencio.

—¿Había alguien que quisiese matar a Rick?

—Rick era uno de los mejores reporteros de investigación del mundo. Cabreó a un montón de gente.

—¿Alguien en particular?

—No. Sigo sin entender qué tiene que ver esto con cualquiera de vosotros dos.

Quería explicárselo, pero no teníamos tiempo.

—¿Podría hacernos el favor de aguantarnos un poco?

—¿Por qué, es que va a ser divertido?

—Por favor, Mario —intervino Terese—. Es importante.

—¿En qué te basas para decir que lo es?

—Tú me conoces. Sabes que si pregunto es importante.

Pensó en ello.

—¿Mario?

—¿Qué quieres saber?

—¿En qué estaba trabajando Rick?

Él desvió la mirada; se mordió el labio inferior.

—Hace unos meses comenzó a investigar una entidad benéfica llamada Salvar a los Ángeles.

—¿Qué pasa con ellos?

—La verdad es que no estoy seguro. Comenzaron como un grupo evangélico, el típico grupo del derecho a la vida, con manifestaciones delante de las clínicas abortivas, la planificación familiar, la investigación de células madre y todo eso. Pero se disolvieron. Estaba obsesionado por averiguar todo lo que pudiera sobre ellos.

—¿Qué encontró?

—Poca cosa por lo que vi. La estructura financiera parecía un tanto extraña. No pudimos rastrearla. Básicamente estaban contra el aborto y la investigación de células madre, y a favor de las adopciones. La verdad es que me pareció un grupo bastante sólido. No quiero entrar en la discusión entre pro vida y pro libertad de elección, pero creo que ambos bandos estarían de acuerdo en que la adopción es una alternativa viable. Ésa parece ser la dirección que seguían. En lugar de poner bombas en las clínicas, Salvar a los Ángeles trabajaba para que los embarazos no deseados siguiesen el desarrollo normal y conseguir que se adoptasen a los bebés.

—¿Rick estaba interesado en ellos?

—Sí.

—¿Por qué?

—No lo sé.

—¿Qué lo impulsó a investigarlos?

—Tampoco lo sé a ciencia cierta.

Su voz se apagó.

—Pero tienes una sospecha.

—Comenzó cuando volvió a casa después de la muerte de su padre. —Mario se volvió hacia Terese—. ¿Sabes lo de Sam?

—Karen me lo dijo.

—Suicidio.

—¿Estaba enfermo?

—Huntington —contestó Mario.

Terese pareció sorprendida.

—¿Sam tenía el mal de Huntington?

—Sorprendida, ¿no? Lo mantuvo oculto, pero cuando empeoró, no quiso pasar por eso. Tomó el camino fácil.

—Pero... cómo... nunca lo supe.

—Tampoco Rick. Y ya que estamos, tampoco Sam hasta el final.

—¿Cómo es posible?

—¿Sabes algo del mal de Huntington? —preguntó Mario.

—Una vez hice un reportaje —respondió ella—. Es algo estrictamente hereditario. Uno de tus padres tiene que tenerlo. Si es así, tienes una posibilidad entre dos de contraerlo.

—Eso es. La teoría es que el padre de Sam, el abuelo de Rick, lo tenía, pero que murió en Normandía antes de que la enfermedad se manifestase. Así que Sam no tenía ni idea.

—¿Rick se hizo las pruebas? —preguntó Terese.

—No lo sé. Ni siquiera le contó a Karen toda la historia, solo que su padre había descubierto que tenía una enfermedad terminal. Pero de todas maneras, se quedó en Estados Unidos durante un tiempo. Creo que se iba a ocupar de poner en orden las cosas de su padre. Fue entonces cuando se enteró de esa entidad llamada Salvar a los Ángeles.

—¿Cómo?

—No tengo ni idea.

—Dijiste que estaban contra la investigación de las células madre. ¿Estaba eso relacionado de alguna manera con el Huntington?

—Podría ser, pero Rick me pidió investigar sobre todo las finanzas. Seguir el dinero. Ése siempre es el viejo lema. Rick quería saber todo lo posible al respecto, y qué personas lo dirigían, hasta que me dijo que abandonase la historia.

—¿Renunció?

—No. Solo quería que yo lo dejase. Él no. Solo yo.

—¿Sabes por qué?

—No. Apareció por aquí, se llevó todos mis archivos y luego dijo algo muy extraño. —Mario miró primero a Terese y luego a mí—. Dijo: debes tener cuidado, tienes una familia.

Esperamos.

—Así que contesté lo obvio: tú también. Pero no hizo caso. Vi que estaba muy nervioso. Terese, tú sabes cómo era. No lo asustaba nada.

143

Ella asintió.

—Estaba asustado cuando habló conmigo por teléfono. Así que intenté que me hablase, que se abriese. No quiso. Se marchó a la carrera y no volví a saber nada de él. Nunca. Hasta la llamada de hoy.

—¿Alguna pista de dónde están esos archivos?

—Por lo general guarda copias en el despacho.

—Podría ser de ayuda si pudiésemos verlos.

Mario la miró.

—Por favor, Mario. Sabes que no te lo pediría si no fuese importante.

Él continuaba enfadado, pero pareció comprender.

—Iré a echar una ojeada mañana por la mañana, ¿vale?

Miré a Terese. No estaba seguro de hasta qué punto debíamos presionar. Ese hombre parecía conocer a Rick Collins mejor que cualquiera. Le tocaba hablar a ella.

—¿Rick te habló de Miriam últimamente? —preguntó.

Mario alzó la mirada. Se tomó su tiempo; esperé una larga respuesta. Pero todo lo que dijo fue:

—No.

Esperamos a que dijese algo más. No lo hizo.

—Creo —prosiguió Terese— que existe una posibilidad de que Miriam continúe con vida.

Si Mario Contuzzi sabía algo al respecto, el tipo tenía que ser un psicópata. No estoy diciendo que las personas no puedan mentir, fingir y engañar. Lo he visto hacer muchísimas veces por alguno de los grandes. La manera en que los grandes lo hacen es engañándose a sí mismos para creer que la mentira es la verdad o que son los psicópatas más sinceros. Si Mario sospechaba que Miriam estaba viva, tenía que encajar en una de estas dos categorías.

Hizo una cara como si hubiese oído mal. Su voz tenía un tono furioso.

—¿De qué estás hablando?

Pero decirlo en voz alta había agotado a Terese. Seguí yo. Intenté mantener un tono de cordura mientras le hablaba de las muestras de sangre y el pelo rubio. No le mencioné haberla visto en el vídeo ni nada de eso. Lo dicho era ya bastante difícil de encajar. La mejor manera de presentarlo era con las pruebas científicas —los análisis de ADN— y no a partir de mi intuición basada en verla caminar en un vídeo de una cámara de vigilancia.

Durante un buen tiempo no dijo nada.

—El análisis de sangre tiene que estar equivocado.

Ninguno de los dos dijo nada.

—Un momento, creen que vosotros matasteis a Rick, ¿no?

—En un primer momento creyeron que Terese había tenido algo que ver.

—¿Qué pasa con usted, Bolitar?

—Yo estaba en Nueva Jersey cuando lo asesinaron.

—Entonces creen que Terese lo hizo, ¿no?

—Sí.

—Usted sabe cómo son los polis. Juegan a confundirte. ¿Qué mejor juego mental puede haber que decirle que su hija muerta puede estar viva todavía?

Fui yo quien entonces torció el gesto.

—¿En qué podría ayudar eso para achacarle el crimen?

—¿Cómo voy a saberlo? Pero vamos, Terese, sé que lo deseas. Demonios, yo también. Pero, ¿cómo puede ser posible?

—Una vez que eliminas lo imposible, lo que queda, no importa lo improbable que sea, debe ser la verdad —cité.

—Sir Arthur Conan Doyle —dijo Mario.

—Sí.

—¿Hasta ahí llegan sus lecturas, Bolitar?

—Estoy dispuesto a llegar hasta donde sea necesario.

17

Cuando estábamos a una manzana de distancia, Terese dijo:

—Tengo que visitar la tumba de Miriam.

Tomamos otro taxi y viajamos en silencio. Cuando llegamos a la reja del cementerio, nos detuvimos en la entrada. Los cementerios siempre tienen una reja y una verja. ¿Qué será lo que están protegiendo?

—¿Quieres que espere aquí? —pregunté.

—Sí.

Así que me quedé al otro lado de la verja, como si tuviese miedo de pisar el suelo sagrado, que, supongo, tenía. Mantuve a Terese a la vista por razones de seguridad, pero cuando se puso de rodillas me volví y comencé a caminar. Pensé en lo que estaría pasando por su mente, las imágenes que desfilaban por su cabeza. No era una buena idea, así que llamé a Esperanza a Nueva York.

Tardó seis toques en responder.

—Hay una diferencia horaria, imbécil.

Miré mi reloj. Eran las cinco de la mañana en Nueva York.

—Vaya —exclamé.

—¿Qué pasa ahora?

Decidí empezar a lo grande. Le hablé a Esperanza del resultado de la prueba de ADN y de la muchacha rubia.

—¿Es su hija?

—Al parecer.

—Eso —dijo Esperanza— es un gran follón.

—Lo es.

—¿Qué necesitas de mí?

—Cogí un montón de fotos, extractos de tarjetas de crédito, teléfonos, de todo, y te las envié por e-mail. Ah, y hay algo extraño sobre unos ópalos y algo en cosas pendientes.

—¿Ópalos como las piedras?

—No tengo ni idea. Puede ser un código.

—Soy terrible con los códigos.

—Yo también, pero quizás algo cuadre. De cualquier manera, comencemos por averiguar en qué estaba metido Rick Collins. Su padre se suicidó. —Le di el nombre y la dirección—. Quizás podamos investigarlo.

—¿Investigar un suicidio?

—Sí.

—¿Investigarlo para qué?

—Para ver si hay algo sospechoso, no lo sé.

Hubo un silencio. Comencé a caminar.

—¿Esperanza?

—Me gusta.

—¿Quién?

—Margaret Thatcher. ¿De quién estamos hablando? Terese, idiota. Tú me conoces. Odio a todas tus novias.

Pensé.

—¿Te gusta Ali? —dije.

—Me gusta. Es una buena persona.

—¿Escucho un pero?

—Pero no es para ti.

—¿Por qué no?

—No hay intangibles —respondió.

—¿Y eso qué significa?

—¿Qué te convierte en un gran atleta? —preguntó Esperanza—. No un buen atleta. Hablo de un nivel profesional, un miembro del primer equipo Old American, de todo eso.

—Habilidad, trabajo duro, la genética.

—Hay muchos tipos que lo tienen. Pero lo que los separa, lo que divide a los grandes de los casi, son los intangibles.

—¿Qué pasa con Ali y yo?

—No hay intangibles.

Escuché a un bebé llorar de fondo. El hijo de Esperanza, Héctor, tenía dieciocho meses.

—Sigue sin dormir toda la noche —dijo Esperanza—, así que te imaginas lo entusiasmada que estoy con tu llamada.

—Lo siento.

—Lo superaré. Cuídate. Dile a Terese que no afloje. Ya aclararemos esto.

Colgó. Miré el teléfono. Por lo general Win y Esperanza odian cuando me meto en cosas como éstas. De pronto toda renuencia había desaparecido. Me pregunté por qué.

Al otro lado de la calle, un hombre con gafas, zapatillas de baloncesto Chuck Taylor negras y una camiseta verde pasó con toda tranquilidad. Mis antenas comenzaron a zumbar. Tenía el pelo corto y oscuro. También lo era su piel, lo que llamamos semítico, lo que yo a menudo confundo con latino, árabe, griego o, joder, italiano.

Llegó a la esquina y desapareció. Esperé a ver si volvía a aparecer. No lo hizo. Miré alrededor para ver si alguien más había entrado en escena. Pasaron varias personas más, pero ninguna puso en marcha mis antenas.

Cuando Terese reapareció tenía los ojos secos.

—¿Cogemos un taxi? —preguntó.

—¿Conoces esta zona?

—Sí.

—¿Hay alguna estación de metro cerca?

Casi podía escuchar a Win diciendo: «En Londres, Myron, lo llamamos el tubo o el subterráneo».

Asintió. Caminamos dos calles. Ella abría la marcha.

—Sé que esto suena como la pregunta más idiota conocida por la humanidad —comencé—, pero, ¿estás bien?

Terese asintió.

—¿Crees en alguna cosa sobrenatural?

—¿A qué te refieres?

—Fantasmas, espíritus, percepción extrasensorial, cualquiera de esas cosas.

—No. ¿Por qué, tú sí?

No respondió a la pregunta directamente.

—Ésta es tan solo la segunda vez que visito la tumba de mi hija.

Metí la tarjeta de crédito en la máquina expendedora y dejé que Terese apretase los botones correctos.

—Detesto estar ahí. No porque me infunda tristeza. Sino porque no siento nada. Cualquiera creería que todo ese sufrimiento, todas las lágrimas que se han derramado allí... ¿alguna vez te has parado a pensar en ello en un cementerio? Cuántas personas han llorado. Cuántas personas han dicho el último adiós a los seres queridos. Piensas, no sé, que todo ese sufrimiento humano se levantaría en pequeñas partículas para formar algo así como una sensación cósmica negativa. Quizás un cosquilleo en los huesos, un temblor helado en la nuca, algo.

—Pero tú nunca lo sentiste —dije.

—Nunca. Toda la idea de enterrar a los muertos y de poner una lápida sobre los restos... parece un desperdicio de espacio, algo que se conserva desde una época supersticiosa.

—Sin embargo —señalé—, hoy quisiste volver.

—No para presentar mis respetos.

—Entonces, ¿para qué?

—Esto te parecerá una locura.

—Adelante.

—Quise volver para ver si algo había cambiado en la última década. Para ver si esta vez podía sentir alguna cosa.

—No suena como una locura.

—No «sentir» de esa manera. No lo estoy diciendo bien. Creí que venir aquí podría ayudarme.

—¿De qué manera?

Terese continuó caminando.

—Ahí está la cosa. Supuse... —Se detuvo, tragó saliva.

—¿Qué? —pregunté.

Parpadeó a la luz del sol.

—No creo en lo sobrenatural, pero, ¿sabes en qué creo?

Sacudí la cabeza.

—Creo en el vínculo maternal. No sé de qué otra manera decirlo. Soy su madre. Ése es el vínculo más poderoso conocido por la humanidad, ¿no? El amor de una madre por su hijo es superior a todo. Por lo tanto, debería sentir algo, de una manera u otra. Debería ser capaz de estar junto a la tumba y saber si mi propia hija está viva o no. ¿Sabes a qué me refiero?

Mi reacción instintiva era ofrecerle un rollo compasivo como por ejemplo «¿Cómo podrías?» o «No te martirices más», pero me detuve antes de decir una estupidez. Tengo un hijo, al menos biológico. Ahora es mayor y está haciendo su segunda temporada de servicio en ultramar, esta vez en Kabul. Me preocupo a todas horas por él y, si bien no lo creo posible, no dejo de pensar que sabría si algo malo le ocurriese. Sentiría o imaginaría un viento helado en el interior de mi pecho o alguna tontería como ésa.

—Sé a qué te refieres.

Bajamos por una escalera mecánica que parecía no acabar nunca. Miré atrás. Ninguna señal del hombre de las gafas.

—¿Y ahora qué? —preguntó Terese.

—Volvemos al hotel. Comenzarás a mirar lo que encontramos en casa de Karen. Piensa en el código del ópalo, a ver dónde te lleva. Esperanza te enviará por mail lo que encuentre. Algo le ocurrió a Rick hace poco; algo que le hizo cambiar su vida y buscarte. Lo mejor que podemos hacer ahora mismo es intentar descubrir quién lo mató, por qué y en qué estaba trabajando en los últimos meses. Por lo tanto, necesitas revisar sus cosas, ver qué salta a la vista.

—¿Qué piensas de nuestra conversación con Karen? —preguntó Terese.

—Vosotras dos estabais muy unidas, ¿no?

—Sí, mucho.

—Entonces te lo diré cortésmente: no creo que Karen fuese del todo sincera. ¿Y tú?

—Antes de hoy hubiese dicho que le confiaría mi vida —contestó Terese—. Pero tienes razón. Está mintiendo en algo.

—¿Se te ocurre qué puede ser?

—No.

—Volvamos atrás y probemos otra cosa. Dime todo lo que recuerdas del accidente.

—¿Crees que oculto algo?

—Por supuesto que no. Pero ahora que sabes todo esto, me pregunto si hay alguna cosa de aquella noche que pueda parecerte diferente.

—No, nada. —Miró a través de la ventanilla, pero solo estaba la oscuridad del túnel—. He pasado la última década intentando olvidar aquella noche.

—Lo comprendo.

—No, no lo comprendes. He vuelto a repasar aquella noche en mi cabeza cada día durante los últimos diez años.

No dije nada.

—He mirado aquella noche desde todos los ángulos. Lo he pensado todo, he pensado en todos los «si hubiese»: si hubiese conducido más lento, si hubiese tomado una ruta diferente, si la hubiese dejado en casa, si no hubiese tenido tanta ambición, todo. No hay nada más que recordar.

Nos bajamos del vagón y caminamos hacia la salida.

Cuando entramos en el vestíbulo, vibró mi móvil. Win me había enviado el siguiente mensaje:

LLEVA A TERESE AL ÁTICO.
LUEGO VE A LA HABITACIÓN 118. SOLO.

Dos segundos más tarde, Win añadió:

POR FAVOR, EVITA RESPONDER CON COMENTARIO
INGENIOSO Y HOMÓFOBO REFERENTE A «SOLO».

Win era la única persona que conocía con una verborrea superior en los textos que en persona. Llevé a Terese al ático. Había un portátil con conexión a Internet. Se lo señalé.

—Quizás puedas investigar a esa entidad, Salvar a los Ángeles.

—¿Adónde vas? —preguntó.

—Abajo. Win quiere hablar conmigo.

—¿No puedo ir?

—Dijo que solo.

—No me gusta mucho la idea —señaló Terese.

—Tampoco a mí, pero me resulta más conveniente no preguntar.

—¿Hasta qué punto llega su locura?

—Win es cuerdo. Solo que en exceso racional. Ve las cosas en blanco y negro. —Luego añadí—: Tiende a ser de esos para los que el fin justifica los medios.

—Sus medios pueden ser bastante expeditivos —afirmó ella.

—Sí.

—Lo recuerdo de cuando te ayudé a encontrar a aquel donante.

No dije nada.

—Win no estará intentando evitar herir mis sentimientos, ¿verdad?

—Win y preocuparse por los sentimientos de una mujer. —Imité con las manos el oscilar de una balanza—. No creo que eso sea posible.

—Será mejor que vayas.

—Sí.

—¿Me dirás qué pasa?

—Lo más probable es que no. Si Win no quiere contarte una cosa es por tu bien. Tienes que confiar en él.

Terese asintió y se levantó.

—Voy a ducharme y después me pondré con internet.

—Vale.

Fue hacia el dormitorio. Yo hacia la puerta que daba al pasillo.

—¿Myron?

Me volví hacia ella. Me miraba. Era hermosa, vulnerable, fuerte y estaba allí como si se estuviese preparando para recibir un golpe, y yo quería ponerme delante y protegerla.

—¿Qué? —pregunté.

—Yo te quiero —dijo Terese.

Lo dijo así. Mirándome de lleno, hermosa, vulnerable y fuerte. Algo en mi pecho se remontó y echó a volar. Me quedé allí, inmóvil, sin poder articular palabra.

—Sé que no podría ser peor el momento y no quiero que interfiera en lo que estamos haciendo ahora. Pero sea como sea, si Miriam está viva o resulta la peor de las bromas pesadas, quiero que lo sepas: te quiero. Cuando esto se acabe, sea cual sea el resultado, quiero más que nada que tú y yo lo intentemos.

Abrí y cerré la boca; la abrí de nuevo.

—Estoy más o menos saliendo con alguien.

—Lo sé. Sé que el momento es fatal. Pero no pasa nada. Si tú la quieres, entonces ya está. Si no, aquí estoy.

Terese no esperó una respuesta. Se volvió, abrió la puerta del dormitorio y desapareció en el interior.

18

Entré tambaleándome en el ascensor.

¿Cómo decía aquella canción de Snow Patrol de hace un par de años? Aquellas tres palabras dicen tanto... pero no son suficientes.

Una mierda. Eran suficientes.

Pensé en Ali en Arizona. Pensé en Terese de pie allí diciéndome que me quería. Era probable que Terese estuviese en lo cierto; la mejor respuesta era no permitir que interfiriese. Pero estaba allí. Y me carcomía.

Las cortinas estaban echadas en la habitación 118.

Iba a encender las luces, pero entonces me lo pensé mejor. Win estaba sentado en una butaca. Escuché el tintinear del hielo en lo que fuese que estaba bebiendo. El alcohol nunca parecía afectar a Win, aunque era muy temprano.

Me senté delante de él. Habíamos sido amigos durante mucho tiempo. Nos conocimos como estudiantes en la Universidad de Duke. Recuerdo haber visto su foto en el libro de nuevos estudiantes el primer día que llegué al campus. El pie de la foto lo citaba como Windsor Horne Lockwood III de alguna escuela muy pretenciosa del Main Line de Filadelfia. Tenía la cabellera perfecta y la expresión altiva. Mi padre y yo acabábamos de subir todas mis maletas hasta mi habitación del cuarto piso. Típico de mi padre. Me llevó a Carolina del Norte desde Nueva Jersey, sin quejarse ni una vez, insistiendo en cargar las cosas más pesadas él mismo, nos sentamos para descansar un poco y yo comencé a pasar las páginas del libro, le señalé la foto de Win y dije:

«Eh, papá, mira a este tipo. Apuesto a que no lo veré nunca en los cuatro años».

Estaba equivocado.

Durante mucho tiempo sentí que Win era indestructible. Había matado a muchos, pero a nadie que no pareciese merecerlo, y sí, sé lo inquietante que resulta. Pero la edad tiene su propia manera de ganar terreno en todos nosotros. Aquello que parece excéntrico e inquietante cuando tienes los veinte o treinta se convierte en algo más cercano a lo patético a los cuarenta.

—Será difícil conseguir el permiso para exhumar el cuerpo —comenzó Win—. No tenemos ningún motivo para la petición.

—¿Qué pasa con los resultados de la prueba de ADN?

—Las autoridades francesas se niegan a entregar los resultados. También intenté la ruta más directa: un soborno.

—¿Nadie dispuesto a aceptarlo?

—Todavía no. Lo habrá, pero llevará algún tiempo, cosa que al parecer no tenemos.

Pensé.

—¿Tienes alguna sugerencia?

—Sí.

—Te escucho.

—Sobornamos a los sepultureros. Lo hacemos nosotros mismos esta noche al amparo de la oscuridad. Solo necesitamos una pequeña muestra. La enviamos a nuestro laboratorio, comparamos el ADN con el de Terese —levantó la copa— y ya está.

—Macabro —dije.

—Y efectivo.

—¿Crees que tiene algún sentido?

—¿Qué quieres decir?

—Sabemos cuál será el resultado.

—Dímelo.

—Escuché el tono en la voz de Berleand. Habló de prematuro e inconcluyente, pero ambos lo sabemos. Vi a aquella muchacha en el vídeo de vigilancia. Vale, no su rostro y desde lejos. Pero tiene el andar de su madre, si sabes a lo que me refiero.

—¿Qué pasa con el culo de su madre? —preguntó Win—. Ésa sería una prueba concluyente.

Me limité a mirarlo.

Él exhaló un suspiro.

—Los gestos a menudo dicen más que las facciones o incluso la estatura —admitió—. Entendido.

—Sí.

—Tú y tu hijo lo tenéis —comentó Win—. Cuando se sienta, sacude la pierna como lo haces tú. Tiene tus movimientos, la manera cómo tus dedos se separan de la pelota, en el momento de lanzar, aunque no tus resultados.

No creo que Win hubiese mencionado antes a mi hijo.

—Todavía tenemos la necesidad de hacerlo —dije. Pensé de nuevo en el axioma de Sherlock Holmes de eliminar lo imposible—. Al final del día, la respuesta más obvia es algún tipo de error en el análisis de ADN de Berleand. Necesitamos saberlo a ciencia cierta.

—De acuerdo.

Detestaba la idea de profanar una tumba, sobre todo la de alguien que había muerto tan pequeña. Se lo comentaría a Terese, pero ella había dejado muy claro cómo se sentía respecto a aquello de ceniza a las cenizas. Le dije a Win que siguiese adelante.

—¿Por eso querías verme a solas? —pregunté.

—No.

Win bebió un largo trago, se levantó y llenó su copa. No se molestó en ofrecerme. Sabía que no tolero el alcohol. Aunque mido un metro noventa y peso casi ciento diez kilos, soy incapaz de soportar el alcohol de la misma manera que una chica de dieciséis años que toma su primer cóctel.

—Tú viste el vídeo de la chica rubia en el aeropuerto —dijo.

—Sí.

—Y ella estaba con el hombre que te atacó. El que aparece en la foto.

—Tú lo sabes.

—Lo sé.

—Entonces, ¿qué pasa?

Apretó un botón del móvil y se lo acercó a la oreja.

—Por favor, reúnase con nosotros.

Se abrió la puerta de la habitación vecina. Entró una mujer alta con un traje chaqueta azul oscuro. Tenía el pelo negro azabache y los hombros anchos. Parpadeó, se llevó la mano a los ojos y preguntó:

—¿Por qué están tan bajas las luces?

Tenía acento británico. Como era cosa de Win, supuse que la mujer era algo del estilo de Mii. Pero no era el caso. Cruzó la habitación y tomó asiento.

—Ella —dijo Win—, pertenece a la Interpol aquí en Londres.

Dije algo rutinario, como «Es un placer». Ella asintió y miró mi rostro como si fuese una pintura moderna que no entendiese del todo.

—Dígaselo —pidió Win.

—Win me envió la foto del hombre al que usted atacó.

—Yo no lo ataqué. Él me apuntó con un arma.

Lucy Probert lo descartó con un gesto como si fuese basura en el mar.

—Mi división en la Interpol se ocupa del tráfico internacional de niños. Tal vez piensa que el mundo de ahí es algo bastante perverso, pero créame, es mucho más perverso de lo que imagina. Los crímenes a los que me enfrento; bueno, se puede enloquecer con lo que las personas hacen con los más vulnerables. En nuestra batalla contra esa depravación, su amigo Win ha sido un aliado muy valioso.

Miré al mencionado amigo y como siempre su rostro no reveló nada. Durante mucho tiempo, Win había sido —a falta de un término mejor— un vigilante. Salía por las noches y se paseaba por las calles más peligrosas de Nueva York o Filadelfia con la ilusión de ser atacado para así acabar con aquellos que atacaban a los más débiles. Leía de un pervertido que había salido bien librado debido a un tecnicismo legal o algún maltratador que había conseguido que su esposa retirase la denuncia, y él les hacía lo que llamábamos «una visita nocturna». Hubo el caso de un pedófilo que la policía sabía que había secuestrado a una niña pero se negaba a hablar. Se vieron obligados a soltarlo. Win le hizo una visita nocturna. Habló. Encontraron a la niña, ya muerta. Nadie sabe dónde está ahora el pedófilo.

Había pensado que quizás Win lo había dejado o al menos había aminorado el ritmo, pero ahora me daba cuenta de que no había sido así. Había comenzado a hacer más viajes al extranjero. Había sido un «valioso aliado» en la lucha contra el tráfico de niños.

—Así que cuando Win me pidió un favor —prosiguió Lucy—, se lo hice. De todas maneras, ésta parecía una petición bastante inocua; introducir la foto que el capitán Berleand le había enviado en el programa de búsqueda y dar con una identificación. Algo ordinario, ¿no?

—Así es.

—Pues no. En la Interpol tenemos muchas maneras de identificar a las personas a partir de las fotos. Por ejemplo, está el software de reconocimiento facial.

—¿Señorita Probert?

—Sí.

—En realidad no necesito una lección de tecnología.

—Fantástico, porque no tengo el tiempo ni las ganas de darle una. Lo que quiero decir es que peticiones así son bastante habituales. Introduje la foto en el sistema antes de acabar la jornada, suponiendo que el ordenador la procesaría durante la noche y me daría una respuesta. ¿Eso es simplificar las cosas demasiado para usted?

Asentí, al comprender que sería un error interrumpirla. Era obvio que estaba inquieta y yo no ayudaba.

—Así que cuando llegué al trabajo esta mañana, esperaba tener una identidad para comunicársela. Pero no fue ése el caso. En cambio, ¿cómo puedo decir esto cortésmente?, fue como si a alguien se le hubiese ocurrido lanzar por la ventana todo tipo de residuos intestinales. Alguien había revisado mi escritorio. Habían accedido a mi ordenador y realizado una búsqueda. No me pregunte cómo lo sé; lo sé.

Se detuvo y comenzó a buscar en el bolso. Encontró un cigarrillo y se lo puso en los labios.

—Malditos norteamericanos y su cruzada contra el tabaco. Si uno de ustedes dice algo acerca de las reglas de no fumar...

Ninguno de los dos lo hizo.

Lo encendió, dio una profunda calada y soltó el humo.

—En resumen, aquella foto estaba clasificada o era máximo secreto o pongan ustedes su propia terminología.

—¿Sabe por qué?

—¿Por qué estaba clasificada?

—Sí.

—No. Estoy en un cargo muy alto de la cadena alimentaria de la Interpol. Si estaba por encima de mi cabeza, es que se trata de algo ultrasensible. Su foto hizo sonar las alarmas hasta lo más alto. Me llamaron al despacho de Mickey Walter, el gran jefe de Londres. No había tenido el honor de ser recibida por Mickey en dos años. Me llamó, me hizo sentar y quiso saber de dónde había conseguido la foto y por qué había hecho la petición.

—¿Qué le dijo?

Ella miró a Win y supe la respuesta.

—Que había recibido el soplo de una fuente fiable de que el hombre de la foto podía estar involucrado en el tráfico de niños.

—¿Le pidió el nombre de la fuente?

—Por supuesto.

—¿Usted se lo dio?

—Yo hubiese insistido —intervino Win.

—No tenía alternativa —afirmó la mujer—. Lo hubiesen averiguado de todas maneras. Si buscaban en mis registros de teléfono o mis correos electrónicos, podían rastrearlo.

Miré a Win. Ninguna reacción. Ella estaba equivocada; no hubiesen podido rastrearlo, pero comprendí cuál era su situación. A todas luces se trataba de algo grande. No cooperar hubiese sido el final de su carrera y quizás algo peor. Win hubiese hecho bien en insistir en que ella diese nuestros nombres.

—¿Y ahora qué?

—Quieren hablar conmigo —dijo Win.

—¿Saben que estás aquí?

—No, todavía no. Mi procurador les ha informado de que me presentaré voluntariamente dentro de una hora. Estamos alojados aquí con un nombre falso, pero si lo buscan acabarán por encontrarnos.

La mujer miró su reloj.

—Será mejor que me vaya.

Pensé en el tipo de las gafas de sol que había puesto en marcha mis antenas.

—¿Hay alguna probabilidad de que alguno de los suyos me esté siguiendo?

—Lo dudo.

—Es usted sospechosa —señalé—. ¿Cómo sabe que no la siguieron hasta aquí?

Ella miró a Win.

—¿Es imbécil o sencillamente sexista?

Win se lo pensó.

—Sexista.

—Soy agente de la Interpol. Tomo precauciones.

Pero no las precauciones suficientes como para que no te pillasen. Me guardé el pensamiento. No era justo. Ella no podía saber que poner aquella foto en el sistema provocaría una explosión.

Todos nos levantamos. Ella me estrechó la mano y besó la mejilla de Win. Win y yo volvimos a sentarnos cuando se marchó.

—¿Qué vas a decirle a la Interpol? —pregunté.

—¿Hay alguna razón para mentir?

—No, que yo sepa.

—Entonces les diré la verdad; la mayor parte. Mi mejor amigo, que serías tú, fue atacado por ese hombre en París. Quería saber quién era. Cubriremos a Lucy sosteniendo que le mentí diciendo que el hombre estaba involucrado en el tráfico de niños.

—Que por lo que sabemos es una posibilidad.

—Muy cierto.

—¿Te importa si le hablo a Terese de esto?

—Siempre que dejes fuera el nombre de Lucy.

Asentí.

—Necesitamos conseguir una identificación de ese tipo.

Bajé con Win hasta el vestíbulo un tanto espectacular del Claridge's. No había ningún cuarteto de cuerdas interpretando conciertos, pero deberían tenerlo. La decoración era moderna de clase alta británica, que equivale a decir una mezcla de inglés antiguo y art déco, hecho en un estilo lo bastante relajado para los turistas vestidos con tejanos y lo bastante altivo como para imaginar que algunas sillas y quizás las molduras del techo frunzan sus aristocráticas narices con cierto desprecio. Me gustaba. En cuanto Win se marchó, caminé hacia el ascensor cuando algo me detuvo.

Las zapatillas de baloncesto Chuck Taylor negras.

Me moví hacia los ascensores, me detuve y me palpé los bolsillos. Me volví con una expresión de desconcierto, como si acabase de darme cuenta de que había olvidado algo. Myron Bolitar, el gran actor. Aproveché la oportunidad para mirar con discreción al hombre con las zapatillas negras.

Nada de gafas. Esta vez una sudadera azul. Una gorra de béisbol que no había estado allí en el cementerio. Pero lo sabía. Era mi tipo. Y era bueno. Las personas tienen la tendencia a recordar muy poco. Un tipo con gafas y el pelo corto. Si te pones una gorra y una sudadera sobre la camiseta, nadie se fijará en ti a menos que miren mucho.

Casi se me había escapado, pero ahora lo sabía a ciencia cierta: me seguía. El chico del cementerio había vuelto.

Había varias maneras de jugar, pero no estaba de humor para mostrarme tímido. Caminé por el angosto pasillo hacia las habitaciones que usaban para reuniones y conferencias. Era domingo, así que estaban vacías. Me crucé de brazos, me apoyé en la entrada del guardarropa y esperé a que apareciese mi hombre.

Cuando lo hizo —cinco minutos más tarde—, lo cogí por la camiseta y lo arrastré al interior del guardarropa.

—¿Por qué me está siguiendo?

Me miró desconcertado.

—¿Es mi barbilla prominente? ¿Mis hipnóticos ojos azules? ¿Mi bien formado culo? Por cierto, ¿me hacen parecer gordo estos pantalones? Dígame la verdad.

El hombre me miró otro segundo, quizás dos, y entonces hizo lo que yo había hecho antes: atacó.

Comenzó con un golpe en el rostro con la base de la palma. Lo paré. Se giró para lanzar un codazo. Rápido. Más rápido de lo que había esperado. El golpe aterrizó en el costado izquierdo de mi barbilla. Moví la cabeza para disminuir el impacto, pero así y todo sentí como se sacudían los dientes. Continuó con el ataque, lanzando otro golpe, luego un puntapié lateral, seguido por un puñetazo al cuerpo. El golpe al cuerpo fue el más duro, en la parte inferior de las costillas. Dolería. Si alguna vez ve el boxeo en televisión, incluso por casualidad, oirá que cualquier comentarista dirá las mismas cosas: los golpes al cuerpo son acumulativos. El oponente los sentirá en el último asalto. Eso es verdad pero no del todo. Los golpes al cuerpo también duelen en el momento. Te hacen encoger y bajar las defensas.

Tenía problemas.

Parte de mi cerebro comenzó a reprocharme: menuda estupidez hacer esto sin un arma o sin Win como respaldo. No obstante, la mayor parte de mi cerebro ya se había puesto en el modo de supervivencia. Incluso la pelea al parecer más inocente —en un bar, en un campo de fútbol, donde sea— hace que tu adrenalina se dispare porque tu cuerpo sabe aquello que tu mente no quiere aceptar: esto va de supervivencia. Existe la probabilidad de que mueras.

Caí al suelo y me aparté rodando sobre mí mismo. El guardarropa era pequeño. Ese tipo sabía lo que se hacía. No se apartó, intentaba darme pisotones, perseguirme. Me dio un puntapié en la cabeza; las estrellas explotaron como sacadas de una película de dibujos animados. Me pregunté si debía gritar pidiendo ayuda, cualquier cosa que consiguiera detenerlo.

Rodé otra vez y quizás otra más para tomar nota de su ritmo. Dejé el vientre desprotegido, con la ilusión de que decidiese descargarme un puntapié. Lo hizo. En el momento en que empezó a doblar la rodilla invertí el rodar hacia él, doblado por la cintura, con las manos preparadas. El puntapié aterrizó en medio de la tripa, pero yo estaba preparado. Le sujeté el pie contra el cuerpo con ambas manos y rodé con fuerza. Él tenía dos alternativas. Dejarse caer al suelo de inmediato o ver cómo se le partía el hueso del tobillo como una rama seca.

Sabía lanzar golpes mientras caía, pero la mayor parte de ellos no fueron efectivos.

Ambos estábamos en el suelo. Yo estaba magullado y mareado, pero tenía dos grandes ventajas. Una, que aún le sujetaba el pie, aunque notaba que aflojaba la sujeción. Dos, ahora que estábamos en el suelo, el tamaño se volvió importante, y lo digo sin segundas. Le sujetaba la pierna con ambas manos. Intentó abrirse paso a puñetazos. Me acerqué a él metiendo la cabeza en su pecho. Cuando un oponente te está arrojando puñetazos, la mayoría de las personas creen que deben dejarle espacio al tipo. Pero es justo lo contrario. Apoyas el rostro en su pecho y disminuyes su potencia. Eso fue lo que hice.

Intentó pegarme en las orejas, pero para eso necesitaba las dos manos, y se hacía vulnerable. Levanté la cabeza con fuerza y muy rápido y lo alcancé debajo de la barbilla. Cayó hacia atrás. Me lancé encima.

En aquel momento la lucha era cuestión de fuerza, técnica y tamaño. Le había derrotado en dos de tres: fuerza y tamaño. Yo aún estaba mareado por el ataque inicial, pero el golpe con la cabeza había ayudado. Aún le sujetaba la pierna. Se la giré con fuerza. Él rodó con ella y fue entonces cuando cometió su gran error.

Volvió su espalda hacia mí, dejándola a la vista.

Lo solté y me eché encima suyo, con mis piernas cerrándose alrededor de su cintura, mi brazo derecho alrededor del cuello. Sabía lo que le venía a continuación. El miedo hizo que comenzase a titubear. Bajó la barbilla para parar mi codo. Le pegué en la nuca con un golpe de palma. Eso lo debilitó. Me apresuré a sujetarle la frente y la tiré hacia atrás. Intentó resistirse, pero le había levantado la barbilla lo suficiente. Mi codo pasó por debajo de la abertura y llegó a su garganta. La llave estranguladora a punto.

Ya lo tenía. Solo era cuestión de tiempo.

Entonces oí un sonido, mejor dicho una voz, que gritaba algo en un idioma extranjero. Dudé en soltarlo para ver quién era, pero me mantuve en mi posición. Ése fue mi error. Un segundo hombre había entrado en el cuarto. Me golpeó en la nuca, seguramente con un golpe dado con el canto de la mano, un clásico golpe de karate. Un entumecimiento me dominó como si todo mi cuerpo se hubiese convertido en un «hueso de la música» golpeado de la manera equivocada. Aflojé la llave.

Escuché que el hombre gritaba de nuevo, en el mismo idioma extranjero. Me confundió. El primer hombre se escapó de mi sujeción, jadeando en busca de aliento. Rodó sobre sí mismo. Ahora eran dos. Miré al segundo hombre. Me apuntaba con un arma.

Estaba acabado.

—No se mueva —me dijo el hombre con acento extranjero.

Mi cerebro buscó una salida, pero estaba demasiado lejos. El primer hombre se levantó. Aún jadeaba con fuerza. Nos miramos el uno al otro, nuestras miradas se cruzaron, y vi algo extraño en sus ojos. No era odio. Quizás respeto. No lo sé.

Miré de nuevo al hombre que llevaba el arma.

—No se mueva —dijo por segunda vez—, y no nos siga.

Entonces ambos escaparon.

19

Fui tambaleando hasta el ascensor. Esperaba llegar a mi habitación sin ser visto, pero el ascensor se detuvo en el vestíbulo. Una familia de seis norteamericanos miró mi camisa rota, la boca sangrando y todo el resto, sin embargo entraron y saludaron. Durante los pisos siguientes presencié como la hermana mayor incordiaba a su hermano, la madre rogaba que dejaran de hacerlo, el padre intentaba no hacerles caso y los otros dos hermanos se pellizcaban el uno al otro cuando los padres no miraban.

Cuando llegué a la habitación, Terese se desesperó, pero solo por unos momentos. Me ayudó y llamó a Win. Win llamó a un médico. El doctor llegó sin tardanza y declaró que no había nada roto. Estaría bien. Me dolía la cabeza, probablemente se trataba de una conmoción. Anhelaba descansar. El doctor me dio algo y todo se volvió un tanto difuso. Lo siguiente que recuerdo fue notar la presencia de Win al otro lado de la habitación a oscuras. Abrí un ojo y después el otro.

—Eres un idiota —dijo Win.

—No, estoy bien, de verdad, no empieces con las preocupaciones.

—Tendrías que haberme esperado.

—A nadie le gustan los tipos que te dan la lata con «ya te lo dije» después de que pasan las cosas.

Me esforcé por sentarme. Mi cuerpo estaba más o menos dispuesto, pero mi cabeza protestó con fuerza. Me la sujeté con las dos manos, con la voluntad de evitar que se partiese.

—Creo que he aprendido algo —dije.

—Te escucho.

Las cortinas aún estaban abiertas. Había anochecido. Consulté mi reloj. Eran las diez de la noche, y recordé algo.

—El cementerio.

—¿Qué pasa con el cementerio?

—¿Van a exhumar el cadáver?

—¿Todavía quieres intentarlo?

Asentí y me vestí deprisa. No me molesté en despedirme de Terese. Lo habíamos hablado antes. Ella no veía ninguna razón para estar allí. Win había llamado a una limusina para que nos recogiese en la entrada, entramos en un aparcamiento privado y entonces cambiamos de coches.

—Ten —dijo Win.

Me dio un revólver pequeño, un NAA Black Widow. Lo miré.

—¿Un veintidós?

Normalmente Win prefería las armas grandes. Algo así como un bazuca o un lanzagranadas.

—El Reino Unido tiene unas leyes muy estrictas respecto a llevar armas. —Me dio una pistolera para el tobillo—. Será mejor que la mantengas oculta.

—¿Es eso lo que llevas tú?

—Cielos, no. ¿Quieres algo más grande?

No quería. Me sujeté la pistolera al tobillo. Me recordaba a una tobillera que usaba cuando jugaba al baloncesto.

Cuando llegamos al cementerio, esperaba sentir, cómo decirlo, algo morboso, pero no. Había dos hombres junto a la fosa y ya casi habían acabado. Ambos vestían chándales de color azul marino. La mayor parte de la excavación la habían hecho horas antes con una pequeña excavadora amarilla que había aparcada a la derecha como si contemplase su obra. Los dos tipos de chándal solo tenían que apartar una delgada capa de tierra de la tapa del féretro para abrirlo y sacar unas pocas muestras, un trozo de hueso o algo así. Luego lo cerrarían y volverían a taparlo con la tierra.

Quizás ahora sí me sentía morboso.

Una lluvia muy fina cayó sobre nosotros. Miré hacia abajo. Win hizo lo mismo. Estaba oscuro, pero nuestros ojos se habían acomodado lo suficiente para ver las sombras. Los hombres estaban agachados, casi fuera de nuestra vista.

—Dijiste que habías aprendido algo.

Asentí.

—Los hombres que me seguían. Hablaban hebreo y sabían el Krav Magá.

El Krav Magá es el arte marcial israelí.

—Y eran buenos —añadió Win.

—¿Ves adónde quiero ir a parar?

—Un buen sabueso, un buen peleador, se va sin matarte, habla en hebreo. —Win asintió—. El Mossad.

—Explica el interés despertado.

Debajo de nosotros escuchamos maldecir a uno de los hombres.

—¿Hay algún problema? —preguntó Win.

—Pusieron una cerradura en el féretro —dijo una voz. Encendió una linterna. Ahora todos veíamos el ataúd—. Por todos los diablos, ¿por qué? Mi casa no tiene una cerradura de este tipo. Estamos intentando abrirlo con diferentes llaves.

—Rómpalo —ordenó Win.

—¿Está seguro?

—¿Quién se va a enterar?

Los dos hombres soltaron una carcajada de la manera que solo podían hacerlo dos hombres que excavasen una tumba.

—Es verdad —admitió uno.

Win volvió su atención hacia mí.

—¿Por qué Rick Collins estaría involucrado con el Mossad?

—No se me ocurre.

—¿Por qué un accidente de coche ocurrido hace diez años despierta el interés del servicio secreto israelí?

—Tampoco se me ocurre.

Win lo pensó.

—Llamaré a Zorra. Quizás ella pueda ayudarnos.

Zorra era un travesti muy peligroso que nos había ayudado en el pasado y que había trabajado para el Mossad a finales de los ochenta.

—Podría funcionar. —Pensé sobre ello—. Supongamos que el tipo que golpeé con la mesa era del Mossad. Eso explicaría algunas cosas.

—Como que la Interpol se pusiese de los nervios cuando intentamos conseguir una identificación —dijo Win.

También pensé en ello.

—Pero si era del Mossad, ¿quién era el tipo al que le disparé?

Win pensó en eso.

—Aún no sabemos lo suficiente. Llamemos a Zorra a ver qué puede encontrar.

Escuchamos el ruido de esfuerzos y golpes que venían desde abajo. Entonces una voz gritó:

—Ya está.

Miramos abajo. La linterna mostró dos manos que levantaban una tapa. Los hombres gruñeron por el esfuerzo. El ataúd tenía un tamaño regular. Eso me sorprendió. Había esperado algo más pequeño para una niña de siete años. Pero quizás ahí estaba la cuestión, ¿no? Quizás era eso lo que me estaba salvando de sentirme fatal: no creía que fuésemos a encontrar el esqueleto de una niña de siete años.

No quería mirar más, así que me aparté. Estaba allí solo para observar, para asegurarme de que sacasen una muestra de la tumba. Ya era locura sin saber que todo lo relacionado con esta prueba era contundente. Si daba negativo, no quería que alguien dijese: Pero, ¿cómo sabe usted que era de la tumba correcta? O: ¿Quizás ellos solo dijeron que cavaron, pero no lo hicieron? Quería eliminar todas las variables posibles.

—El ataúd está abierto— avisó uno de los sepultureros.

Vi a Win que miraba abajo. Otra voz salió del agujero en un susurro.

—Jesús bendito.

Luego silencio.

—¿Qué? —pregunté.

—Un esqueleto —respondió Win, sin desviar la mirada—. Pequeño. Con toda probabilidad de un niño.

Todos nos quedamos inmóviles.

—Tome una muestra —dijo Win.

—¿Qué clase de muestra? —preguntó uno de los sepultureros.

—Un hueso. Un trozo de tela si encuentra alguno. Guárdelos en esas bolsas de plástico.

Ahí había enterrada una niña. Supongo que en realidad no lo esperaba. Miré a Win.

—¿Es posible que estemos equivocados?

Win se encogió de hombros.

—El ADN no miente.

—Entonces si ésta no es Miriam Collins, ¿de quién es el esqueleto?

—Hay otras posibilidades —señaló Win.

—¿Como cuáles?

—Hice que uno de mis hombres investigase un poco. Alrededor de la fecha del accidente, desapareció una niña pequeña de Brentwood. La gente estaba segura de que el padre la había matado, pero el cuerpo nunca se encontró. El padre continúa en libertad hasta el día de hoy.

Pensé en lo que Win había dicho.

—Tienes razón. Nos estamos adelantando a los hechos.

Win no hizo ningún comentario.

Miré de nuevo al interior del agujero. Un rostro sucio nos alcanzó una bolsa de plástico.

—Todo suyo, compañero. Buena suerte y váyase al infierno.

Win y yo nos marchamos entonces, con un pequeño trozo de hueso de una niña a la que habíamos sacado de su tranquilo sueño en mitad de la noche.

20

Llegamos al Claridge's a las dos de la mañana. Win se fue de inmediato para disfrutar un poco de Mii. Yo me di una larga ducha caliente. Cuando miré en el minibar de la habitación, una pequeña sonrisa cruzó mi rostro. Estaba lleno de Yoo-Hoos. De chocolate. Así era Win.

Me bebí uno frío y esperé a que el azúcar hiciese efecto. Encendí el televisor y fui cambiando de canales, porque eso es lo que hacen los hombres de verdad. Series norteamericanas de la temporada pasada. La puerta de Terese estaba cerrada, pero no creía que durmiese. Permanecí solo y respiré profundamente.

El reloj marcaba las dos de la mañana. Las ocho de la tarde en Nueva York. Las cinco de la tarde en Scottsdale, Arizona.

Miré mi teléfono. Pensé en Ali, Erin y Jack en Arizona. No sabía gran cosa de Arizona. Era el desierto, ¿no? ¿Quién quiere vivir en el desierto?

Marqué el número de móvil de Ali. Sonó tres veces antes de que respondiese con un desconfiado:

—¿Hola?

—Hola.

—Tu número no aparece en el identificador de llamadas —dijo Ali.

—Tengo otro teléfono, pero es el mismo número.

Silencio.

—¿Dónde estás? —preguntó Ali.

—En Londres.

—¿Londres, en Inglaterra?

—Sí.

Escuché un sonido. Me pareció que era Jack. Ali dijo: «Un momento, cariño, estoy al teléfono». Advertí que no dijo con quien hablaba por teléfono. Por lo general lo hubiese hecho.

—No sabía que estabas en el extranjero —dijo Ali.

—Recibí una llamada de un amigo con problemas. Ella estaba...

—¿Ella?

Me detuve.

—Sí.

—Vaya, no has tardado mucho.

Estaba a punto de decir que no era lo que creía, pero me detuve.

—La conozco desde hace diez años.

—Ya veo. Entonces solo una súbita visita a Londres para ver a una vieja amiga.

Silencio.

Entonces escuché de nuevo la voz de Jack que preguntaba quién estaba al teléfono. El sonido viajaba a través de algún desierto de Estados Unidos y a través del Océano Atlántico y hacía que me encogiese.

—Tengo que irme, Myron. ¿Querías alguna cosa?

Buena pregunta. Quizás la había, pero no era el momento.

—Creo que no.

Colgó sin decir palabra. Miré el teléfono, sentí el peso, entonces pensé, espera un segundo: Ali lo había acabado, ¿no? ¿No lo había dejado bien claro, cuándo, hacía dos días? Además, en realidad, ¿qué había querido conseguir con esa maldita llamada telefónica?

¿Por qué había llamado?

¿Porque detestaba los cabos sueltos? ¿Porque quería hacer lo correcto, fuese lo que fuese lo que significase?

El dolor de la pelea comenzaba a reaparecer. Me levanté, me desperecé e intenté mantener los músculos relajados. Miré la puerta de Terese. Estaba cerrada. Me acerqué y espié en la habitación. La luz estaba apagada. Permanecí atento a su respiración. Ningún sonido. Comencé a cerrar la puerta.

—Por favor, no te vayas —dijo Terese.

Me detuve y respondí:

—Intenta dormir.

—Por favor.

Siempre he intentado ir con mucho cuidado cuando se trata de asuntos del corazón. Siempre hice lo correcto. Nunca fingí. Excepto por aquella vez en una isla hacía diez años. Me preocupaban los sentimientos y las repercusiones y lo que venía después.

—No te vayas —dijo ella de nuevo.

No lo hice.

Cuando nos besamos, hubo una tensión y luego una explosión, un dejarse ir como nunca había sentido antes, un dejarse ir como si te quedases muy quieto y te rindieses, y tu corazón late contra las costillas, y tu pulso se dispara y tus rodillas se aflojan, tus dedos se curvan, tus orejas se levantan y todas las partes de tu cuerpo se relajan y te entregas felizmente.

Aquella noche sonreímos. Lloramos. Besé aquel precioso hombro desnudo. Y por la mañana, ella se había marchado de nuevo.

Pero solo de la cama.

Encontré a Terese tomando café en la sala. La cortina estaba abierta. Para citar una vieja canción, el sol de la mañana en su rostro mostraba su edad; y me gustaba. Vestía el albornoz del hotel y estaba un poco entreabierto, solo un indicio del botín que tapaba. No creo haber visto nunca nada tan hermoso.

Terese me miró y sonrió.

—Hola —le dije.

—Acaba de una vez con las frases seductoras. Ya me has llevado a la cama.

—Maldita sea, me pasé toda la noche ensayándola.

—Bueno, de todas maneras has estado despierto toda la noche. ¿Café?

—Sí, por favor.

Lo sirvió. Me senté a su lado con sumo cuidado. La paliza estaba haciéndose sentir. Hice una mueca y pensé en tomar alguno de los analgésicos que el médico me había dejado. Pero no enseguida. Quería estar sentado con esa mujer espectacular y tomar nuestro café en silencio.

—Celestial —dijo ella.

—Sí.

—Desearía que pudiésemos quedarnos aquí para siempre.

—No estoy seguro de poder permitirme pagar la habitación.

Ella sonrió. Tendió la mano para coger la mía.

—¿Quieres escuchar algo terrible?

—Dime.

—Parte de mí quiere olvidar todo esto y escapar contigo.

Sabía a qué se refería.

—He soñado tantas veces con esta oportunidad de redención... Ahora que quizás ha llegado, no puedo evitar la sensación de que me destruirá.

Me miró.

—¿Tú qué piensas?

—No dejaré que te destruya —respondí.

Su sonrisa era triste.

—¿Crees que tienes ese poder?

Tenía razón, pero algunas veces hago declaraciones tontas como ésas.

—Entonces, ¿qué quieres hacer?

—Descubrir qué pasó en realidad aquella noche.

—De acuerdo.

—No tienes por qué ayudar —dijo.

—Tengo que hacerlo, sobre todo después de lo que dijiste anoche.

—Es verdad.

—¿Cuál es nuestro próximo paso? —pregunté.

—Acabo de hablar por teléfono con Karen. Le dije que había llegado el momento de decirlo todo.

—¿Qué respondió?

—No protestó. Nos encontraremos dentro de una hora.

—¿Quieres que te acompañe?

Ella sacudió la cabeza.

—Esta vez tenemos que estar las dos solas.

—De acuerdo.

Permanecimos sentados allí y tomamos nuestro café; no queríamos movernos, ni hablar, ni hacer nada.

Terese rompió el silencio:

—Uno de nosotros debería decir: «En cuanto a lo de anoche...».

—Te lo dejaré a ti.

—Fue de puta madre.

Sonreí.

—Sí. Sabía que debía dejártelo a ti.

Se levantó. La miré. Solo vestía el albornoz. Señoras, ahórrense los encajes, sus Victoria's Secret, sus tangas, sus medias de seda, sus picardías. A mí que me den una mujer hermosa con un albornoz siempre que quieran.

—Me voy a dar una ducha —dijo.

—¿Es una invitación?

—No.

—Oh.

—No hay tiempo.

—Puedo ser rápido.

—Lo sé. Pero cuando lo haces, no es tu mejor trabajo.

—Ay.

Se inclinó y me besó suavemente en los labios.

—Gracias.

Estaba a punto de soltar una respuesta burlona —algo así como «díselo a todas tus amigas u otra clienta satisfecha»—, pero algo en su tono me contuvo. Algo en su tono me abrumó y me hizo sufrir. Le apreté la mano y permanecí en silencio, y luego la miré mientras se alejaba.

21

Win me echó una mirada y dijo:

—Por fin has mojado.

Iba a discutir, pero, ¿qué sentido tenía?

—Sí.

—Detalles, por favor.

—Un caballero no besa y luego lo cuenta.

Me miró desconsolado.

—Tú sabes que me encantan los detalles.

—Y tú sabes que nunca te los cuento.

—Solías dejarme mirar. Cuando salíamos con Emily en la facultad, tú solías dejarme mirar por la ventana.

—No te dejaba. Tú lo hacías. Cuando arreglaba aquella persiana, tú por lo general la volvías a romper. Eres un cerdo, ¿lo sabías?

—Algunos me llamarían un amigo interesado.

—Pero la mayoría te llamaría un cerdo.

Win se encogió de hombros.

—Quiéreme con todos mis defectos.

—¿Dónde estamos? —pregunté.

—Ambos estábamos mojando.

—Aparte de eso.

—Se me acaba de ocurrir algo —dijo Win.

—Te escucho.

—Quizás haya una explicación más simple sobre cómo llegó la

sangre de la muchacha muerta a la escena del crimen. Aquella organización benéfica Salvar a los Ángeles. Una de las cosas que hacen es la investigación con células madre, ¿no?

—Supongo que de alguna manera. Creo que están en contra.

—Sabemos que Rick Collins quizás descubrió que tenía la enfermedad de Huntington. Su padre desde luego la tenía.

—Te sigo.

—La gente en la actualidad guarda la sangre de los cordones umbilicales de sus hijos; la congelan o hacen algo así para un uso futuro. Está repleta de células madre y la idea es que en algún lugar o en algún momento esas células madre pueden salvar la vida de tu hijo, incluso la tuya. Quizás Rick Collins guardó la de su hija. Cuando descubrió que tenía la enfermedad de Huntington, decidió que podía utilizarla.

—Las células madre no curan el mal de Huntington.

—No, todavía no.

—O sea que tú crees que tenía la sangre del cordón umbilical congelada cuando lo asesinaron y entonces, qué, ¿se derritió?

Win se encogió de hombros.

—Esa hipótesis tiene menos sentido que la de que Miriam Collins haya estado viva todo este tiempo.

—¿Qué pasa con el pelo rubio?

—Hay muchas rubias en este mundo. La mujer que tú viste bien podía ser otra.

Pensé.

—Así y todo sigue sin decirnos quién mató a Rick Collins.

—Es verdad.

—Todavía creo que, sea lo que sea, esto comenzó con el accidente de coche de hace diez años. Sabemos que Nigel Manderson mintió.

—Así es —admitió Win.

—Karen Tower está ocultando algo.

—¿Qué pasa con ese tipo, Mario?

—¿Qué pasa con él?

—¿Está ocultando algo?

Pensé sobre ello.

—Puede ser. Lo veré esta mañana para buscar entre los archivos de trabajo de Rick. Entonces haré otro intento con él.

—Después también tenemos a los israelíes, quizás el Mossad, que te siguen. Llamé a Zorra. Ella hablará con sus fuentes.

—Bien.

—Por último, tu enfrentamiento parisino y aquella foto que levantó la alarma en la jerarquía de la Interpol.

—¿Tu entrevista con la Interpol fue bien?

—Formularon preguntas; yo les relaté mi historia.

—Hay una cosa que no entiendo —dije—. ¿Cómo es que todavía no me han pillado a mí?

Win sonrió.

—Ya sabes por qué.

—Me siguen.

—Respuesta correcta.

—¿Los has visto?

—Un coche negro en la esquina, a la derecha.

—Es probable que el Mossad también me esté siguiendo.

—Eres un hombre muy popular.

—Es porque sé escuchar a la gente. A la gente le gusta un buen oyente.

—Desde luego.

—También soy muy divertido en las fiestas.

—Y un bailarín muy elegante. ¿Qué quieres hacer con los que te espían?

—Me gustaría perderlos de vista.

—Ningún problema.

Perder a tu sombra es bastante fácil. En este caso, Win nos metió en un coche con los cristales tintados. Fuimos a un aparcamiento subterráneo con varias salidas. El coche se marchó. Aparecieron otros dos. Entré en uno, Win en el otro.

Terese estaba ahora con Karen. Yo iba de camino para ver a Mario Contuzzi.

Veinte minutos más tarde, toqué el timbre del apartamento de Contuzzi. Ninguna respuesta. Consulté mi reloj. Había llegado unos cinco minutos antes. Pensé en el caso, en cómo la Interpol se había puesto como loca por aquella foto.

¿Quién era el tipo que me apuntó con un arma en París?

Había intentado todos los caminos para dar con la identidad del hombre. Quizás, si tenía un minuto libre, debería intentar la ruta más directa.

Llamé al teléfono privado de Berleand.

Dos timbrazos después, respondió una voz y dijo algo en francés.

—Por favor, querría hablar con el capitán Berleand.

—Está de vacaciones. ¿En qué puedo ayudarle?

¿Vacaciones? Intenté imaginarme a Berleand disfrutando de un tiempo de ocio en la playa de Cannes, pero la figura no encajaba.

—De verdad, necesito ponerme en contacto con él.

—¿Puedo preguntar quién lo llama?

No tenía ningún sentido no decirlo.

—Myron Bolitar.

—Lo siento. Está de vacaciones.

—Por favor, ¿podría ponerse en contacto con él y pedirle que llame a Myron Bolitar? Es urgente.

—Espere un momento.

Esperé.

Un minuto más tarde, otra voz —ésta áspera y con un acento norteamericano perfecto— apareció en el teléfono.

—¿Puedo ayudarlo?

—No lo creo. Quiero hablar con el capitán Berleand.

—Puede hablar conmigo, señor Bolitar.

—Pero es que usted no suena como un hombre muy agradable —señalé.

—No lo soy. Ha sido divertido cómo se escapó de nuestra vigilancia, pero esto no es gracioso.

—¿Quién es usted?

—Puede llamarme agente especial Jones.

—¿Puedo llamarlo superagente especial Jones? ¿Dónde está el capitán Berleand?

—El capitán Berleand está de vacaciones.

—¿Desde cuándo?

—Desde que le envió a usted aquella foto violando el protocolo. Él fue el que le envió aquella foto, ¿no?

Titubeé. Entonces dije:

—No.

—Seguro. ¿Dónde está usted, Bolitar?

En el interior del apartamento de Contuzzi sonaba el teléfono. Una, dos, tres veces.

—¿Bolitar?

Se detuvo al sexto timbrazo.

—Sabemos que todavía está en Londres. ¿Dónde está?

Colgué y miré hacia la puerta de Mario. El teléfono que llamaba —sonaba como debía sonar un teléfono, no como el tono de un móvil— había sonado como el de una línea terrestre. Vaya. Apoyé la mano en la puerta. Era gruesa y resistente. Apoyé la oreja en la fría superficie, marqué el número de Mario y vi como aparecía el número en la pantalla de mi móvil. La conexión tardó un par de segundos.

Cuando escuché el débil sonar del móvil de Mario a través de la puerta —el teléfono fijo había sido fuerte; éste no— el miedo inundó mi pecho. Bien podía no tener importancia, pero en la actualidad la mayoría de las personas no recorren ni la más mínima distancia, incluido las visitas al baño, sin el móvil enganchado o encima. Se puede lamentar este hecho, pero las posibilidades de que un tipo que trabaja en las noticias de la tele deje el móvil detrás mientras se va al despacho parecían remotas.

—¿Mario? —grité.

Comencé a aporrear la puerta.

—¿Mario?

No esperaba que respondiese. Apoyé de nuevo la oreja en la puerta para escuchar no sabía qué, quizás un gemido. Un gruñido. Una llamada. Algo.

Ningún sonido.

Consideré mis opciones. No muchas. Me eché hacia atrás, levanté el pie y golpeé la puerta. No se movió.

—Reforzada con acero, amigo. Nunca la echará abajo.

Me volví hacia la voz. El hombre vestía un chaleco de cuero negro sin camisa o camiseta debajo y, lamento decirlo, no tenía un físico muy agraciado. Su cuerpo, demasiado a la vista, era delgado y fofo. Llevaba un aro en la nariz. Se estaba quedando calvo y el poco pelo que le quedaba estaba peinado como un indio mohicano. Calculé su edad en unos cincuenta y algo. Parecía que había salido de un bar gay en 1979 y que acabase de llegar a casa.

—¿Conoce a los Contuzzi? —pregunté.

El hombre sonrió. Esperaba otra pesadilla dental, pero mientras que el resto de su cuerpo pasaba por varias etapas de decadencia, sus dientes resplandecían.

—Ah —dijo—. Es norteamericano.

—Sí.

—Amigo de Mario, ¿no?

No había ningún motivo para entrar a darle una larga explicación.

—Sí.

—Bueno, ¿qué puedo decirle, compañero? Por lo general son una pareja muy discreta, pero ya sabe lo que dicen: cuando la esposa no está, el ratón baila.

—¿A qué se refiere?

—Tenía una chica ahí dentro. Tuvo que alquilarla, ya sabe a qué me refiero. La música era estridente, y muy mala. The Eagles. Dios, ustedes los norteamericanos deberían estar avergonzados.

—Hábleme de la chica.

—¿Por qué?

No tenía tiempo para más. Saqué mi arma. No lo apunté. Solo la saqué.

—Pertenezco a la policía norteamericana —dije—. Me preocupa que Mario pueda estar en serio peligro.

Si mi arma o las súplicas habían molestado al aspirante a Billy Idol, no me di cuenta. Encogió los hombros huesudos.

—¿Qué puedo decirle? Joven, rubia, no la vi bien. Apareció anoche cuando yo salía.

Joven, rubia. Mi corazón empezó a latir deprisa.

—Necesito entrar en ese apartamento.

—No puede abrirse paso a puntapiés. Se romperá el pie.

Apunté con mi arma a la cerradura.

—Un momento. ¿De verdad cree que está en peligro?

—Sí.

Exhaló un suspiro.

—Hay una llave auxiliar encima de la puerta. En el marco, allí.

Levanté la mano y la pasé por el borde del marco de la puerta. Allí estaba la llave. La metí en la cerradura. Billy Idol se puso a mi lado. El pestazo del humo de cigarrillo se desprendía de su cuerpo como si lo hubiesen usado como cenicero. Abrí la puerta y entré. Billy Idol me siguió pegado a los talones. Dimos dos pasos y nos quedamos inmóviles.

—Oh, Jesús bendito...

No dije nada. Miré, incapaz de moverme. Lo primero que vi fueron los pies de Mario. Estaban atados a la mesa de centro con cinta plástica. Los juguetes que había visto estaban desparramados a un lado. Me pregunté si Mario los había mirado en sus últimos segundos de vida.

Los pies estaban desnudos. Junto a ellos había un taladro. Había unos pequeños agujeros, diminutos círculos perfectos de color rojo terroso, a través de los dedos y en el talón. Los agujeros los habían hecho con el taladro. Recuperé el movimiento de las piernas y me acerqué. Había otras marcas de taladro. En las rodillas. En las costillas. Mis ojos se movieron poco a poco hacia el rostro. Había marcas de taladro debajo de la nariz, en las mejillas y en la boca, otra en la barbilla. El rostro afilado de Mario me miraba, los ojos torcidos. Había muerto en una terrible agonía.

Billy Idol susurró de nuevo:

—Oh, Jesús bendito.

—¿A qué hora escuchó la música fuerte?

—¿Qué?

No tuve la fuerza para repetirlo de nuevo, pero él lo pilló.

—A las cinco de la mañana.

Torturado. La música la habían utilizado para cubrir los gritos. No quería tocar nada, pero la sangre parecía bastante fresca. El polvo de hueso ensuciaba el suelo. Miré de nuevo el taladro. El ruido de la broca y los gritos mientras atravesaba la carne y el cartílago y penetraba el hueso.

Entonces pensé en Terese, a solo unas pocas manzanas de distancia con Karen. Eché a correr hacia la puerta.

—¡Llame a la policía! —grité.

—Espere, ¿adónde va?

No tenía tiempo para responder. Guardé el arma y saqué mi móvil sin dejar de correr. Marqué el número de Terese. Una llamada. Dos llamadas. Tres. El corazón amenazaba con estallar en mi pecho. Apreté el botón del ascensor varias veces. Miré a una ventana durante el cuarto timbrazo y entonces la vi. Me miraba.

La muchacha rubia de la furgoneta.

Me vio, dio media vuelta y corrió. No alcancé a verle bien el rostro. En realidad, podía haber sido cualquier muchacha rubia. Excepto que no lo era. Era la misma muchacha. Estaba seguro.

¿Qué demonios estaba pasando?

Mi cabeza empezó a dar vueltas. Comencé a buscar las escaleras, pero se abrió la puerta del ascensor. Entré y apreté el botón del vestíbulo.

La llamada a Terese pasó al buzón de voz.

No podía ser. Debía de estar en casa de Karen. La casa de Karen tenía cobertura; no estaba fuera de alcance. Incluso si estaba en mitad de una conversación seria, Terese lo atendería. Sabía que solo le llamaría si fuese una emergencia.

Demonios, ¿y ahora qué?

Pensé en el taladro. Pensé en Terese. Pensé en el rostro de Mario Contuzzi. Pensé en la rubia. Aquellas imágenes giraron en mi cabeza mientras el ascensor se detenía y se abría la puerta.

¿A qué distancia estaba de Karen?

A dos manzanas.

Salí a la carrera al tiempo que apretaba el botón de llamada rápida de Win. Respondió a la primera e incluso antes de que pudiese decir «Articule» dije:

—Ve a casa de Karen. Mario está muerto; Terese no responde al teléfono.

—Estoy a diez minutos —respondió Win.

Colgué y de inmediato vibró mi móvil. Siempre corriendo, levanté el teléfono para poder ver el identificador de llamada. Me detuve.

Era Terese.

Apreté el botón de respuesta y me lo acerqué al oído.

—¿Terese?

Ninguna respuesta.

—¿Terese?

Entonces escuché el sonido chirriante de un taladro.

La descarga de adrenalina me robó el aliento. Cerré los ojos con fuerza, pero solo durante un segundo. No había tiempo que perder. Me dolían las piernas, pero las forcé al máximo.

El sonido chirriante se detuvo y entonces sonó una voz de hombre:

—La venganza es una puta, ¿no le parece?

El refinado acento inglés, la misma cadencia que cuando me había dicho en París: «Escúcheme o lo mataré...».

El hombre al que había golpeado con la mesa. El hombre de la foto.

Se cortó la llamada.

Cogí el arma; en ese momento corría con el móvil en una mano y el arma en la otra. El miedo es algo curioso. Consigue que hagas cosas milagrosas —todos hemos leído relatos de personas que apartan un coche de encima de los seres amados, por citar un caso—, pero también te puede paralizar, hacer cosas terribles al cuerpo y a la mente, hacer difícil incluso respirar. Correr de pronto puede parecer pesado, como moverse a través de un metro de nieve. Necesitaba calmarme incluso mientras el terror abría un agujero en mi pecho.

Delante de mí veía la casa de Karen.

La muchacha rubia estaba delante de la puerta principal.

Cuando me vio, desapareció en el interior de la casa de Karen. Era una trampa muy obvia, pero, ¿qué alternativas tenía? Las llamadas desde el teléfono de Terese —el sonido del taladro— aún resonaban en mis oídos. Aquello había sido algo importante, ¿no? ¿Qué había dicho Win? Diez minutos. Lo más probable es que quedaran seis o quizás siete.

¿Podía esperar? ¿Debía?

Me agaché y me acerqué más a la casa. Apreté el botón de llamada rápida. Win dijo: «Cinco minutos». Colgué.

La rubia estaba ahora dentro de la casa. No sabía quién más estaba allí o cuál era la situación. Cinco minutos. Podía esperar cinco minutos. Serían los más largos de mi vida, pero podía hacerlo, necesitaba hacerlo, mantenerme disciplinado frente al pánico. Continué agachado, me acurruqué debajo de una ventana y escuché. Nada. Ningún grito. Ningún taladro. No sabía si eso era un alivio o que había llegado demasiado tarde.

Me mantuve agachado, con la espalda apoyada en la pared. La

ventana estaba por encima de mi cabeza. Intenté imaginar la disposición de la casa. Esa ventana daba a la sala. Bien, ¿y entonces? Entonces nada. Esperé. Era agradable la sensación del arma en la mano; su peso, un consuelo. Las armas de cualquier tamaño son sustanciosas. Era un buen tirador, aunque no excelente. Tienes que practicar mucho para ser excelente. Pero sabía apuntar al centro del pecho y por lo general me acercaba bastante.

Entonces, ¿y ahora qué?

Mantén la calma. Espera a Win. Él es muy bueno en estas cosas.

«La venganza es una puta, ¿no le parece?»

El acento refinado, el tono calmo. Pensé en Mario y aquellos malditos agujeros, el increíble dolor mientras escuchaba aquel maldito acento refinado. ¿Cuánto había durado? ¿Cuánto había tenido que sufrir el dolor Mario? ¿Al final había dado la bienvenida a la muerte o había luchado?

Las sirenas sonaron a lo lejos. Quizás era la policía que iba a casa de Mario.

No llevaba reloj, así que miré la hora en el móvil. Si Win estaba en lo cierto —y por lo general lo estaba— aún le quedaban tres minutos para llegar. ¿Qué debía hacer?

Mi arma.

Me pregunté si la rubia la había visto. Lo dudaba. Como Win había dicho, las armas de fuego no son habituales en el Reino Unido. Quien estuviese en el interior de la casa, sin duda creería que iba desarmado. Por duro que fuese, guardé el arma, la metí de nuevo en la pistolera.

Tres minutos.

Sonó mi móvil. El identificador mostró que era de nuevo el teléfono de Terese. Dije un hola titubeante.

—Sabemos que está fuera —dijo la voz refinada—. Tiene diez segundos para entrar con las manos en alto o le dispararé a una de estas elegantes señoras en la cabeza. Uno, dos...

—Ya voy.

—Tres, cuatro...

No había elección. Me levanté de un salto y corrí hacia la puerta.

—Cinco, seis, siete...

—No les haga daño. Ya casi estoy allí.

No les haga daño. Vaya tontería. Pero, ¿qué otra cosa podía decir? Hice girar el pomo. Estaba abierto. Se abrió la puerta. Entré.

—Dije con las manos arriba —me recordó la voz refinada.

Levanté las manos bien alto. El hombre de la foto estaba al otro lado de la habitación. Un trozo de esparadrapo blanco le cruzaba el rostro. Debajo de los ojos estaban las marcas negras que aparecen cuando te rompen la nariz. Hubiese obtenido algún consuelo por ello de no haber sido por una cosa: él tenía un arma en la mano. Además, Terese y Karen estaban de rodillas delante de él, con las manos detrás de la espalda y de cara a mí. Ambas parecían relativamente ilesas.

Miré a izquierda y derecha. Otros dos hombres, ambos con armas que apuntaban a mi cabeza.

Ninguna señal de la muchacha rubia.

Permanecí perfectamente inmóvil, con las manos en alto, intentando parecer lo menos amenazador posible. Win tenía que estar cerca. Un minuto o dos. Necesitaba conseguir tiempo. Hice contacto visual con el hombre con el que me había enfrentado en París. Mantuve el tono calmo, controlado.

—Escuche, hablemos, ¿vale? No hay ninguna razón...

Apoyó el arma en la nuca de Karen Tower, me sonrió y apretó el gatillo.

Se escuchó un sonido ensordecedor, un pequeño chorro de sangre, una inmovilidad absoluta: siguió un momento de animación suspendida y entonces el cuerpo de Karen cayó al suelo como una marioneta con los hilos cortados. Terese gritó. Quizás grité yo también.

El hombre comenzó a mover el arma hacia Terese.

OhDios míoohDiosmíoohDiosmío...

—¡No!

El instinto me dominó y fue como un mantra: salva a Terese. Me zambullí, así como suena, como si estuviese en una piscina, hacia ellos. Sonaron los disparos de los dos tipos a mi izquierda y derecha, pero habían cometido el error de tenerme cubierto apuntando sus armas a mi cabeza. Sus disparos acabaron saliendo demasiado altos. Por el rabillo del ojo vi a Terese que rodaba sobre sí misma mientras él comenzaba a apuntarle.

Tenía que moverme deprisa.

Intentaba hacer varias cosas a la vez: mantenerme agachado, evitar las balas, cruzar la habitación, desenfundar el arma, matar al cabrón. Estaba acortando la distancia. Moverme en zigzag hubiese sido la ruta preferida, pero no había tiempo. El mantra continuó sonando en mis oídos: salva a Terese. Tenía que llegar a él antes de que apretase de nuevo el gatillo.

Grité más fuerte, no por miedo o dolor, sino para llamar su atención, para hacer que por lo menos titubease o se volviese hacia mí; cualquier cosa para distraerlo, aunque solo fuese por medio segundo, de su objetivo de disparar a Terese.

Me estaba acercando.

El tiempo estaba haciendo aquella cosa de entrar y salir. Probablemente un segundo, quizás dos, habían pasado desde la ejecución de Karen. Eso era todo. Y ahora, sin tiempo para pensar o planear, estaba casi sobre él.

Pero llegaría demasiado tarde. Lo veía. Me estiré, como si pudiese cubrir la distancia de esa manera. No podía. Aún estaba demasiado lejos.

Él apretó de nuevo el gatillo. Sonó otro disparo. Terese se desplomó.

Mi grito se convirtió en un gutural alarido de angustia. Una mano entró en mi pecho y me aplastó el corazón. Continué moviéndome, incluso mientras él movía el arma hacia mí. El miedo había desaparecido; ahora me movía impulsado por el odio puro e instintivo. El arma casi apuntaba en mi dirección, casi sobre mí, cuando me agaché y me estrellé contra su cintura. Disparó otra bala, pero se perdió en el aire.

Lo empujé contra la pared, lo arrastré de los pies. Él movió la culata del arma contra mi espalda. En algún otro mundo y en algún otro momento, eso hubiese dolido, pero en aquel momento, el impacto tuvo la repercusión de una picadura de mosquito. Ya no me dolía, no me importaba. Caímos con todo el peso. Lo dejé ir y me aparté, intentando conseguir el mínimo de distancia que me permitiese coger el arma de la pistolera.

Aquello fue un error.

Estaba tan preocupado por desenfundar el arma, con matar al cabrón, que casi había olvidado que había otros dos hombres armados en la habitación. El hombre que estaba a mi derecha corrió hacia mí con el arma en alto. Me eché hacia atrás cuando disparó, pero de nuevo fue demasiado tarde.

La bala me alcanzó.

Un dolor brutal. Sentí como el metal ardiente entraba en mi cuerpo, me robaba el aliento, me tumbaba de espalda. El hombre apuntó de nuevo, pero sonó otro disparo que alcanzó al hombre en el cuello con tanta fuerza que casi lo decapitó. Miré más allá del cuerpo que se desplomaba, pero ya lo sabía.

Win había llegado.

El otro hombre, el tipo que había estado a mi izquierda, se volvió justo a tiempo para ver a Win girarse y apretar de nuevo el gatillo. El gran proyectil lo alcanzó en mitad del rostro y su cabeza explotó. Miré a Terese. No se movía. El hombre de la foto —el hombre al que le había disparado— comenzaba a correr para meterse en el salón de diario. Escuché más disparos. Escuché alguien que gritaba: «Quieto, deténgase». No le hice caso. De alguna manera me arrastré hacia el salón. La sangre manaba de mi cuerpo. No lo sabía bien, pero supuse que la bala me había alcanzado en algún lugar cerca del estómago.

Me arrastré a través de la abertura, sin siquiera ver si era seguro. «Muévete», pensé, «pilla a ese cabrón y mátalo». Ya estaba junto a la ventana. Yo sufría y quizás deliraba, pero alcancé a sujetarle una pierna. Intentó apartarme a puntapiés, pero no lo consiguió. Lo hice caer al suelo.

Luchamos, pero no era contrincante para mi furia. Le aplasté un ojo con el pulgar, debilitándolo. Lo sujeté por el cuello y comencé a apretar. Empezó a mover brazos y piernas, me golpeó en el rostro y el cuello. Continué apretando.

—¡Quieto! ¡Suéltelo!

Voces a lo lejos. Conmoción. Ni siquiera estaba seguro de que fuesen reales. Era como si sonase algo arrastrado por el viento. Quizás podía ser una alucinación. El acento sonaba norteamericano, incluso conocido.

Continué apretando aquella garganta.

—¡Dije quieto! ¡Ahora! ¡Suéltelo!

Estaba rodeado. Seis, ocho hombres, quizás más. La mayoría con las armas apuntando.

Mis ojos se cruzaron con los del asesino. Había algo burlón en ellos. Sentí que aflojaba la mano. No sabía si era la orden de que lo soltara o si la bala me robaba las fuerzas. Aparté la mano. El asesino tosió y escupió y luego intentó aprovechar la ventaja.

Levantó el arma.

Tal y como yo había esperado. Había desenfundado la mía de la pistolera. Le sujeté la muñeca con la mano izquierda.

La voz norteamericana conocida gritó:

—No.

En realidad no me importaba si me disparaba. Sin soltarle la muñeca, le metí la pistola debajo de la barbilla y apreté el gatillo. Sentí algo húmedo y pegajoso en la cara. Luego solté el arma y caí sobre el cuerpo inmóvil.

Hombres, muchos de ellos por la sensación, se me echaron encima. Ahora que había hecho lo que tenía que hacer, mi fuerza y voluntad de vivir se esfumaron. Les dejé que me diesen la vuelta, me esposasen e hiciesen lo que quisieran, pero no había necesidad de que me sujetasen. La lucha se había acabado. Me pusieron boca arriba. Giré la cabeza y miré el cuerpo inmóvil de Terese. Sentí un dolor tan enorme como aquel que me consumía.

Sus ojos estaban cerrados y, muy pronto, también se cerraron los míos.

SEGUNDA PARTE

22

Sediento.

Arena en la garganta. Los ojos no se abren, o quizás sí.

Oscuridad total.

Rugido de un motor. Intuyo a alguien a mi lado.

—Terese...

Creo que lo digo en voz alta, pero no estoy seguro.

Otro retazo de memoria: voces.

Parecen muy lejanas. No entiendo ninguna de las palabras. Sonidos, eso es todo. Algo furioso. Se acerca. Más fuerte. Ahora en mi oído.

Abro los ojos. Veo blanco.

La voz continúa repitiendo la misma cosa una y otra vez.

Sonidos como «Al-sabr wal-sayf».

No lo entiendo. Quizás sea jerigonza. O algún idioma extranjero. No lo sé.

«Al-sabr wal-sayf».

Alguien grita en mi oído. Cierro los ojos con fuerza. Quiero que calle.

«Al-sabr wal-sayf».

La voz está furiosa, es incesante. Creo que digo que lo siento.

—No lo entiende —dice alguien.

Silencio.

Dolor en el costado.

—Terese... —digo de nuevo.

Ninguna respuesta.

¿Dónde estoy?

Escucho de nuevo una voz, pero no entiendo lo que dice.

Me siento solo, aislado. Estoy tumbado. Creo que tiemblo.

—Permítame que le explique la situación.

Sigo sin poder moverme. Intento abrir la boca pero no puedo. Abro los ojos. Desenfocado. Tengo la sensación de que toda mi cabeza está envuelta en gruesas y pegajosas telarañas. Intento apartar las telarañas. Permanecen.

—Usted solía trabajar para el gobierno, ¿no?

¿La voz me habla a mí? Asiento pero continuó muy quieto.

—Entonces sabe que existen lugares como éste. Que siempre han existido. Al menos habrá oído los rumores.

Nunca creí los rumores. Quizás después del 11-S. Pero no antes. Creo que digo que no, pero eso pudo haber sido solo en mi cabeza.

—Nadie sabe dónde está. Nadie lo encontrará. Podemos retenerlo para siempre. Podemos matarlo en el momento que nos plazca. O podemos dejarle ir.

Siento unos dedos alrededor de mi bíceps. Más dedos alrededor de mi muñeca. Lucho, pero es inútil. Siento un pinchazo en el brazo. No puedo moverme. No puedo detenerlo. Recuerdo que cuando tenía seis años mi papá me llevó al carnaval Kiwanis de la avenida Northfield. Atracciones mecánicas y espectáculos cursis. La Casa del Terror. Así se llamaba una. Espejos, enormes cabezas de payasos y una horrible risa grabada. Entré solo. Después de todo, era un niño mayor. Me perdí, comencé a dar vueltas y no podía encontrar la salida. Una de aquellas cabezas de payaso saltó sobre mí. Empecé a llorar. Me giré. Había otra enorme cabeza de payaso que se burlaba de mí.

Así me sentía ahora.

Lloré y me giré de nuevo. Llamé a mi padre. Él gritó mi nombre, corrió al interior, atravesó una delgada pared, me encontró y todo fue bien.

Papá, pensé. Papá me encontrará. En cualquier momento.

Pero no viene nadie.

—¿Cómo conoció a Rick Collins?

Digo la verdad. De nuevo. Tan agotado.

—¿Cómo conoció a Mohammad Matar?

—No sé quién es.

—Usted intentó matarlo en París. Después lo mató antes de que pudiésemos pillarlo en Londres. ¿Quién lo envió a matarlo?

—Nadie. Él me atacó.

Me explico. Entonces algo horrible me ocurre, pero no sé qué es.

Camino. Tengo las manos atadas a la espalda. No veo mucho, solo pequeños puntos de luz. Una mano en cada hombro. Tiran de mí hacia abajo con fuerza.

Tendido de espaldas.

Las piernas atadas juntas. Una correa me oprime el pecho. El cuerpo amarrado a una superficie dura.

No puedo moverme nada.

De pronto los puntos de luz desaparecen. Creo que grito. Quizás estoy cabeza abajo. No estoy seguro.

Una mano gigantesca y húmeda cubre mi rostro. Sujeta mi nariz. Cubre mi boca.

No puedo respirar. Intento moverme. Los brazos atados. Las piernas amarradas.

No puedo moverme. Alguien sujeta mi cabeza. Ni siquiera puedo moverla. La mano oprime con más fuerza mi rostro. No hay aire.

Miedo. Me están asfixiando.

Intento respirar. Mi boca se abre. Respiro. Tengo que respirar. No puedo. El agua llena mi garganta y entra por mi nariz.

Me ahogo. Mis pulmones arden. A punto de estallar. Los músculos gritan. Debo moverme. No puedo. No hay escapatoria.

No hay aire.

Me muero.

Escucho a alguien llorando y me doy cuenta de que el sonido parte de mí.

De pronto un terrible dolor.

Mi espalda se arquea. Mis ojos amenazan con desorbitarse. Grito.

—Oh, Dios, por favor...

La voz es la mía, pero no la reconozco. Tan débil. Tan condenadamente débil.

—Tenemos que hacerle algunas preguntas.

—Por favor. Ya las respondí.

—Tenemos más.

—¿Y entonces podré irme?

La voz es de súplica.

—Es su única esperanza.

Me despierto sobresaltado con una luz brillante en mi rostro.

Parpadeo. Mi corazón se desboca. No consigo respirar. No sé dónde estoy. Mi mente viaja hacia atrás. ¿Cuál es la última cosa que recuerdo? Poner el arma debajo de la barbilla de aquel cabrón y apretar el gatillo.

Hay algo más, en un rincón de mi cerebro, justo fuera de mi alcance. Quizás un sueño. Ya conocen la sensación: te despiertas y la pesadilla es rematadamente vívida, pero, mientras intentas recordar, notas que la memoria se disipa, como el humo que se eleva. Es eso lo que me está pasando ahora. Intento retener las imágenes, pero se esfuman.

—¿Myron?

La voz es tranquila, modulada. Tengo miedo de la voz. Me encojo. Siento una vergüenza horrible, aunque no estoy seguro de la razón.

Mi voz suena sumisa en mis propios oídos.

—¿Sí?

—De todas maneras olvidará la mayor parte de esto. Eso es lo mejor. Nadie le creerá, e incluso si lo hacen, no nos pueden encontrar. No sabe dónde estamos. No sabe qué aspecto tenemos. Y no lo olvide: podemos hacer esto de nuevo. Podemos pillarlo cuando queramos. Y no solo a usted. A su familia. A sus padres, en Miami. A su hermano, en Sudamérica. ¿Lo entiende?

—Sí.

—Así que déjelo correr. Estará bien si lo hace, ¿de acuerdo?

Asiento. Pongo los ojos en blanco. Me hundo de nuevo en la oscuridad.

23

Me desperté asustado.

No era propio de mí. Se me disparó el corazón. El terror me oprimió el pecho y me costaba respirar. Todo eso incluso antes de haber abierto los ojos.

Cuando por fin los abrí —cuando miré a través de la habitación—, sentí que el pulso bajaba y se aliviaba el terror. Esperanza estaba sentada en una silla ocupada con su iPhone. Sus dedos volaban por el teclado; sin duda trabajaba con uno de nuestros clientes. Me gusta mi trabajo, pero a ella le encanta.

La observé por un momento, porque verla me resultaba muy consolador. Esperanza vestía una blusa blanca debajo de su traje de chaqueta gris, pendientes y el pelo negro azulado recogido detrás de las orejas. La persiana, detrás de ella, estaba abierta. Vi que era de noche.

—¿Con qué cliente estás tratando? —le pregunté.

Sus ojos se abrieron como platos al escuchar el sonido de mi voz. Dejó caer el móvil en la mesa y corrió a mi lado.

—Oh, Dios mío, Myron. Oh, Dios mío...

—¿Qué pasa, me estoy muriendo?

—No, ¿por qué?

—Por la manera como has corrido. Por lo general te mueves mucho más lentamente.

Comenzó a llorar y besó mi mejilla. Esperanza nunca lloraba.

—Vaya, debo de estar muriéndome.

—No seas imbécil —dijo, y se enjugó las lágrimas de las mejillas.

Me abrazó—. Espera, no, sé un imbécil. Sé el maravilloso imbécil de siempre.

Miré por encima de su hombro. Me encontraba en una sencilla habitación de hospital.

—¿Cuánto tiempo llevas sentada ahí? —pregunté.

—No mucho —respondió Esperanza sin soltarme—. ¿Qué recuerdas?

Pensé. Karen y Terese baleadas. El tipo que las mató. Yo matándolo a él. Trago saliva y me preparo.

—¿Cómo está Terese?

Esperanza apartó los brazos y se irguió.

—No lo sé.

No era la respuesta que esperaba.

—¿Cómo puedes no saberlo?

—Es un poco difícil de explicar. ¿Qué es lo último que recuerdas?

Me concentré.

—Mi último recuerdo claro es cuando mato al cabrón que le disparó a Terese y a Karen. Entonces unos cuantos tíos me saltaron encima.

Ella asintió.

—A mí también me dispararon, ¿no?

—Sí.

Eso explica el hospital.

Esperanza se inclinó sobre mi oído y susurró:

—Vale, escúchame un segundo. Si aquella puerta se abre, si entra una enfermera o quien sea, no digas ni una palabra. ¿Me comprendes?

—No.

—Órdenes de Win. Hazlo, ¿de acuerdo?

—Vale. —Luego añadí—: ¿Volaste a Londres para estar conmigo?

—No.

—¿Qué quieres decir con no?

201

—Confía en mí, ¿vale? Solo tómate tu tiempo. ¿Qué más recuerdas?

—Nada.

—¿Nada entre el tiempo que te dispararon y ahora?

—¿Dónde está Terese?

—Ya te lo dije. No lo sé.

—Eso no tiene sentido. ¿Cómo puedes no saberlo?

—Es una larga historia.

—¿Qué te parece compartirla conmigo?

Esperanza me miró con sus grandes ojos verdes. No me gustó lo que vi en ellos.

Intenté sentarme.

—¿Cuánto tiempo he estado inconsciente?

—Tampoco lo sé.

—Repito: ¿cómo puedes no saberlo?

—Para empezar, no estás en Londres.

Eso me hizo callar. Miré la habitación como si eso pudiese darme una respuesta. Lo hizo. Mi manta tenía un rótulo y las palabras: «NEW YORK-PRESBYTERIAN MEDICAL CENTER».

No podía ser.

—¿Estoy en Manhattan?

—Sí.

—¿Me trajeron en avión?

Ella no dijo nada.

—¿Esperanza?

—No lo sé.

—Bueno, ¿cuánto tiempo llevo en este hospital?

—Quizás algunas horas, pero no puedo estar segura.

—Lo que dices no tiene ningún sentido.

—Yo tampoco lo entiendo muy bien. Hace dos horas recibí una llamada en la que me decían que estabas aquí.

Mi cerebro estaba confuso y sus explicaciones no me ayudaban.

—¿Hace dos horas?

—Sí.

—¿Y antes?

—Antes de esa llamada —dijo Esperanza—, nosotros no teníamos ni idea de dónde estabas.

—Cuando dices «nosotros»...

—Yo, Win, tus padres...

—¿Mis padres?

—No te preocupes. Les mentimos. Les dijimos que estabas en una zona de África donde el servicio telefónico era pésimo.

—¿Ninguno de vosotros sabíais dónde estaba?

—Así es.

—¿Durante cuánto tiempo? —pregunté.

Ella me miró.

—¿Durante cuánto tiempo, Esperanza?

—Dieciséis días.

Me quedé bloqueado. Dieciséis días. Había estado ausente durante dieciséis días. Cuando intenté recordar, mi corazón se desbocó. Sentí miedo.

«Así que déjelo correr...»

—¿Myron?

—Recuerdo que me arrestaron.

—Muy bien.

—¿Estás diciendo que fue hace dieciséis días?

—Sí.

—¿Os pusisteis en contacto con la policía británica?

—Ellos tampoco sabían dónde estabas.

Tenía un millón de preguntas, pero se abrió la puerta y nos interrumpieron. Esperanza me dirigió una mirada de advertencia. Permanecí en silencio. Entró una enfermera.

—Bueno, bueno, está despierto —dijo.

Antes de que la puerta pudiese cerrarse, alguien la empujó.

Mi papá.

Algo parecido al alivio me dominó al ver a ese hombre mayor. Jadeaba, sin duda por haber corrido para ver a su hijo. Mamá entró detrás de él. Mi madre tiene siempre esa manera de correr hacia mí, incluso en la más habitual de sus visitas, como si yo fuese un prisionero de guerra al que acabasen de liberar. Esta vez lo hizo de nuevo, apartando a la enfermera del camino. Yo solía poner los ojos en blanco cuando lo hacía, aunque me gustaba en secreto. Esta vez no puse los ojos en blanco.

—Estoy bien, mamá. De verdad.

Mi padre se detuvo por un momento, como era su costumbre. Tenía los ojos llorosos y enrojecidos. Miré su rostro. Él lo sabía. No se había creído la historia de África sin servicio telefónico. Con toda probabilidad había ayudado a engañar a mamá. Pero lo sabía.

—Estás tan delgaducho —comentó mamá—. ¿Es que allí no te dieron de comer?

—Déjalo en paz —dijo papá—. Tiene buen aspecto.

—No tiene buen aspecto. Está esquelético. Y pálido. ¿Por qué estás en un hospital?

—Te lo dije —intervino papá—. ¿Es que nunca me escuchas, Ellen? Una intoxicación alimentaria. Se pondrá bien, es un tipo de disentería.

—A ver, ¿por qué estabas en Sierra Madre?

—Sierra Leona —le corrigió papá.

—Creía que era Sierra Madre.

—Estás pensando en la película.

—La recuerdo. Con Humphrey Bogart y Katherine Hepburn.

—Aquella era *La reina de África*.

—Oh —dijo mamá al comprender la confusión.

Mamá me soltó. Papá se acercó, me apartó el pelo de la frente y me besó la mejilla. La áspera piel sin afeitar rozó la mía. El reconfortante aroma de Old Spice flotó en el aire.

—¿Estás bien? —preguntó.

Asentí. Parecía escéptico.

De pronto los vi muy viejos. Así es como debía ser, ¿no? Cuando no ves a un chico, incluso aunque haya sido por poco tiempo, te maravilla ver cuánto ha crecido. Cuando no ves a una persona mayor, aunque sea por poco tiempo, te maravilla lo mucho que ha envejecido. Ocurre siempre. ¿En qué momento mis robustos padres habían cruzado aquella línea? Mamá tenía los temblores del Parkinson. Iba a peor. Su mente, siempre un tanto excéntrica, comenzaba a deslizarse hacia algo más preocupante. Papá gozaba de una salud aceptable, unas pocas lesiones coronarias, pero ambos se veían tan condenadamente viejos.

«Sus padres en Miami...»

Mi pecho comenzó a picarme. De nuevo me costaba respirar.

—¿Myron? —preguntó papá.

—Estoy bien.

La enfermera se abrió paso. Mis padres se apartaron a un lado. Me metió un termómetro en la boca y comenzó a tomarme el pulso.

—Ya ha pasado la hora de visita —dijo—. Tendrán que marcharse todos.

No quería que se fuesen. No quería estar solo. El terror me dominó y sentí una gran vergüenza. Me obligué a sonreír cuando ella sacó el termómetro y dijo con un entusiasmo un tanto exagerado:

—Duerma un poco. Los veré a todos por la mañana.

Crucé una mirada con mi padre. Todavía escéptico. Le susurró algo a Esperanza. Ella asintió y escoltó a mi madre fuera de la habitación. Mi madre y Esperanza salieron. La enfermera se volvió al llegar a la puerta.

—Señor —le dijo a mi padre—. Tiene que marcharse.

—Quiero estar a solas con mi hijo durante un minuto.

Ella titubeó. A continuación añadió:

—Tiene dos minutos.

Nos quedamos solos.

—¿Qué te ha pasado? —preguntó mi padre.

—No lo sé —respondí.

Asintió. Acercó la silla a mi cama y me sujetó la mano.

—¿No te has creído que estuviera en África?

—No.

—¿Y mamá?

—Le dije que llamaste cuando estaba fuera.

—¿Se lo creyó?

Se encogió de hombros.

—Nunca le había mentido antes, así que sí, se lo creyó. Tu madre ya no es tan avispada como antes.

No dije nada. Entró la enfermera.

—Ahora tiene que marcharse.

—No —contestó mi padre.

—Por favor, no me haga llamar a seguridad.

Noté que el pánico crecía en mi pecho.

—No pasa nada, papá. Estoy bien. Vete a dormir.

Me miró por un momento y se volvió hacia la enfermera.

—¿Cómo se llama, señorita?

—Regina.

—¿Regina qué?

—Regina Monte.

—Mi nombre es Al, Regina. Al Bolitar. ¿Tiene hijos?

—Dos hijas.

—Éste es mi hijo, Regina. Puede llamar a seguridad si quiere. Pero no dejaré a mi hijo solo.

Fui a protestar, pero no lo hice. La enfermera se marchó. No llamó a seguridad. Mi padre se quedó toda la noche en la silla junto a mi cama. Llenó mi vaso de agua y me acomodó la manta. Cuando grité mientras soñaba, me hizo callar, me acarició la frente, me dijo que todo iba bien, y durante unos pocos segundos, le creí.

24

Win me llamó a primera hora de la mañana.

—Ve al trabajo —dijo Win—. No hagas preguntas.

Después colgó. Algunas veces Win me cabrea de verdad.

Mi padre fue a la pastelería que había al otro lado de la calle porque el desayuno del hospital se parecía a aquellas cosas que te tiran los monos en el zoológico. El doctor pasó cuando él no estaba y me dio el alta. Sí, había recibido un disparo. La bala había pasado por mi lado derecho, por encima de la cadera. Pero la habían tratado correctamente.

—¿Hubiese requerido estar dieciséis días en el hospital? —pregunté.

El doctor me miró de una manera extraña, quizás intrigado al escuchar que un herido de bala que había aparecido inconsciente en el hospital, ahora murmurase algo de dieciséis días, y estoy seguro de que me estaba evaluando para una visita psiquiátrica.

—Es una pregunta hipotética —añadí de inmediato, al recordar el aviso de Win. Luego dejé de hacer preguntas y comencé a asentir a todo.

Papá permaneció conmigo durante el trámite de salida. Esperanza había dejado mi traje en el armario. Me lo puse y me sentí físicamente muy bien. Quise tomar un taxi, pero mi padre insistió en conducir. Solía ser un gran conductor. En mi infancia daba gusto ver la naturalidad con la que conducía, silbando suavemente al compás de la música que sonaba en la radio. Ahora la radio permanecía apagada. Miraba la calle forzando la vista y pisaba mucho el freno.

Cuando llegamos al edificio Lock-Horne, en Park Avenue —les recuerdo de nuevo que el nombre completo de Win es Windsor Horne Lockwood III, para que hagan las cuentas—, papá dijo:

—¿Quieres que te deje aquí sin más?

Algunas veces mi padre me asombra. La paternidad es cuestión de equilibrio, pero, ¿cómo un hombre puede hacerlo tan bien, con tanta naturalidad? A lo largo de mi vida me ha empujado a sobresalir sin pasarse nunca de la raya. Disfrutaba con mis logros y sin embargo nunca los hacía parecer tan importantes. Amaba sin condiciones, y no obstante se aseguraba de que yo me esforzase por complacerlo. Sabía, como ahora, cuándo estar ahí, y cuándo era el momento de apartarse.

—Estaré bien.

Él asintió. Besé de nuevo la piel áspera de su mejilla; esta vez advertí la flojedad, y bajé del coche. Las puertas del ascensor se abren directamente a mi despacho. Big Cyndi estaba en su mesa, vestida con algo que parecía haber sido arrancado del cuerpo de Bette Davis después de rodar aquella impresionante escena de playa en *¿Qué fue de Baby Jane?* Llevaba coletas. Big Cyndi es grande —como dije antes, más de 1,90 y 150 kilos— por todas partes. Tiene las manos grandes, los pies grandes y la cabeza grande. Los muebles siempre tienen el aspecto de ser de juguete a su alrededor, como los que venden para bebés, como en *Alicia en el país de las maravillas*, donde la habitación y todas sus pertenencias parecen encogerse a su alrededor.

Se levantó cuando me vio, casi tumbando su propia mesa, y exclamó:

—¡Señor Bolitar!

—Hola, Big Cyndi.

Se enfurece cuando la llamo Cyndi o Big. Insiste en las formalidades. Soy el señor Bolitar. Ella es Big Cyndi, que, por cierto, es su nombre verdadero. Se lo cambió legalmente hace más de una década.

Big Cyndi cruzó la habitación con una agilidad que desmentía el corpachón. Me rodeó en un abrazo que me hizo sentir como si me hubiesen momificado en un trozo de material aislante. Pero de una manera agradable.

—Oh, señor Bolitar.

Comenzó a lloriquear, un sonido que me hizo recordar las imágenes de unos alces apareándose en el Discovery Channel.

—Estoy bien, Big Cyndi.

—¡Pero alguien le disparó!

Cambia la voz según el humor. Cuando comenzó a trabajar en el despacho, Big Cyndi no hablaba, prefería gruñir. Los clientes se quejaban, pero no en su presencia y, por lo general, de forma anónima. En aquel momento el tono de Big Cyndi era agudo e infantil, cosa que, con toda sinceridad, resultaba mucho más inquietante que cualquier gruñido.

—Yo le disparé más —dije.

Me soltó y comenzó a reírse. Se cubrió la boca con una mano que tenía más o menos el tamaño de un neumático de camión. Las risas sonaron por toda la habitación y los niños se apresuraron a coger las manos de sus mamaítas.

Esperanza apareció en la puerta. En su época, Esperanza y Big Cyndi habían formado una pareja de luchadoras profesionales para FLOW, las Fabulous Ladies of Wrestling. La federación en un principio había querido llamarlas «bellas» en lugar de «fabulosas», pero la cadena de televisión puso el grito en el cielo por el acrónimo resultante: BLOW.[1]

Esperanza, de piel oscura y un aspecto que se puede describir mejor —como a menudo era descrita por los jadeantes presentadores de la lucha— como «suculento», hacía de Pequeña Pocahontas, la ágil belleza que ganaba en habilidad antes de que los malos hiciesen trampas y se aprovechasen de ella. Big Cyndi era su compañera, la Gran Mamá Jefa, que la rescataba de manera que, juntas y con las aclamaciones de la multitud, acababan con los malvados casi desnudos.

---

1. BLOW equivale a «mamada» en argot. (N. del T.)

Cosas del entretenimiento.

—Tenemos trabajo —dijo Esperanza—, y en abundancia.

Nuestro espacio era relativamente pequeño. Teníamos la recepción y dos despachos, uno para mí y otro para Esperanza. Esperanza había comenzado aquí como mi asistente, secretaria o como sea el nombre políticamente correcto de chica para todo. Había estudiado abogacía en cursos nocturnos y se había convertido en socia de la empresa más o menos por el tiempo en que yo me fui con Terese a aquella isla.

—¿Qué les dijiste a los clientes? —pregunté.

—Que tuviste un accidente de coche en el extranjero.

Asentí. Fuimos a su despacho. Los negocios estaban un tanto descontrolados después de mi desaparición más reciente. Había que hacer llamadas. Las hice. Mantuvimos la mayoría de los clientes, casi todos; hubo unos pocos a los que no les gustó nada no estar en contacto con su agente durante más de dos semanas. Lo comprendí. Éste es un negocio personal. Requiere de muchos mimos y lisonjas. Cada cliente necesita sentir que es único; parte de la ilusión. Cuando no estás, aunque las razones sean justificadas, la ilusión se desvanece.

Quería preguntar por Terese, Win y un millón de cosas más, pero recordé la llamada de la mañana. Trabajé. Solo trabajé y confieso que fue terapéutico. Me sentía inquieto y nervioso por razones que no acababa de explicarme del todo. Incluso me mordía las uñas, algo que no había hecho desde que estaba en cuarto grado, y buscaba en mi cuerpo costras que pudiese rascar. El trabajo ayudaba.

Cuando tuve una pausa, busqué en la red Terese Collins, Rick Collins y Karen Tower. Primero los tres nombres juntos. No apareció nada. Luego probé solo con Terese. Muy poco, casi todo de su tiempo en la CNN. Alguien aún mantenía una página, «Terese, la preciosa presentadora», con imágenes, la mayoría fotos de medio cuerpo y vídeos de los informativos, pero no la había actualizado en tres años.

Entonces probé con Rick y Karen en Google News.

Esperaba muy poco, quizás un obituario, pero no fue así. Había mucho, si bien la mayoría era de periódicos del Reino Unido. Las noticias casi me sorprendieron; sin embargo todo tenía un sentido un poco estrambótico.

REPORTERO Y ESPOSA ASESINADOS POR TERRORISTAS
LOS ASESINOS, MUERTOS EN UN TIROTEO

Comencé a leer. Esperanza apareció en la puerta.

—¿Myron?

Levanté el dedo para pedir un momento.

Se acercó a mi mesa y vio lo que estaba haciendo. Exhaló un suspiro y se sentó.

—¿Sabías esto?

—Por supuesto.

Según los artículos, «las fuerzas especiales que luchaban contra el terrorismo internacional» se habían enfrentado y «eliminado» al legendario terrorista Mohammad Matar, también conocido como «Doctor Muerte». Mohammad Matar había nacido en Egipto, pero se había educado en las mejores escuelas de Europa, incluida España —de ahí el nombre, la combinación del primer nombre islámico con el último en español—, y había estudiado medicina en Estados Unidos. Las fuerzas especiales también habían matado por lo menos a otros tres hombres de la célula: dos en Londres y uno en París.

Había una foto de Matar. Era la misma foto que Berleand me había enviado. Miré al hombre que yo, por utilizar el término periodístico, había eliminado.

Los artículos también mencionaban que el periodista Rick Collins se había acercado a la célula con la intención de infiltrarse y denunciarla, cuando descubrieron su identidad. Matar y sus «sicarios» habían asesinado a Collins en París. Matar había conseguido escapar del cordón francés —aunque al parecer uno de sus hombres había resultado muerto—, y a su llegada a Londres había querido borrar todas las pruebas de la existencia de su célula y de su «siniestro plan terrorista» con el asesinato del productor de Collins, Mario Contuzzi, y la esposa de Collins, Karen Tower. Mohammad Matar y los dos miembros de su célula resultaron muertos en la casa que Collins y Tower compartían.

Miré a Esperanza.

—¿Terroristas?

Ella asintió.

—Eso explica por qué la Interpol se puso como una moto cuando les mostramos la foto.

—Sí.

—¿Entonces dónde está Terese?

—Nadie lo sabe.

Me eché atrás en la silla e intenté procesar sus palabras.

—Aquí dice que los agentes del gobierno mataron a los terroristas.

—Sí.

—Pero no lo hicieron.

—Es verdad. Fuiste tú.

—Y Win.

—Correcto.

—Pero dejaron nuestros nombres fuera.

—Sí.

Pensé en los dieciséis días, en Terese, en los análisis de sangre, en la muchacha rubia.

—¿Qué demonios está pasando?

—No sé los detalles —respondió—. En realidad no me importa.

—¿Por qué no?

Esperanza sacudió la cabeza.

—Algunas veces puedes ser muy tonto.

Esperé.

—Te dispararon. Win lo vio. Durante más de dos semanas no tuvimos ni la más mínima idea de dónde te encontrabas, si estabas vivo, muerto o lo que fuese.

No lo pude evitar. Sonreí.

—Deja de sonreír como un idiota.

—Estabais preocupados por mí.

—Me preocupaba por mi participación en el negocio.

—Te caigo bien.

—Eres un grano en el culo.

—Todavía no lo entiendo —dije, y la sonrisa desapareció de mi rostro—. ¿Cómo es que no recuerdo dónde estuve?

«Déjelo correr...»

Mis manos comenzaron a temblar. Las miré, intenté que se detuviesen. No lo hicieron. Esperanza también las miraba.

—Dime. ¿Qué recuerdas?

Mi pierna empezó a temblar. Sentí que algo se cerraba en mi pecho. El pánico comenzaba a funcionar.

—¿Estás bien?

—Me vendría bien un poco de agua.

Ella salió deprisa y volvió con un vaso. Lo bebí poco a poco, casi con miedo de ahogarme. Miré mis manos. El terremoto. No conseguía que parase. ¿Qué demonios no funcionaba en mí?

—¿Myron?

—Estoy bien —dije—. ¿Qué pasa ahora?

—Tenemos clientes que necesitan nuestra ayuda.

La miré.

Ella exhaló un suspiro.

—Pensamos que podrías necesitar tiempo.

—¿Para qué?

—Para recuperarte.

—¿De qué? Estoy bien.

—Sí, se te ve fantástico. El temblor te queda de maravilla. Y no hagas que me ponga cachonda con tu nuevo tic facial. Demasiado sensual.

—No necesito tiempo, Esperanza.

—Sí, lo necesitas.

—Terese ha desaparecido.

—O está muerta.

—¿Estás tratando de asustarme?

Ella se encogió hombros.

—Aunque esté muerta, necesito encontrar a su hija.

—No en tu estado.

—Sí, Esperanza, en mi estado.

No dijo nada.

—¿Qué pasa?

—No creo que estés preparado.

—A ti no te concierne.

Se lo pensó.

—Supongo que no.

—¿Entonces?

—Tengo algunas cosas sobre el doctor que Collins visitó por la enfermedad de Huntington y aquella organización de los Ángeles.

—¿Qué has encontrado?

—Puede esperar. Si de verdad vas en serio con esto, si de verdad estás preparado, tienes que llamar a este número con este teléfono.

Me dio un móvil y salió del despacho, sin olvidarse de cerrar la puerta. Miré el número de teléfono. Desconocido, pero no habría esperado otra cosa. Marqué los dígitos y apreté la tecla.

Dos timbrazos más tarde, escuché una voz conocida que decía:

—Bienvenido de entre los muertos, amigo. Encontrémonos en persona en un local secreto. Me temo que tenemos mucho de qué hablar.

Era Berleand.

214

25

El local secreto de Berleand estaba en el Bronx.

La calle era un agujero, el local un antro. Comprobé la dirección de nuevo, pero no había ningún error. Era un bar de *striptease* llamado, según el cartel, «PLACERES EXCLUSIVOS», aunque a primera vista resultaba algo dudoso. Un cartel más pequeño escrito en letras de neón señalaba que era una «SALA PARA CABALLEROS CON CLASE». El término «clase» no parecía tanto un oxímoron sino una irrelevancia. Un club de *striptease* con clase es un poco como decir «peluca bonita». Puede ser bonita, puede ser fea, pero sigue siendo una peluca.

La sala era oscura y sin ventanas, por lo tanto, a mediodía, que era cuando llegué, tenía el mismo aspecto que a medianoche.

Un negro gigante con la cabeza afeitada me preguntó:

—¿En qué puedo ayudarle?

—Busco a un francés de unos cincuenta y tantos.

Cruzó los brazos sobre el pecho.

—Ése es Tuesdays —respondió.

—No, me refiero...

—Sé a qué se refiere. —Contuvo la sonrisa y señaló con un grueso brazo tatuado con una D de color verde hacia la pista de baile. Esperaba ver a Berleand en un tranquilo rincón en sombras, pero no, allí estaba, junto al escenario, en primera fila y en el centro, con la mirada enfocada en el... talento.

—¿Es aquél el francés al que busca?

—Sí.

El gorila se volvió hacia mí. La placa de identificación ponía «ANTHONY». Me encogí de hombros. Miró a través de mí.

—¿Hay algo más que pueda hacer por usted? —preguntó.

—¿Puede decirme que no tengo la pinta de los tipos que vienen a un lugar como éste, sobre todo durante el día?

Anthony sonrió.

—¿Sabe quiénes son los tipos que no vienen a un lugar como éste, sobre todo durante el día?

Esperé.

—Los ciegos.

Se alejó. Caminé hacia Berleand y el bar. La banda sonora ofrecía a Beyoncé cantándole a su novio que él no sabía cómo era ella, que podía tener a otro hombre en un instante, que él era desechable. Esta indignación resultaba un tanto ridícula. Tía, si eres Beyoncé. Eres preciosa, eres famosa, eres rica, le compras a tu novio coches de lujo y prendas carísimas. Sí, sería imposible para ti ligarte a otro tío. El poder femenino.

La bailarina en *topless* del escenario tenía movimientos que podría describir como lánguidos si hubiera sido capaz de moverse un poco más. Su expresión aburrida me hizo pensar que miraba la carta de ajuste de un canal de televisión, el poste no era tanto un instrumento del oficio sino algo que la mantenía erguida. No quiero parecer puritano, pero no acabo de pillar el atractivo de los locales de *topless*. Sencillamente, no me dicen nada. No es que las mujeres sean poco atractivas; algunas lo son, otras no. Una vez lo hablé con Win, pero como siempre que se trata de cualquier cosa que incluye al sexo opuesto, fue un error; llegué a la conclusión de que no me acabo de creer la fantasía. Quizás sea un error de mi carácter, pero necesito creer que la dama está de verdad por mí. A Win no podía importarle menos, claro. Comprendo lo meramente físico, pero a mi ego no le gustan los encuentros sexuales mezclados con el comercio, el resentimiento y la lucha de clases.

Tíldenme de anticuado.

Berleand vestía una brillante cazadora gris. No dejaba de acomodarse las gafas y de sonreírle a la aburrida bailarina. Me senté a su lado. Se volvió, hizo aquello de secarse las manos y me observó por un momento.

—Tiene un aspecto fatal —dijo.

—Sí —respondí—, en cambio a usted se le ve fenomenal. ¿Una nueva crema hidratante?

Se comió un par de almendras.

—¿Así que éste es su local secreto?

Se encogió de hombros.

—¿Por qué aquí? —Entonces, al pensarlo, añadí—: Espere, ya lo entiendo. Porque no puede estar más lejos del radar, ¿no?

—Eso —asintió Berleand—, y porque me gusta mirar mujeres desnudas.

Miró de nuevo a la bailarina. Yo ya había tenido suficiente.

—¿Terese está viva? —pregunté.

—No lo sé.

Continuamos sentados allí. Comencé a morderme una uña.

—Usted me advirtió —manifesté—. Dijo que era más de lo que podía manejar.

Él observó a la bailarina.

—Tendría que haberle escuchado.

—No hubiese importado. Hubiesen matado a Karen Tower y a Mario Contuzzi de todas maneras.

—Pero no a Terese.

—Usted, por lo menos, le puso punto y final. El error lo cometieron ellos, no usted.

—¿Quiénes?

—Bueno, yo entre ellos. —Berleand se quitó las gafas gigantes y se frotó el rostro—. Usamos muchos nombres. Seguridad Interior es quizás el más conocido. Como ya habrá imaginado, soy el enlace francés que trabaja en lo que su gobierno ha denominado «guerra contra el terror». El equivalente británico debería haber estado más atento.

La camarera pechugona se acercó luciendo un escote que le llegaba un poco por encima de las rodillas.

—¿Quieren *champagne*?

—No es *champagne* —le corrigió Berleand.

—¿Eh?

—Es de California.

—¿Y?

—El *champagne* solo puede ser francés. Verá, Champagne es un lugar, no solo una bebida. La botella que me ofrece contiene aquello que quienes carecen de papilas gustativas denominan «vino espumante».

Ella puso los ojos en blanco.

—¿Quiere un poco más de vino espumante?

—Querida mía, esa cosa ni siquiera se podría utilizar como colutorio para perro. —Levantó la copa vacía—. Por favor, tráigame otro de sus extraordinariamente aguados whiskys. —Me miró—. ¿Myron?

No creía que aquí tuviesen Yoo-hoo.

—Una Coca-Cola Zero. —Cuando ella se alejó, pregunté—: ¿Qué está pasando?

—Hasta donde le concierne a mi gente, el caso está cerrado. Rick Collins tropezó con un complot terrorista. Fue asesinado en París por los terroristas. Mataron también a dos personas vinculadas con Collins en Londres antes de que los matasen. Nada menos que por usted.

—No vi mi nombre en ninguno de los periódicos.

—¿Está buscando que le atribuyan el mérito?

—Para nada. Pero me pregunto por qué mantuvieron en secreto mi nombre.

—Piense.

Reapareció la camarera.

—Korbel lo llama *champagne*, don listillo. Y es de California.

—Korbel tendría que llamarlo aguas fecales. Sería más cercano a la verdad.

Ella dejó nuestras copas y se fue.

—Las fuerzas del gobierno no intentan quedarse con el mérito —continuó el capitán—. Hay dos razones para dejar su nombre fuera. La primera, su seguridad. Por lo que tengo entendido, Mohammad Matar convirtió esto en algo personal. Usted mató a uno de sus hombres en París. Quería que viese morir a Karen Tower y Terese Collins antes de matarlo. Si de alguna manera se sabe que mató al Doctor Muerte, habrá personas dispuestas a tomarse revancha en usted y en su familia. —Berleand le sonrió a la bailarina y me tendió la palma—. ¿Tiene un billete de cinco?

Busqué en mi billetera.

—¿Y la segunda razón?

—Si no estaba allí, si no estaba en el escenario de los asesinatos de Londres, entonces el gobierno no tiene que explicar dónde ha estado durante las dos últimas semanas y pico.

Reapareció la ansiedad. Sacudí la pierna, miré en derredor, quise levantarme. Berleand solo me miró.

—¿Sabe dónde he estado?

—Sí, tengo una idea. Usted también.

Sacudí la cabeza.

—No.

—¿No tiene ningún recuerdo de las últimas dos semanas?

No dije nada. Sentí una opresión en el pecho. Me costaba respirar. Cogí la lata de Coca-Cola y comencé a beber a sorbitos.

—Está temblando —dijo.

—¿Y?

—Anoche. ¿Durmió intranquilo? ¿Tuvo pesadillas?

—Por supuesto. Estaba en un hospital. ¿Por qué?

—¿Sabe qué es el sueño crepuscular?

Pensé.

—¿No tiene algo que ver con el embarazo?

—En realidad con el parto. Fue algo muy popular en los cincuenta y sesenta. La teoría era: ¿por qué una mujer debe sufrir los terribles dolores del parto? Así que le inyectaban a la madre una mezcla de morfina y escopolamina. En algunos casos la madre se quedaba dormida del todo. En otros, el objetivo final, la morfina aminoraba el dolor mientras que la combinación hacía que no recordase. La amnesia médica o sueño crepuscular. Dejó de utilizarse porque, uno, los bebés a veces nacían con algo parecido a un estupor por la droga, y dos, todo aquel movimiento en pro de vivir la experiencia. No acabo de entender muy bien el segundo motivo, pero no soy mujer.

—¿Hay algún punto concreto al que quiera ir a parar?

—Lo hay. Ésa era la manera en los cincuenta o sesenta. Hace más de medio siglo. Ahora tenemos otras drogas y muchísimo tiempo para experimentar con ellas. Imagine la herramienta si pudiésemos perfeccionar aquello que hacían hace más de cincuenta años. Usted podría teóricamente retener a alguien durante un largo período y nunca lo recordaría.

Esperó. No tardé mucho en comprenderlo.

—¿Es eso lo que me pasó a mí?

—No sé qué le pasó a usted. Ya habrá oído hablar de las cárceles secretas de la CIA.

—Claro.

—¿Cree que existen?

—¿Lugares donde la CIA lleva a los prisioneros y no se lo dice a nadie? Supongo que sí.

—¿Supone? No sea ingenuo. Bush admitió que las tenemos. Pero no comenzaron con el 11-S ni acabaron cuando el Congreso investigó el tema en unas cuantas audiencias. Piense en lo que podrían hacer allí solo con tener a los prisioneros en sueño crepuscular prolongado. Hizo que las mujeres olvidasen el dolor del parto, el peor dolor que hay. Podían interrogarlo durante horas, conseguir que dijese e hiciese lo que fuese y que luego lo olvidara.

Mi pierna comenzó a machacar el suelo.

—Muy diabólico.

—¿Lo es? Digamos que captura a un terrorista. Ya conoce el viejo debate de que, si sabe que va a estallar otra bomba, es legítimo torturarlo para salvar vidas. Bueno, aquí se borra la pizarra. Él no lo recuerda. ¿Hace eso más ético el acto? Usted, mi querido amigo, con toda probabilidad fue interrogado con dureza, quizás torturado. No lo recuerda. Entonces, ¿qué pasa?

—Como un árbol que cae en el bosque cuando no hay nadie alrededor —dije.

—Exactamente.

—Ustedes los franceses y su filosofía.

—Somos algo más que la pequeña muerte de Sartre.

—Es una pena. —Me moví en mi asiento—. Me cuesta creerlo.

—Yo tampoco estoy seguro de creerlo. Pero piénselo. Piense en las personas que de pronto desaparecen y nunca vuelven a aparecer. Piense en las personas que son productivas y sanas y de pronto se convierten en suicidas, desamparadas o desequilibradas. Piense en las personas, personas que siempre le han parecido buenas y normales, que de pronto afirman haber sido abducidas por extraterrestres o comienzan a sufrir el síndrome de estrés postraumático.

«Déjelo correr...»

Respirar era de nuevo una lucha. Notaba como mi pecho se atascaba.

—No puede ser así de sencillo —dije.

—No lo es. Como digo, piense en las personas que de pronto se convierten en psicóticas o las personas racionales que sin más afirman tener una revelación religiosa o alucinaciones extraterrestres. Y de nuevo la pregunta moral: ¿está bien el trauma, por un bien superior, si se olvida de inmediato? Los hombres que dirigen esos lugares no son malvados. Consideran que los hacen más éticos.

Me toqué el rostro. Las lágrimas corrían por mis mejillas. No sabía por qué.

—Mírelo desde su punto de vista. El hombre al que mató en París, el que trabajaba con Mohammad Matar. El gobierno creía que estaba a punto de cambiar de bando y proveernos de valiosa información. Hay una gran lucha interna dentro de estos grupos. ¿Por qué estaba usted en medio? Mató a Matar, vale, en defensa propia, pero quizás, solo quizás, lo enviaron a matarlo. ¿Lo ve? Era razonable llegar a la conclusión de que usted sabía algo que podía salvar vidas.

—Así que —me detuve— me torturaron.

Se acomodó las gafas en la nariz sin responder.

—¿No ha habido nadie que recordase si esto pasa de verdad? —pregunté—. ¿Nadie ha dicho nada?

—¿Decir qué? Puede empezar a recordar. ¿Qué va a hacer al respecto? No sabe dónde estuvo. No sabe quién lo retuvo. Está aterrorizado porque en el fondo de su corazón sabe que pueden atraparlo de nuevo.

«Su mamá y su papá...»

—Así que se quedará callado porque no tiene otra elección. Y quizás, solo quizás, lo que hacen está salvando vidas. ¿Nunca se preguntó cómo acabamos con muchos complots terroristas antes de que se cumpliesen?

—¿Torturando a las personas y haciendo que olvidaran?

Berleand me dedicó un encogimiento de hombros muy elaborado.

—Si es tan efectivo, ¿por qué no lo utilizaron con personas como Jalid Sheik, Mohammad o algún otro de los terroristas de Al Qaeda?

—¿Quién dice que no lo han hecho? Hasta ahora, a pesar de todo el jaleo, el gobierno de Estados Unidos solo ha admitido que utilizó la tortura del submarino en tres ocasiones y ninguna desde 2003. ¿De verdad cree que es así? En el caso de Jalid, el mundo entero estaba mirando. Aquél fue el error que su gobierno aprendió de Guantánamo. No lo hagas donde todo el mundo te pueda ver.

Bebí otro sorbo. Miré a mi alrededor. El lugar no estaba lleno, pero tampoco vacío. Vi trajes y tipos en camiseta y vaqueros. Vi a hombres blancos, negros, latinos. Ningún ciego. Anthony el gorila tenía razón.

—¿Ahora qué? —pregunté.

—La célula ha sido desmantelada, y también, hasta cierto punto, el plan que estuviesen organizando.

—Usted no lo cree.

—No.

—¿Por qué?

—Porque Rick Collins parecía creer que había encontrado algo muy grande. Algo a largo plazo y de largo alcance. La coalición para la que trabajo se alteró mucho cuando le mostré a usted la foto de Matar. Por eso ahora estoy fuera.

—Lo siento.

—No se preocupe. Están buscando la siguiente célula y el correspondiente complot. Yo no. Yo quiero continuar investigando ésta. Tengo amigos que quieren ayudar.

—¿Qué amigos?

—Usted los conoció.

Hice memoria.

—El Mossad.

Asintió.

—Collins también había buscado su ayuda.

—¿Por eso me seguían?

—En un primer momento creyeron que quizás usted lo había asesinado. Yo les aseguré que no lo había hecho. Collins sabía algo, pero no podía decir exactamente qué. Hizo que todos los bandos se enfrentasen; al final resultaba difícil decir dónde depositaba su lealtad. Según el Mossad, interrumpió el contacto con ellos y desapareció una semana antes de morir.

—¿Tiene alguna idea de por qué?

—Ninguna.

Los ojos de Berleand se fijaron en su copa. Agitó la bebida con el dedo.

—Entonces, ¿por qué está aquí ahora? —pregunté.

—Vine cuando lo encontraron.

—¿Por qué?

Bebió otro trago largo.

—Ya son muchas preguntas por hoy.

—¿De qué habla?

Se levantó.

—¿Adónde va?

—Le expliqué la situación.

—De acuerdo. Tenemos trabajo que hacer.

—¿Tenemos? Usted ya no tiene nada que ver con esto.

—Está de broma, ¿no? Para empezar, necesito encontrar a Terese.

Me sonrió.

—¿Puedo ser directo?

—No, en realidad preferiría que continuase mareando la perdiz.

—Se lo digo porque no soy muy bueno comunicando malas noticias.

—Hasta el momento parece hacerlo muy bien.

—Pero nada como esto. —Berleand mantuvo la mirada apartada de mí y fija en el escenario, pero no creo que mirase a la bailarina—. Ustedes los norteamericanos lo llaman una comprobación de la realidad objetiva. Por lo tanto, esto es lo que hay: Terese está muerta, en cuyo caso no puede ayudarla. O como a usted, la tienen retenida en alguna cárcel secreta, en cuyo caso está impotente.

—Yo no estoy impotente —afirmé en una voz que no podría haber sonado más débil.

—Sí, amigo mío, lo está. Incluso antes de ponerme en contacto con él, Win ordenó que todos guardasen silencio respecto a su desaparición. ¿Por qué? Porque sabía que si cualquiera, sus padres, el que fuese, organizaba algún escándalo, usted quizás nunca regresaría a casa. Hubiesen montado un accidente de coche y usted estaría muerto. O un suicidio. Con Terese Collins todavía es más fácil. Podrían matarla y enterrarla, y decir que ha vuelto a ocultarse en Angola. O pueden montar un suicidio y decir que la muerte de su hija fue algo que ya no pudo soportar. No hay nada que pueda hacer por ella.

Me eché hacia atrás en la silla.

—Necesita cuidar de usted mismo —añadió.

—¿Quiere que me mantenga apartado?

—Sí, y si bien soy sincero cuando digo que usted no tiene la culpa, se lo avisé ya una vez. Usted prefirió no escucharme.

Tenía toda la razón.

—Una última pregunta —dije.

Esperó.

—¿Por qué me cuenta todo esto?

—¿Lo de la cárcel secreta?

—Sí.

—Porque a pesar de lo que ellos creen que hace la medicación, no creo que se pueda olvidar del todo. Necesita ayuda, Myron. Por favor, consígala.

Ahora explico cómo descubrí que quizás Berleand tenía razón.

Cuando volví al despacho, llamé a algunos clientes. Esperanza pidió sándwiches en Lenny's. Todos comimos en la mesa. Esperanza habló de su bebé, Héctor. Comprendí que hay pocos clichés más grandes que decir que la maternidad cambia a una mujer, pero en el caso de Esperanza los cambios parecían particularmente sorprendentes y no del todo atractivos.

Cuando acabamos, fui a mi despacho y cerré la puerta. Dejé la luz apagada. Permanecí sentado a mi mesa durante mucho tiempo. Todos tenemos nuestros momentos de contemplación y depresión, pero eso era algo diferente, más profundo y pesado. No podía moverme. Los miembros me pesaban como si fuesen de plomo. A lo largo de los años me había visto metido en más de un lío, así que tenía un arma en mi despacho.

Una Smith Wesson calibre 38 para ser más exactos.

Abrí el último cajón, saqué el arma y la sostuve en mi mano. Las lágrimas corrían por mis mejillas.

Sé lo melodramático que debe de sonar. Esta imagen de pobrecito de mí, sentado solo ante mi mesa, deprimido, con un arma en mi mano; es del todo ridícula cuando lo piensas. De haber tenido una foto de Terese en mi mesa, podría haberla sujetado a lo Mel Gibson en la primera *Arma letal* y haber metido el cañón en mi boca.

No lo hice.

Pero pensé en hacerlo.

Cuando comenzó a girar el pomo de la puerta de mi despacho —aquí nadie llama, y menos Esperanza—, me moví deprisa y guardé el arma en el cajón. Esperanza entró y me miró.

—¿Qué estás haciendo? —preguntó.

—Nada.

—¿Qué estabas haciendo?

—Nada.

Ella me miró.

—¿Te estabas complaciendo a ti mismo debajo de la mesa?

—Me has pillado.

—Así y todo tienes un aspecto horrible.

—Sí, eso es lo que se comenta en la calle.

—Te diría que te fueses a casa, pero ya has estado ausente demasiados días y no creo que andar dando vueltas solo te vaya a ayudar.

—Estamos de acuerdo. ¿Hay algún motivo para tu intrusión?

—¿Tiene que haberlo?

—Nunca lo ha habido en el pasado —dije—. Por cierto, ¿por dónde anda Win?

—Por eso he entrado. Está en el Batifono. —Hizo un gesto para que me girase.

En el armario detrás de mi mesa hay un teléfono rojo debajo de lo que parece una campana de vidrio. Si ha visto la primera serie de *Batman*, sabrá por qué. El teléfono rojo parpadeaba. Win. Lo descolgué y pregunté:

—¿Dónde estás?

—En Bangkok —respondió Win con su tono un tanto acelerado—, que en realidad es un nombre irónico para este lugar cuando lo piensas.

—¿Desde cuándo? —pregunté.

—¿Es importante?

—Solo parece el peor de los momentos —señalé. Luego al recordarlo pregunté—: ¿Qué pasó con aquella muestra de ADN que recogimos de la tumba de Miriam?

—Confiscada.

—¿Por qué?

—Hombres con placas brillantes y trajes lustrosos.

—¿Cómo se enteraron?

Silencio.

Entonces aquella oleada de vergüenza. Luego pregunté:

—¿Yo?

No se molestó en responder.

—¿Hablaste con el capitán Berleand?

—Lo hice. ¿Tú qué opinas?

—Opino que su hipótesis es creíble.

—No lo entiendo. ¿Por qué estás en Bangkok?

—¿Dónde debería estar?

—Aquí, en casa, no lo sé.

—En este momento quizás no sea una buena idea.

Pensé en ello.

—¿Esta línea es segura?

—Del todo. Y tu oficina ha sido inspeccionada esta mañana.

—¿Qué pasó en Londres?

—¿Tú me viste matar a Patachunta y Tarará?

—Sí.

—Entonces ya sabes el resto. Los polis entraron al asalto. Era imposible que pudiese sacarte y decidí que lo mejor para mí sería largarme. Abandoné el país de inmediato. ¿Por qué? Porque yo, como acabo de decir, creo que el relato de Berleand es creíble. Por lo tanto, no creí que fuese conveniente para ninguno de los dos que también me pusiesen bajo custodia. ¿Me comprendes?

—Sí. Entonces, ¿cuál es ahora tu plan?

—Permanecer escondido un poco más.

—La mejor manera de hacer que todos estén seguros es llegar al fondo de este asunto.

—Chachi, *brother* —dijo Win.

Me encanta cuando habla como los tipos de la calle.

—Para ese fin, he echado las redes. Espero conseguir que alguien me hable del destino de la señora Collins. Para decirlo con claridad, y, sí, ya sé que tienes un sentimiento hacia ella, si a Terese la mataron, significa que esto se ha acabado para nosotros. Nuestros intereses han desaparecido.

—¿Qué me dices de encontrar a su hija?

—Si Terese está muerta, ¿qué sentido tiene?

Pensé. Tenía toda la razón. Había querido ayudar a Terese. Había querido —todavía resulta alucinante pensar en ello— reunirla con su difunta hija. ¿Qué sentido tendría, si Terese estaba muerta?

Bajé la mirada y me di cuenta de que una vez más me mordía una uña.

—Entonces, ¿ahora qué? —pregunté.

—Esperanza dice que estás hecho un asco.

—¿Tú también vas a protegerme?

Silencio.

—¿Win?

Win era el mejor a la hora de mantener la voz firme, pero quizás por segunda vez desde que lo había conocido, escuché un quiebro.

—Los últimos dieciséis días fueron difíciles.

—Lo sé, colega.

—Removí cielo y tierra buscándote.

No dije nada.

—Hice algunas cosas que tú nunca aprobarías.

Esperé.

—Seguí sin encontrarte.

Comprendí a qué se refería. Win tiene fuentes que le están vedadas a cualquier otro que yo conozca. Tiene dinero e influencia, y la verdad es que me quiere. Nada lo asusta. Pero sabía que había pasado unos dieciséis días muy duros.

—Ahora estoy bien —dije—. Vuelve a casa cuando creas que es seguro.

26

—Come otra albóndiga —me dijo mamá.

—Ya no puedo más, mamá, gracias.

—Una más. Estás muy delgado. Prueba la de cerdo.

—De verdad que no me gusta.

—¿Qué? —Mamá me miró sorprendida—. Pero si siempre te ha encantado comerlas en el restaurante chino.

—Mamá, el Fong's Garden cerró cuando yo tenía ocho años.

—Lo sé. Pero así y todo...

Pero así y todo... La gran frase final de los debates con mamá. Uno podría atribuir con toda razón el recuerdo del restaurante chino a un cerebro que envejece. Uno se puede equivocar. Mamá ha estado haciendo el comentario de que ya no me gustaban las albóndigas desde que tenía nueve años.

Estábamos en la cocina de mi casa de la infancia en Livingston, Nueva Jersey. En la actualidad dividía mis noches entre esta residencia y el lujoso apartamento de Win en el Dakota, en la calle 72 Oeste y Central Park Oeste. Cuando mis padres se trasladaron a Miami hace unos años, les compré esa casa. Uno podría preguntarse con razón los motivos psicológicos para comprarla —había vivido aquí con mis padres hasta los treinta y tantos y, de hecho, todavía dormía en el dormitorio del sótano que había montado cuando iba al instituto—, pero al final pocas veces me quedaba aquí. Livingston es una ciudad para familias que crían niños, no para solteros que trabajan en Manhattan. El apartamento de Win está mucho mejor ubicado y es solo un poco más pequeño, metro cuadrado más o menos, que un principado europeo.

Pero mamá y papá habían vuelto a la ciudad, así que aquí estábamos.

Provengo de la Generación de la Culpa, en la que todos supuestamente detestábamos a nuestros padres y encontrábamos en sus acciones todos los motivos por los cuales nosotros mismos éramos unos adultos infelices. Quería a mi padre y a mi madre. Me encantaba estar con ellos. No viví en aquel sótano hasta bien entrado en la edad adulta por una cuestión de dinero. Lo hice porque me gustaba estar allí, con ellos.

Acabamos la cena, tiramos las cajas de la comida y lavamos los cubiertos. Hablamos un poco de mi hermano y de mi hermana. Cuando mamá mencionó el trabajo de Brad en Sudamérica, sentí un breve pero agudo dolor, algo cercano a un *déjà vu*, pero mucho menos agradable. Se me cerró el estómago. Comencé de nuevo a morderme las uñas. Mis padres intercambiaron una mirada.

Mamá estaba cansada. Es algo que ahora le pasa con mucha frecuencia. Le di un beso en la mejilla y la vi subir las escaleras. Se apoyaba en la barandilla. Recordé los días pasados, viéndola subir los escalones con un andar gracioso y una coleta que se sacudía, su mano muy lejos de la condenada barandilla. Miré a papá. No dijo nada, pero creo que él también había vuelto al pasado.

Papá y yo pasamos al estudio. Encendió el televisor. Cuando yo era pequeño, papá tenía un sillón reclinable BarcaLounger de un horrible color marrón. El tapizado de vinilo estaba roto en las costuras y sobresalía algo metálico. Mi papá, que no era precisamente un manitas, lo mantenía en su lugar con cinta aislante. Sé que las personas critican las horas que los norteamericanos dedican a mirar la televisión, y con buen motivo, pero algunos de mis mejores recuerdos estaban en esa habitación, por la noche, con él tumbado en la silla arreglada con cinta aislante y yo en el diván. ¿Alguien más recuerda aquella programación estelar de la CBS los sábados por la noche? *All in the Family, MASH, Mary Tyler Moore, The Bob Newhart Show* y *The Carol Burnett Show.* Mi padre se reía con tantas ganas por algo que había dicho Archie Bunker, y su risa era tan contagiosa, que yo comenzaba a reírme de la misma forma, aunque en realidad no entendía mucho los chistes.

Al Bolitar había trabajado de firme en su fábrica de Newark. No era un hombre a quien le gustase jugar al póquer, estarse con los amigos o ir de bares. El hogar era su solaz. Le resultaba relajante estar con la familia. Había empezado muy pobre, era muy listo y probablemente había tenido sueños más allá de la factoría de Newark —fantásticos y grandes sueños—, pero nunca los compartió conmigo. Yo era su hijo. No cargas a tu hijo con cosas como ésas, por nada del mundo.

Esa noche, se quedó dormido durante una reposición de *Seinfeld*. Observé como bajaba y subía su pecho, la barba que comenzaba a blanquear. Al cabo de un rato me levanté en silencio, bajé al sótano, me metí en la cama y miré el techo.

Mi pecho comenzó a cerrarse de nuevo. Me dominó el pánico. Mis ojos no querían cerrarse. Cuando lo hacían, cuando conseguía empezar un viaje nocturno de cualquier tipo, las pesadillas me devolvían a la conciencia. No conseguía recordar los sueños, pero el miedo se quedaba. Estaba bañado en sudor. Me sentaba en la oscuridad, aterrorizado, como un niño.

A las tres de la mañana un recuerdo cruzó mi cerebro como un relámpago. Bajo el agua. Incapaz de respirar. Esa imagen duró menos de un segundo, no más, y fue reemplazada por otra sonora.

«Al-sabr wal-sayf...»

Mi corazón se disparó como si intentase escapar del pecho.

A las tres y media de la mañana, subí las escaleras de puntillas y me senté en la cocina. Intenté ser lo más silencioso posible, pero lo sabía. Mi padre tenía el sueño más ligero del mundo. En la niñez, cuando intentaba pasar por delante de su puerta en plena noche, solo para hacer una rápida visita al baño, él se despertaba como si alguien hubiese dejado caer un cubo de agua helada en su ingle. Así que, como un hombre crecido y de mediana edad, un hombre que se consideraba a sí mismo más valiente que la mayoría, sabía lo que pasaría si entraba de puntillas en la cocina.

—¿Myron?

Me volví mientras él bajaba las escaleras.

—No pretendía despertarte, papá.

—Oh, ya estaba despierto. —Papá vestía unos calzoncillos que habían visto tiempos mejores y una vieja camiseta de Duke gris que era dos tallas más grande—. ¿Quieres que prepare unos huevos revueltos?

—Perfecto.

Lo hizo. Nos sentamos y hablamos de cosas sin importancia. Intentó no parecer demasiado preocupado, cosa que solo me hizo sentir todavía más protegido. Volvieron más recuerdos. Mis ojos se inundaban con lágrimas y parpadeaba para quitarlas. Las emociones llegaron a tal punto que ya no podía decir de verdad qué sentía. Tenía claro que me esperaban muchas noches de pesadillas. Lo comprendía. Pero sabía una cosa a ciencia cierta: no permanecería quieto mucho tiempo.

Cuando llegó la mañana llamé a Esperanza.

—Antes de desaparecer —dije—, estabas averiguando algunas cosas para mí.

—Buenos días a ti también.

—Lo siento.

—No te preocupes. ¿Qué decías?

—Estabas investigando el suicidio de Sam Collins y aquel código de ópalo y la entidad benéfica Salvar a los Ángeles.

—Sí.

—Quiero saber qué has encontrado.

Por un momento esperé una discusión, pero Esperanza debió de notar algo en mi tono.

—Vale, nos encontraremos dentro de una hora. Podré mostrarte lo que tengo.

—Lamento llegar tarde —se disculpó Esperanza—, pero Héctor vomitó en mi blusa y tuve que cambiarme y entonces la niñera comenzó a hablarme de un aumento y Héctor empezó a abrazarse a mí...

—No te preocupes —dije.

El despacho de Esperanza todavía reflejaba en parte su pintoresco pasado. Había fotografías de ella con el minúsculo vestido de ante de Pequeña Pocahontas, la «princesa india», interpretada por una latina. Su Cinturón del Campeonato Intercontinental por Equipos, una cursilería que si se pusiese alrededor de la cintura de Esperanza se le caería probablemente desde las costillas hasta por encima de las rodillas, estaba enmarcado detrás de su mesa. Las paredes estaban pintadas de color lila y otros tonos de púrpura; nunca consigo recordar el nombre. La mesa era labrada y de roble macizo, conseguida en una tienda de antigüedades por Big Cyndi, y aunque estaba aquí cuando la trajeron, seguía sin saber cómo la habían hecho pasar por la puerta.

Pero en aquel momento el tema dominante en esa habitación, para citar el libro de cabecera del político, era el cambio. Las fotografías del hijo de Esperanza, Héctor, en poses tan comunes y obvias que rayaban el tópico, ocupaban la mesa y el armario. Estaban los habituales retratos de niños —el arco iris de fondo al estilo del estudio fotográfico Sears—, junto con la del niño sentado en el regazo de Santa Claus y el Conejo de Pascua. Había una foto de Esperanza y su marido, Tom, que sujetaban a un Héctor vestido de blanco en su bautismo, y otra con un personaje de Disney que desconocía. La foto más grande mostraba a Héctor montado en un pequeño vehículo infantil, quizás un camión de bomberos en miniatura, y Esperanza mirando a la cámara con la mayor y más tonta sonrisa que yo había visto en ella.

Esperanza había sido la más libre de los espíritus libres. Había sido una bisexual promiscua, que con orgullo salía con un hombre, después con una mujer, y otro hombre, sin importarle qué pensaban los demás. Se había metido en la lucha libre porque era una manera divertida de ganar dinero, y cuando se cansó de aquello comenzó a estudiar derecho por las noches, mientras trabajaba como ayudante mía durante el día. Eso puede parecer muy poco compasivo, pero la maternidad había domado un poco aquel espíritu. Lo había visto antes, con otras amigas. Lo entiendo a medias. No me había enterado de la existencia de mi propio hijo hasta el momento en que era casi un hombre y, por consiguiente, nunca había experimentado aquel momento de transformación cuando nace tu hijo y de pronto todo tu mundo se reduce a una masa de tres kilos trescientos gramos. Eso era lo que le había ocurrido a Esperanza. ¿Ahora era más feliz? No lo sé. Pero nuestra relación había cambiado, como debía ser, y como soy egoísta, no me gustaba.

—Ésta es la cronología —dijo Esperanza—. A Sam Collins, el padre de Rick, le diagnosticaron la enfermedad de Huntington hace aproximadamente cuatro meses. Se suicidó unas pocas semanas más tarde.

—¿Está probado que fue un suicidio?

—Según el informe de la policía, no hay nada sospechoso.

—Vale, continúa.

—Después del suicidio, Rick Collins visitó a la doctora Freida Schneider, la genetista de su padre. También hay varias llamadas a su consulta. Me tomé la libertad de llamar a la consulta de la doctora Schneider. Está un tanto ocupada, pero nos concederá quince minutos durante la pausa para el almuerzo. A las doce y media en punto.

—¿Cómo lo has conseguido?

—MB REPS hará una gran donación al Terence Cardinal Cooke Health Care Center.

—Me parece justo.

—Saldrá de tu gratificación.

—Perfecto, ¿qué más?

—Rick Collins llamó al centro CryoHope, cerca del New-York Presbyterian. Trabajan mucho con sangre del cordón umbilical, almacenamiento de embriones y células madre. Lo dirigen cinco médicos de diversas especialidades, así que es imposible saber con quién trataba. También llamó varias veces a Salvar a los Ángeles. Así que ésta es la cronología: primero habló con la doctora Schneider, cuatro veces en el curso de dos semanas. Luego habló con CryoHope. Eso de alguna manera lleva a Salvar a los Ángeles.

—Bien —dije—. ¿Podemos conseguir una cita con CryoHope?

—¿Con quién?

—Con uno de los médicos.

—Hay un obstetra ginecólogo —dijo Esperanza—. ¿Le digo que quieres una prueba de embarazo?

—Hablo en serio.

—Ya lo sé, pero no estoy segura de con quién probar. Intento averiguar a qué médico llamó.

—Quizás la doctora Schneider pueda ayudarnos.

—Podría ser.

—¿Has encontrado algo con aquella nota de cosas pendientes que mencionaba el ópalo?

—No. Busqué en Google todas las letras. «Ópalo» por supuesto, tiene un millón de entradas. Cuando introduje «HHK», lo primero que salió fue una compañía de seguros médicos. Se ocupan de inversiones para la investigación del cáncer.

—¿Cáncer?

—Sí.

—No veo cómo encaja.

Esperanza frunció el entrecejo.

—¿Qué?

—No veo dónde encaja nada de todo esto —respondió—. Es más, me parece una colosal pérdida de tiempo.

—¿Por qué?

—¿Qué es exactamente lo que esperas encontrar? El médico trató a un viejo con la enfermedad de Huntington. ¿Qué puede tener eso que ver con unos terroristas que asesinan a personas en París y Londres?

—No tengo ni idea.

—¿Ninguna pista?

—Ninguna.

—Probablemente no tenga ninguna conexión en absoluto.

—Probablemente.

—Pero no tenemos nada mejor que hacer.

—Eso es lo que haremos. Haremos preguntas hasta que salga algo. Todo este asunto comenzó con un accidente de coche hace una década. Luego no tenemos nada hasta que Rick Collins descubrió que su padre tenía la enfermedad de Huntington. No sé cuál es la relación, y lo único que se me ocurre hacer es dar marcha atrás y seguir su camino.

Esperanza cruzó las piernas y empezó a jugar con un rizo del pelo. Esperanza tiene el pelo muy oscuro, negro azulado, con aspecto de estar siempre desordenado. Cuando comienza a tirar de un rizo, significa que algo la inquieta.

—¿Qué?

—Nunca llamé a Ali durante tu ausencia —dijo.

Asentí.

—Ni ella me llamó nunca, ¿no?

—¿Así que habéis acabado? —preguntó Esperanza.

—Al parecer.

—¿Utilizaste mi frase favorita para abandonarla?

—La olvidé.

Esperanza suspiró.

—Bienvenido a Abandonadalandia. Población: tú.

—Oh, no. Quizás sería más apto decir población: yo.

—Oh... —Un instante de silencio—. Lo siento.

—No pasa nada.

—Win dijo que te revolcaste con Terese.

Casi se me escapó «Win se revolcó con Mii», pero me preocupó que Esperanza pudiese malinterpretarlo.

—No veo la importancia —dije.

—No te revolcarías cuando estás acabando con otra, a menos que te importe mucho Terese. Un montón.

Me eché hacia atrás.

—¿Y qué?

—Así que necesitamos ir a toda marcha, si eso ayuda. Pero también necesitamos comprender la verdad.

—¿Que es...?

—Es probable que Terese esté muerta.

Permanecí en silencio.

—He estado contigo cuando has perdido a seres queridos —me recordó Esperanza—. No es algo que soportes bien.

—¿Quién lo hace?

—Tienes razón. Pero también te estás enfrentando a lo que sea que te pasó. Y todo junto ya es mucho.

—Estaré bien. ¿Algo más?

—Sí —dijo ella—. Aquellos dos tipos a los que Win y tú disteis una paliza.

El entrenador Bobby y el entrenador ayudante Pat.

—¿Qué pasa con ellos?

—La policía de Kasselton ha estado por aquí unas cuantas veces. Se supone que debes llamarles cuando regreses. Sabes que el tipo que Win descalabró pertenece a la poli, ¿no?

—Win me lo dijo.

—Necesitó de una intervención quirúrgica en la rodilla y se está recuperando. El otro tipo, el que comenzó la pelea, tenía una pequeña cadena de tiendas de electrodomésticos. Las grandes cadenas lo dejaron sin negocio y ahora trabaja como encargado en Best Buy, en Paramus.

Me puse en pie.

—Vale.

—¿Vale qué?

—Tenemos tiempo antes de encontrarnos con la doctora Schneider. Vayamos a Best Buy.

❦

27

El polo azul de Best Buy se estiraba a través de la barriga de Bobby. Se apoyaba en un televisor mientras atendía a una pareja asiática. Busqué alguna señal de la paliza, pero no encontré ninguna.

Esperanza me acompañaba. Al cruzar el local, un hombre vestido con una camisa de franela de leñador corrió hacia ella.

—Perdón —dijo con el rostro iluminado como el de un niño en la mañana de Navidad. Pero, Dios mío, ¿no es usted Pequeña Pocahontas?

Contuve una sonrisa. Nunca deja de sorprenderme cuántas personas todavía la recuerdan. Me dirigió una mirada severa y se volvió hacia el admirador.

—Lo soy.

—Vaya. No me lo puedo creer. Esto es fantástico. Es un gran placer conocerla.

—Gracias.

—Solía tener su póster en mi dormitorio. Cuando tenía dieciséis años.

—Me siento halagada... —comenzó ella.

—También hay algunas manchas en aquel póster —añadió él con un guiño —, sabe a qué me refiero.

—... y asqueada. —Se despidió con un gesto y se alejó—. Adiós.

La seguí.

—Manchas —dije—. Tendrías que sentirte un tanto halagada.

—Desgraciadamente, lo estoy —respondió.

Olviden lo que dije antes de que la maternidad había domado su espíritu. Esperanza seguía siendo lo más grande.

Dejamos atrás al encargado de información y fuimos hacia Bobby. Escuché al hombre asiático preguntar cuál era la diferencia entre un televisor de plasma y un televisor LCD. Bobby sacó pecho y habló de los pros y los contras, pero no entendí nada. Entonces el hombre preguntó por los televisores DLP, que significa procesador digital de luz. A Bobby le encantaban los DLP. Comenzó a explicar por qué.

Esperé.

Esperanza movió la cabeza hacia Bobby.

—Por lo que escucho creo que se mereció la paliza.

—No. No peleas con las personas para darles una lección; solo peleas por supervivencia o autoprotección.

Esperanza torció el gesto.

—¿Qué?

—Win tiene razón. Algunas veces eres muy mariquita.

El entrenador le sonrió a la pareja asiática y dijo:

—Tómense su tiempo, ahora mismo vuelvo y podemos hablar de la entrega gratuita.

Se acercó a mí y sostuvo mi mirada.

—¿Qué quiere?

—Decirle que lo siento.

El entrenador no se movió. Tres segundos de silencio. Después continuó:

—Ya está, ya lo ha dicho.

Dio media vuelta y se dirigió de nuevo hacia sus clientes.

Esperanza me dio una palmada en la espalda.

—Chico, ha sido purificante.

La doctora Freida Schneider era baja y rolliza, con una gran sonrisa. Era una judía ortodoxa y llevaba un vestido modesto y una gorra. Me reuní con ella en la cafetería del Terence Cardinal Cooke Health Care

Center, en la Quinta Avenida con la 103. Esperanza estaba haciendo unas llamadas. La doctora Schneider me preguntó si quería algo de comer. Rehusé la invitación. Ella pidió un bocadillo. Nos sentamos. Rezó por lo bajo y comenzó a devorar el bocadillo como si éste la hubiese insultado.

—Solo tengo diez minutos —dijo a modo de explicación.

—Creí que eran quince.

—Cambié de idea. Gracias por la donación.

—Necesito hacerle unas preguntas referentes a Sam Collins.

Schneider tragó el bocado.

—Eso dijo su colega. Usted sabe todo aquello de la confidencialidad paciente-cliente, ¿no? Para saltarme el discurso.

—Por favor.

—Está muerto, así que quizás deba decirme a qué se debe su interés en él.

—Tengo entendido que se suicidó.

—No me necesita para que le diga eso.

—¿Eso es común entre los pacientes con Huntington?

—¿Sabe qué es la enfermedad de Huntington?

—Sé que es genética.

—Es un desorden neurológico genético hereditario. —Lo dijo entre bocados—. La enfermedad no mata de forma directa, pero a medida que progresa el trastorno, lleva a muchas complicaciones mortales como la neumonía, fallos cardíacos y no quiera saber qué más. La enfermedad trastorna lo físico, lo psicológico y lo cognoscitivo. No es un trastorno agradable. Y sí, el suicidio es algo bastante habitual. Algunos estudios muestran que uno de cada cuatro lo intenta con un siete por ciento de éxito, por muy irónico que parezca la palabra «éxito» cuando se habla de suicidio.

—¿Ése fue el caso con Sam Collins?

—Había tenido una depresión antes de ser diagnosticado. Resulta difícil saber qué fue primero. La enfermedad por lo general comienza con un trastorno físico, pero hay muchos casos en los que empieza como un trastorno psiquiátrico o cognoscitivo. Por lo tanto, la depresión pudo haber sido la primera señal de la enfermedad de Huntington mal diagnosticada. En realidad no importa mucho. En cualquier caso ya está muerto debido al Huntington; el suicidio solo es otra complicación letal.

—Tengo entendido que la enfermedad de Huntington se hereda.

—Sí.

—Si uno de los padres lo tiene, el hijo tiene una posibilidad entre dos de contraerla.

—Para no complicarlo, diré que sí, que es así.

—Si el padre no la tiene, el hijo tampoco. Ya está. La línea familiar está limpia.

—Continúe.

—Por lo tanto, eso significa que uno de los padres de Sam Collins la tuvo.

—Exactamente. Su madre vivió hasta los ochenta sin ningún síntoma de Huntington, por lo que es probable que viniese por el lado de su padre, que murió joven y, por lo tanto, no tuvo tiempo de mostrar ningún síntoma.

Me acerqué un poco.

—¿Hizo la prueba a los hijos de Sam Collins?

—No es algo que le concierna.

—Me refiero específicamente a Rick Collins. Que también está muerto. Es más, asesinado.

—A manos de un terrorista, según los informes de prensa.

—Sí.

—No obstante, ¿cree que el diagnóstico de su padre tiene algo que ver con el asesinato?

—Así es.

Freida Schneider mordió otro bocado y sacudió la cabeza.

—Rick Collins tiene un hijo —dije.

—Lo sé.

—Y quizás una hija.

Eso la detuvo en mitad del bocado.

—¿Perdón?

No estaba muy seguro de cómo llevar el tema.

—Rick Collins quizás no sabía que estaba viva.

—¿Quiere explicármelo?

—No hay tiempo. Solo tenemos diez minutos.

—Es verdad.

—¿Y?

Ella exhaló un suspiro.

—Sí, se le hizo la prueba a Rick Collins.

—¿Y?

—El análisis de sangre muestra que el mismo número de CAG se repite en cada uno de los alelos HTT.

La miré.

—Vale, no importa. En resumen, lamentablemente los resultados fueron positivos. No consideramos el análisis de sangre como un diagnóstico porque podrían pasar años, incluso décadas, antes de que apareciesen los síntomas. Pero Rick Collins ya estaba mostrando corea, unos movimientos espasmódicos que no puedes controlar. Nos pidió que lo mantuviésemos en secreto. Lógicamente aceptamos.

Reflexioné. Rick tenía el Huntington. Ya tenía síntomas; ¿cómo hubiesen sido sus últimos años? Su padre se había preguntado lo mismo y había acabado con su vida.

—¿Al hijo de Rick le hicieron las pruebas?

—Sí, Rick insistió, algo que confieso que es poco habitual. Se debate mucho cuando se trata de estas pruebas, sobre todo con un niño. Me refiero a que si descubres que un chico acabará por tener este desorden..., ¿no es una terrible carga con la que vivir? ¿Es mejor saberlo ahora para que puedas vivir con plenitud? Si das positivo, ¿te atreverías a tener hijos que seguramente tendrán un cincuenta por ciento de probabilidades de contraer la enfermedad? E incluso sabiéndolo, ¿es una vida que se pueda llevar? La cuestión ética puede ser muy confusa.

—Pero, ¿Rick sometió a su hijo a las pruebas?

—Sí. Rick era un reportero hasta la médula. No creía en no saber. El hijo, afortunadamente, dio negativo.

—Eso tuvo que ser un alivio para él.

—Sí.

—¿Conoce usted el centro CryoHope?

Meditó la pregunta.

—Creo que hacen investigaciones y almacenamiento. Se ocupan sobre todo de guardar células madre y cosas por el estilo.

—Después de que Rick Collins viniese a verla, también los visitó a ellos. ¿Tiene alguna idea de por qué?

—No.

—¿Qué me dice de Salvar a los Ángeles? ¿Los ha oído mencionar?

Schneider sacudió la cabeza.

—No hay cura para la enfermedad de Huntington, ¿no?

—Correcto.

—¿Y qué me dice de las células madre?

—Espere, señor Bolitar, volvamos atrás. Usted dijo que Rick Collins podría tener una hija.

—Sí.

—¿Le importaría explicármelo?

—¿Le dijo a usted que había tenido una hija que murió hace diez años en un accidente de coche?

—No. ¿Por qué iba a hacerlo?

Pensé.

—Cuando encontraron el cuerpo de Rick en París había sangre en la escena del crimen. Las pruebas de ADN demostraron que pertenecía a una hija.

—Pero acaba de decir que la hija está muerta. No lo entiendo.

—Tampoco yo hasta ese momento. Pero hábleme usted de la investigación con células madre.

Ella se encogió de hombros.

—Por el momento no son nada más que especulaciones. En teoría se podrían reemplazar las neuronas dañadas en el cerebro transplantando células madre del cordón umbilical. Hemos visto algunos signos alentadores en animales, pero todavía no se han realizado pruebas clínicas con seres humanos.

—Así y todo, si usted estuviese muriéndose y desesperada...

Una mujer entró en la cafetería.

—¿Doctora Schneider?

Ella levantó un dedo, engulló el último trozo del bocadillo y se levantó.

—Para los moribundos y desesperados, sí, cualquier cosa es posible. Todo, desde una cura milagrosa a... bueno, el suicidio. Se han acabado los diez minutos, señor Bolitar. Vuelva en otro momento y lo llevaré a recorrer las instalaciones. Se sorprenderá por el entusiasmo y el buen trabajo. Gracias por la donación y buena suerte con lo que sea que está intentando hacer.

28

El centro CryoHope resplandecía, con una mezcla ideal de lo más moderno de la instalación médica y un banco de lujo. El mostrador de la recepción era alto y de madera oscura. Me apoyé en él, y Esperanza a mi lado. Observé que la recepcionista, una belleza rolliza y bobalicona, no llevaba anillo de bodas. Pensé en cambiar de plan. Una mujer soltera. Podía poner en marcha mi encanto, y ella caería rendida ante mi hechizo y respondería a todas mis preguntas. Esperanza sabía qué estaba pensando y solo me dirigió una mirada. Me encogí de hombros. De todas maneras, la recepcionista no sabría nada de nada.

—Mi mujer está embarazada —dije, e hice un gesto hacia Esperanza—. Nos gustaría ver a alguien para hablar sobre el tema de conservar la sangre del cordón umbilical de nuestro bebé.

La recepcionista me dirigió una sonrisa ensayada. Nos entregó un puñado de folletos a todo color y papel satinado y nos hizo pasar a una habitación con sillones de terciopelo. Había grandes fotografías artísticas de niños en la pared, y uno de aquellos diagramas del cuerpo humano que te recuerdan las clases de biología de noveno. Rellenamos un formulario. Me pidieron mi nombre. Me sentí tentado de poner cualquier cosa, pero me mantuve con Mark Kadison, porque era un amigo mío y si lo llamaban, él solo se reiría.

—¡Hola!

Entró un hombre vestido con una bata blanca, corbata y las mismas gafas de montura oscura que utilizan los actores cuando quieren parecer inteligentes. Nos estrechó las manos y se sentó en otra de las butacas.

—¿De cuánto está?

Miré a Esperanza.

—De tres meses —respondió ella con el entrecejo fruncido.

—Enhorabuena. ¿Es el primero?

—Sí.

—Bien, me alegra ver que están haciendo algo sensato al pensar en guardar la sangre del cordón umbilical de su bebé.

—¿Nos puede decir la tarifa? —pregunté.

—Mil dólares por el procesamiento y almacenamiento. Después están los pagos anuales por el almacenamiento. Sé que puede parecerles caro, pero es una oportunidad única. La sangre del cordón umbilical contiene células madre que salvan vidas. Así de sencillo. Pueden tratar anemias y leucemias. Pueden luchar contra las infecciones y ayudar contra algunos tipos de cáncer. Hemos avanzado mucho en la investigación que puede llevar a tratamiento para las enfermedades coronarias, el Parkinson y la diabetes. No, todavía no podemos curarlas. Pero, ¿quién sabe qué pasará dentro de unos años? ¿Están familiarizados con los trasplantes de médula?

—Más o menos —respondí.

—Los trasplantes de sangre del cordón umbilical funcionan mejor y son mucho más seguros; no precisan de ningún procedimiento quirúrgico para obtenerla. Necesita un ochenta y tres por ciento de coincidencia para que funcione la médula. Solo necesita un sesenta y siete por ciento con la sangre del cordón umbilical. Eso es ahora; ahora mismo. Hoy estamos salvando vidas con los trasplantes de células madre. ¿Me siguen?

Ambos asentimos.

—Porque éste es el factor clave: el único momento para almacenar sangre del cordón umbilical es inmediatamente después del nacimiento de su bebé. Es lo que hay. No puede decidir hacerlo cuando el niño tiene tres años, o quizás, Dios no lo quiera, cuando un hermano se ponga enfermo.

—Entonces, ¿cómo funciona? —pregunté.

—Es indoloro y sencillo. Cuando tienen el bebé, la sangre se recoge del cordón umbilical. Separamos las células madre y las congelamos.

—¿Dónde se guardan las células madre?

Él abrió los brazos.

—Aquí mismo, en un entorno seguro. Tenemos guardias, generadores de emergencia y una cámara blindada. Como lo que podría encontrar en cualquier banco. La opción que trabajamos aquí con la mayoría, y es la que les recomiendo, es la que se llama «banco familiar». En resumen, ustedes guardan las células madre de su bebé para su uso. Su bebé puede necesitarla. Un hermano. Incluso uno de ustedes o quizás un tío o una tía. Quien sea.

—¿Cómo saben que la sangre del cordón umbilical servirá?

—No hay garantías. Eso deben saberlo. Pero las probabilidades de que exista una correspondencia son muy grandes. Además, bueno, a mí me parece que son una pareja de descendencias mezcladas. Es difícil encontrar coincidencias, así que este tema puede ser muy importante para ustedes. Ah, y permítanme señalarles que las células madre de las que estamos hablando son del cordón umbilical, no tienen nada que ver con la polémica sobre las células madre de embriones.

—¿No guardan embriones?

—Lo hacemos, pero es algo totalmente aparte de lo que a ustedes les interesa. Eso es para problemas de infertilidad y cosas por el estilo. No se daña ningún embrión en la investigación de células madre del cordón umbilical o el almacenamiento. Quiero dejarlo bien claro.

Tenía una sonrisa de oreja a oreja.

—¿Es usted médico? —pregunté.

La sonrisa flaqueó un poco.

—No, pero tenemos cinco en el personal.

—¿Qué clase de médicos?

—El centro tiene líderes en todos los campos. —Me alcanzó un folleto y me señaló la lista de los cinco médicos—. Tenemos a un genetista que trabaja con enfermedades hereditarias. Tenemos a un hematólogo que se encarga de los trasplantes. Tenemos a un obstetra ginecólogo que es pionero en el tema de la infertilidad. Tenemos a un oncólogo pediatra que investiga con células madre para encontrar tratamientos del cáncer en los niños.

—Permítame que le haga una pregunta hipotética.

Se inclinó hacia nosotros.

—Yo guardo la sangre del cordón umbilical de mi hijo. Pasan los años. Entonces contraigo alguna enfermedad. Quizás ustedes todavía no tienen la cura, pero yo quiero probar algo experimental. ¿Puedo utilizar la sangre?

—Es suya, señor Kadison. Puede hacer con ella lo que quiera.

No tenía ni idea de cómo seguir con aquello. Miré a Esperanza. No me ayudó ni lo más mínimo.

—¿Puedo hablar con uno de sus médicos? —pregunté.

—¿Hay alguna pregunta que no haya sido capaz de contestar?

Intenté por otro camino.

—¿Tienen un cliente llamado Rick Collins?

—¿Perdón?

—Rick Collins. Es un amigo mío; me lo recomendó. Quiero asegurarme de que es un cliente.

—Esa información es confidencial. Estoy seguro de que lo comprenderá. Si alguien preguntase por usted, le respondería lo mismo.

Un callejón sin salida.

—¿Alguna vez ha oído mencionar una entidad benéfica llamada Salvar a los Ángeles?

Su rostro se cerró.

—¿Lo ha oído?

—¿Qué pasa? —preguntó.

—Solo he formulado una pregunta.

—Le he explicado a usted el proceso —dijo, y se levantó—. Les sugiero que lean los folletos. Esperamos que escojan nuestro centro. Les deseo la mejor de las suertes.

—Una pérdida de tiempo —comenté en la acera.

—Sí.

—Win tenía la teoría de que quizás la sangre que encontraron en la escena del crimen provenía del cordón umbilical.

—Eso explicaría mucho —opinó Esperanza.

—Excepto que no veo cómo. Digamos que Rick Collins guardó la sangre de su hija Miriam. ¿Entonces qué? ¿Viene aquí, pide que la descongelen, la lleva a París y se derrama en el suelo cuando lo asesinan?

—No —dijo ella.

—¿Entonces qué?

—Estamos pasando por alto algo obvio. Un paso o puede que unos cuantos. Quizás mandó la muestra congelada a París. Quizás estaba trabajando con algunos médicos en un programa experimental, ensayos humanos, que nuestro gobierno no aprobaría. No lo sé, pero, ¿tiene más sentido que la muchacha sobreviviese al accidente de coche y estuviese oculta durante diez años?

—¿Viste su rostro cuando mencionamos Salvar a los Ángeles?

—No te extrañe. Son un grupo que protesta contra el aborto y la investigación de células madre de los embriones. ¿Te fijaste en como su rollo de ventas recalca que la sangre del cordón umbilical no tiene nada que ver con la controversia de las células madre?

Pensé.

—En cualquier caso, tenemos que investigar a Salvar a los Ángeles.

—Nadie responde al teléfono —dijo ella.

—¿Tienes una dirección?

—Están en Nueva Jersey. Pero...

—Pero, ¿qué?

—Estamos corriendo en círculos. No hemos descubierto nada. Y luego está la realidad: nuestros clientes merecen algo mejor que esto. Les dimos nuestra palabra de que trabajaríamos duro por ellos. Y no lo estamos haciendo.

No dije nada.

—Eres el mejor de los agentes —añadió—. Yo soy buena en lo que hago. Soy muy buena. Soy mejor negociadora de lo que tú serás nunca, y sé cómo encontrar negocios rentables para nuestros clientes más que tú. Pero conseguimos clientes porque confían en ti. Porque lo que de verdad quieren es que su agente se preocupe por ellos, y en eso tú eres muy bueno.

Se encogió de hombros; esperó.

—Entiendo lo que dices. La mayor parte del tiempo nos metemos en estos follones para proteger a un cliente. Pero esta vez es más grande. Mucho más grande. Vosotros queréis que me mantenga volcado en nuestros intereses personales. Lo comprendo. Pero necesito solucionar esto.

—Tienes complejo de héroe —dijo ella.

—Eso no es noticia.

—Algunas veces te hace volar a ciegas. Lo haces muy bien cuando sabes adónde vas.

—Ahora mismo, voy a Nueva Jersey. Tú vuelve a la oficina.

—Puedo ir contigo.

—No necesito una niñera.

—Mala suerte, ya tienes una. Vamos a Salvar a los Ángeles. Si es un callejón sin salida, regresamos a la oficina y trabajamos toda la noche. ¿Hecho?

—Hecho —respondí.

29

Un callejón sin salida. En el más puro sentido literal.

Seguimos las indicaciones del GPS hasta el edificio de oficinas ubicado en Ho-Ho-Kus, Nueva Jersey, al final de una calle sin salida. Había un gimnasio, el Ed's Body Shop, una escuela de karate llamada Eagle's Talon y un estudio fotográfico con un escaparate muy cursi llamado Official Photography de Albin Laramie. Señalé las letras en el cristal cuando pasamos.

—Oficial —dije—. Porque en realidad no querrías las fotos no oficiales de Albin Laramie.

Había fotos de bodas en las que se había utilizado un objetivo tan borroso que era difícil saber dónde comenzaba el novio y dónde acababa la novia. Había provocativas poses de modelos, la mayoría de mujeres en biquini. Había horribles fotos de bebés en tonos sepia que imitaban un falso victoriano. Los bebés iban vestidos con batas y tenían un aspecto siniestro. Cada vez que veo una fotografía victoriana auténtica de un bebé no puedo evitar pensar: el que aparece en esta foto está muerto y enterrado. Quizás sea más morboso que la mayoría, pero, ¿quién quiere estas fotos tan afectadas?

Entramos en el vestíbulo y miramos el directorio. Se suponía que Salvar a los Ángeles estaba en el despacho 3 B, pero la puerta estaba cerrada a cal y canto. Vimos en la puerta la señal descolorida donde una vez había habido una placa.

La oficina más cercana pertenecía a Bruno y Asociados. Preguntamos por la entidad benéfica vecina.

—Se han marchado hace meses —nos dijo la recepcionista. Su placa ponía «Minerva». No sabía si era su nombre o el apellido—. Se mudaron inmediatamente después del robo.

Enarqué una ceja y me acerqué.

—¿Robo? —pregunté.

Soy muy bueno con este tipo de interrogatorios.

—Sí. Les robaron todo. Tuvo que ser... —frunció el entrecejo— eh, Bob, ¿cuándo fue el robo en la oficina de al lado?

—Hace tres meses.

Eso fue casi todo lo que Minerva y Bob nos pudieron decir. En la televisión, los detectives siempre preguntan si el inquilino ha dejado una nueva dirección. Nunca he visto a una persona que lo haga en la vida real. Salimos y miramos la puerta de Salvar a los Ángeles durante un segundo. La puerta no tenía nada que decirnos.

—¿Estás preparado para volver al trabajo? —preguntó Esperanza.

Asentí. Salimos a la calle. Parpadeé para protegerme del resplandor del sol y escuché a Esperanza decir:

—Vaya, vaya.

—¿Qué?

Me señaló un coche al otro lado de la calle.

—Mira la calcomanía en el parachoques trasero.

Ya la conocen. Son aquellos óvalos blancos con letras negras que muestran dónde has estado. Creo que comenzó con las ciudades europeas. Un turista regresaba de un viaje a Italia y ponía ROM en la parte de atrás del coche. Ahora todas las ciudades parecen tener uno, una forma de mostrar el orgullo patriótico o algo por el estilo.

Esta calcomanía decía «HHK».

—Ho-Ho-Kus —dije.

—Sí.

Pensé de nuevo en aquel código.

—Ópalo en Ho-Ho-Kus. Quizás el cuatro-siete-uno-dos es el número de una casa.

—Ópalo puede ser el nombre de una persona.

Nos volvimos hacia donde habíamos aparcado y nos esperaba otra sorpresa. Un Cadillac Escalade negro estaba aparcado detrás de nosotros, y nos impedía la salida. Vi a un hombre fornido con un traje marrón que venía hacia nosotros. Tenía el pelo muy corto, el rostro grande y anguloso y el aspecto de un delantero de los Green Bay Packer de 1953.

—¿Señor Bolitar?

Reconocí la voz. La había oído dos veces antes. Una vez al teléfono cuando llamé a Berleand, y otra en Londres, segundos antes de perder el conocimiento.

Esperanza se puso delante de mí, como si quisiese protegerme. Apoyé la mano con suavidad en su hombro para hacerle saber que no pasaba nada.

—Agente especial Jones —dije.

Dos hombres, supuse que también agentes, salieron del Escalade. Dejaron la puerta abierta y se apoyaron en el costado. Ambos llevaban gafas de sol.

—Necesito que venga conmigo —dijo.

—¿Estoy arrestado? —pregunté.

—Todavía no. Pero de verdad debería venir conmigo.

—Esperemos a que tenga usted la orden de arresto —dije—. También traeré a mi abogado. Haremos esto de acuerdo con las reglas.

Jones se acercó un paso.

—Preferiría no presentar cargos formales. Aunque sé que usted ha cometido crímenes.

—Usted es testigo, ¿no?

Jones se encogió de hombros.

—¿Dónde me llevó después de perder el conocimiento? —pregunté.

Él fingió un suspiro.

—No tengo ni idea de qué me está hablando. Pero ninguno de los dos tiene tiempo para esto. Vayamos a dar un paseo, ¿de acuerdo?

Cuando fue a cogerme del brazo, Esperanza dijo:

—Agente especial Jones.

Él la miró.

—Tengo una llamada para usted —dijo ella.

Esperanza le entregó su móvil. Jones frunció el entrecejo pero lo cogió. Yo también fruncí el entrecejo y la miré. Su rostro no me reveló ninguna pista.

—¿Hola? —dijo Jones.

El teléfono tenía el volumen lo bastante alto como para que yo escuchase la voz al otro lado con toda claridad. La voz dijo:

—Cromo, estilo militar, con el logotipo de Gucci grabado en la esquina inferior izquierda.

Era Win.

—¿Eh? —preguntó Jones.

—Veo la hebilla de su cinturón a través de la mira de mi fusil, aunque estoy apuntando seis centímetros más abajo —respondió Win—. Quizás cinco centímetros sería más apropiado en su caso.

Mis ojos se fijaron en la hebilla del tipo. Ahí estaba. No tenía idea de lo que significaba «cromo, estilo militar», pero allí estaba el logotipo de Gucci grabado en la esquina inferior izquierda.

—¿Gucci con el salario del gobierno? —comentó Win—. Tiene que ser una copia.

Jones mantuvo el teléfono pegado al oído, y comenzó a mirar en derredor.

—Supongo que hablo con el señor Windsor Horne Lockwood.

—No tengo ni idea de qué me está hablando.

—¿Qué quiere?

—Muy sencillo. El señor Bolitar no irá con usted.

—Está amenazando a un agente federal. Ése es un delito capital.

—Estoy comentando su sentido de la estética —replicó Win—. Dado que su cinturón es negro y sus zapatos son marrones, aquí el único que está cometiendo un crimen es usted.

Los ojos de Jones se fijaron en los míos. Había una extraña calma en ellos para un tipo al que están apuntando con un fusil a la ingle.

Miré a Esperanza. Ella rehuyó mi mirada. Comprendí algo un tanto obvio: Win no estaba en Bangkok. Me había mentido.

—No quiero montar una escena —dijo Jones. Levantó ambas manos—. De acuerdo, vale, aquí nadie está forzando a nadie. Que pase un buen día.

Se volvió y se dirigió de vuelta a su coche.

—¿Jones? —llamé.

Me miró, protegiéndose los ojos del sol.

—¿Sabe qué le pasó a Terese Collins?

—Sí.

—Dígamelo.

—Si viene conmigo.

Miré a Esperanza. Ella le pasó el móvil a Jones de nuevo.

—Solo para dejar esto bien claro —dijo Win—. No podrá ocultarse. Su familia no podrá ocultarse. Si le ocurre algo a él, será la destrucción total. Todo lo que usted ama o le interesa. Y no, no es una amenaza.

El teléfono enmudeció.

Jones me miró.

—Un tipo encantador.

—No tiene usted idea.

—¿Preparado para marchar?

Lo seguí hasta el coche y entré.

30

Cruzamos el puente George Washington y regresamos a Manhattan. Jones me presentó a los dos agentes del asiento delantero, pero no recuerdo sus nombres. El Escalade salió por la calle 79 Oeste. Unos minutos más tarde se detuvo en Central Park Oeste. Jones abrió la puerta, cogió su maletín y dijo:

—Vayamos a dar un paseo.

Me apeé. El sol aún brillaba con fuerza.

—¿Qué le pasó a Terese? —pregunté.

—Primero necesita conocer el resto.

No era así, pero no tenía ningún sentido insistir. Ya me lo diría en su momento. Jones se quitó la americana marrón y la dejó en el asiento de atrás. Supuse que los agentes aparcarían para después escoltarnos, pero Jones dio una palmada en el techo y el coche se marchó.

—¿Solo nosotros? —pregunté.

—Solo nosotros.

Su maletín era de otra época, rectangular con cerraduras de combinación. Mi padre tenía uno igual donde llevaba los contratos y las facturas, los bolígrafos y un pequeño magnetófono para ir y venir de su despacho en la factoría de Newark.

Jones entró en el parque por la 67 Oeste. Pasamos por delante del Tavern on the Green, las luces en los árboles atenuadas. Lo alcancé y dije:

—Esto parece una novela de capa y espada.

—Es una precaución. Quizás del todo innecesaria. Pero en mi oficio a veces comprendes el porqué.

Me pareció un tanto melodramático, pero de nuevo no quise insistir. Jones se mostró de pronto sombrío y meditabundo, y no tenía idea de por qué. Miraba a los que corrían, a los que patinaban, a los ciclistas, a las mamás con los cochecitos.

—Sé que suena un tanto ridículo —dijo—, pero patinan, viven, trabajan, aman, ríen, y no tienen ni idea de lo frágil que es todo.

Torcí el gesto.

—Permítame adivinar. Usted, agente especial Jones, es el silencioso centinela que los protege, aquel que sacrifica su propia vida para que la ciudadanía pueda dormir tranquila por la noche. ¿Va de eso?

Sonrió.

—Supongo que me lo merecía.

—¿Qué le pasó a Terese?

Jones continuó caminando.

—Cuando estábamos en Londres usted me puso bajo custodia.

—Sí.

—¿Y después?

Se encogió de hombres.

—Esto funciona en compartimientos estancos. No lo sé. Lo entregué a alguien de otro departamento. Ahí acabó mi parte.

—Algo moralmente muy conveniente.

Hizo una mueca pero no se detuvo.

—¿Qué sabe de Mohammad Matar? —preguntó.

—Solo lo que leí en los periódicos —respondí—. Era, supongo, un tipo muy malo.

—El peor de los malos. Un radical extremista muy educado que hacía que otros radicales terroristas se mearan de miedo en la cama. A Matar le encantaba la tortura. Creía que la única manera de matar infieles era infiltrarse y vivir entre ellos. Fundó una organización terrorista llamada Muerte Verde. Su lema es: «Al-sabr wal-sayf sawf yudammir al-kafirun».

Me sacudió un espasmo.

«Al-sabr wal-sayf».

—¿Qué significa? —pregunté.

—La paciencia y la espada destruirán a los pecadores.

Sacudí la cabeza con la voluntad de aclararla.

—Mohammad Matar pasó casi toda su vida en Occidente. Se crió en España, pero pasó algún tiempo en Francia e Inglaterra. Doctor Muerte es más que un apodo; fue a la Facultad de Medicina de Georgetown e hizo su residencia aquí mismo, en la ciudad de Nueva York. Pasó doce años en Estados Unidos bajo varios nombres falsos. Adivine qué día se marchó de Estados Unidos.

—No estoy de humor para adivinanzas.

—El 10 de septiembre de 2001.

Ambos dejamos de hablar por un momento, y, casi de forma inconsciente, nos volvimos hacia el sur. No, no hubiésemos podido ver las torres, aunque continuasen en pie. Pero se debían presentar los respetos. Siempre y esperemos que para siempre.

—¿Me está diciendo que él estaba involucrado?

—¿Involucrado? Es difícil de decir. Pero Mohammad lo sabía. Su partida no fue una coincidencia. Tenemos a un testigo que lo sitúa en el Pink Pony a principios de aquel mes. ¿El nombre le suena?

—¿No era aquel club de *striptease* donde se reunían los terroristas antes del 11-S?

Jones asintió. Una excursión escolar desfiló ante nosotros. Los niños —que tendrían unos diez u once años— vestían camisas verdes con el nombre del colegio bordado en la pechera. Un maestro delante y otro detrás.

—Usted mató a un gran jefe terrorista —añadió Jones—. ¿Tiene idea de lo que le harían sus seguidores si descubriesen la verdad?

—¿Por eso se atribuyó el mérito de matarlo?

—Por eso mantuvimos su nombre en secreto.

—Se lo agradezco de verdad.

—¿Es un sarcasmo?

Ni yo estaba seguro.

—Si continúa dando palos de ciego, acabará por saberse la verdad. Habrá dado un puntapié a un avispero y saldrá un enjambre de terroristas.

—Suponga que no les tengo miedo.

—Entonces es que está loco.

—¿Qué le pasó a Terese?

Nos detuvimos al llegar a un banco.

Puso un pie en el asiento y apoyó el maletín en la rodilla. Buscó en el interior.

—La noche antes de matar a Mohammad, usted abrió la fosa de Miriam Collins para sacar pruebas destinadas a un análisis de ADN.

—¿Espera una confesión?

Jones sacudió la cabeza.

—No lo entiende.

—¿Qué es lo que no entiendo?

—Confiscamos los restos. Es probable que lo sepa.

Esperé.

Jones sacó un sobre.

—Aquí tiene los resultados de las pruebas de ADN que quería.

Tendí la mano. Jones jugó durante un momento a dudar si me lo daría o no. Pero ambos lo sabíamos. Estaba ahí por eso. Me entregó el sobre. Lo abrí. Lo primero era una foto de la muestra de hueso que Win y yo habíamos sacado aquella noche. Pasé la página, pero Jones ya caminaba.

—Las pruebas fueron concluyentes. Los huesos que sacaron pertenecen a Miriam Collins. El ADN corresponde a Rick Collins como padre y a Terese Collins como madre. Además, los huesos coinciden con el tamaño y el desarrollo aproximado de una niña de siete años.

Leí el informe. Jones continuó caminando.

—Esto podría ser falso —dije.

—Podría —admitió Jones.

—¿Cómo explica la sangre encontrada en la escena del crimen en París?

—Acaba de plantear una interesante posibilidad —señaló.

—¿Cuál?

—Quizás aquellos resultados eran falsos.

Me detuve.

—Acaba de decir que quizás yo falsifiqué el análisis de ADN —añadió—. ¿No sería más racional suponer que lo hicieron los franceses?

—¿Berleand?

Se encogió de hombros.

—¿Por qué haría tal cosa?

—¿Por qué lo haría yo? Pero no acepte mi palabra. En este maletín tengo la muestra de hueso original. Cuando acabemos, se la daré. Usted puede mandar que hagan todos los análisis que quiera.

La cabeza me daba vueltas. Continuó caminando. Tenía sentido. Si Berleand había mentido, todo lo demás encajaba. Si quitábamos de la ecuación los sentimientos y el deseo, ¿qué parecía más probable? ¿Que Miriam Collins hubiera sobrevivido al accidente y acabado en la habitación de su padre asesinado, o que Berleand mentía sobre los resultados?

—Se metió en esto porque quería encontrar a Miriam Collins —señaló Jones—. Ya lo ha hecho. Por eso debería dejarlo en nuestras manos. Sea lo que sea lo que está pasando, lo que sí sabe a ciencia cierta es que Miriam Collins está muerta. Esta muestra de hueso le dará la prueba que necesita.

Sacudí la cabeza.

—Hay demasiado humo como para que no haya fuego.

—¿Qué humo? ¿Los terroristas? Casi todo el humo se le puede atribuir al intento de Rick Collins de infiltrarse en la célula.

—La muchacha rubia.

—¿Qué pasa con ella?

—¿La capturaron en Londres?

—No. Se había largado cuando llegamos. Sabemos que la vio. Tenemos un testigo del apartamento de Mario Contuzzi, un vecino que declaró haber visto cómo la perseguía.

—Entonces, ¿quién es ella?

—Un miembro de la célula.

Enarqué las cejas.

—¿Una adolescente rubia yihadista?

—Sí. Las células siempre son una mezcla. Inmigrantes sin papeles, nacionalistas árabes y, sí, unos cuantos occidentales locos. Sabemos que las células terroristas están aumentando los esfuerzos para reclutar occidentales caucáseos, sobre todo mujeres. La razón es bastante obvia: una rubia guapa puede entrar en lugares donde no puede entrar un árabe. La mayoría de las veces la chica tiene graves problemas edípicos. Ya sabe cómo es; algunas chicas se dedican al porno, otras duermen con radicales.

No estaba muy seguro de creerle.

Una pequeña sonrisa apareció en sus labios.

—¿Por qué no me dice qué otras cosas le preocupan?

—Un montón de cosas.

Sacudió la cabeza.

—En realidad no, Myron. Ahora se reduce a una sola cosa, ¿no? Se pregunta por el accidente de coche.

—La versión oficial es mentira —dije—. Hablé con Karen Tower antes de que la asesinasen. Hablé con Nigel Manderson. El accidente no ocurrió de la manera que dijeron.

—¿Ése es su humo?

—Lo es.

—Si lo despejo, ¿lo dejará?

—Aquella noche estaban encubriendo algo.

—Si lo despejo, ¿lo dejará? —repitió Jones.

—Creo que sí.

—Vale. Vamos a discutir unas teorías alternativas. —Jones continuó caminando—. El accidente de coche de hace diez años. Lo que cree que ocurrió en realidad... —Se detuvo y se volvió hacia mí—. Bueno, no, dígamelo. ¿Qué cree que encubrían?

No dije nada.

—El coche se estrelló. Supongo que esa parte se la cree. A Terese la llevaron al hospital. Supongo que también se lo cree. Entonces, ¿dónde comienza a fallar? Usted cree, por favor, ayúdeme, Myron, que una trama en la que participaron la mejor amiga de Terese Collins y al menos uno o dos polis ocultó a su hija de siete años por alguna razón desconocida, la criaron en secreto durante todos estos años... ¿y entonces?

Seguí sin decir nada.

—Y en esta conspiración asume que yo le miento sobre el resultado de la prueba de ADN, que ahora puede averiguar de forma independiente que no he hecho.

—Estaban encubriendo algo —insistí.

—Sí —dijo.

Esperé. Nos dirigimos hacia el tiovivo del parque.

—El accidente ocurrió de la manera que le relataron. Un camión que iba hacia la autopista A-40. La señora Collins giró el volante y eso fue todo. Un desastre. También conoce los antecedentes. Estaba en casa. Recibió una llamada para que fuese a los estudios y presentar el informativo a la hora de mayor audiencia. No había pensado salir aquella noche, por lo tanto, supongo que en cierta manera es comprensible.

—¿El qué?

—El jorobado nunca ve la joroba en su propia espalda. Es un refrán griego.

—¿Qué tiene que ver con esto?

—Quizás nada. El refrán se refiere a los defectos. Somos muy rápidos a la hora de ver los defectos de los demás. No somos así con nosotros mismos. También somos malos jueces de nuestras propias capacidades, sobre todo cuando tenemos una hermosa zanahoria delante.

—No entiendo ni una palabra.

—Claro que sí. Usted quiere saber qué se estaba encubriendo, pero es tan obvio... ¿Terese Collins no había recibido un terrible castigo con la muerte de su hija? No sé si les preocupaban las ramificaciones legales o solo la culpa que la madre cargaría sobre ella misma. Terese Collins estaba borracha aquella noche. ¿Podría haber evitado el accidente de haber estado sobria? Quién sabe; el chófer del camión cometió un fallo, pero quizás si su reacción hubiese sido un poco más rápida...

Intenté hacerme a la idea.

—¿Terese estaba borracha?

—Su análisis de sangre mostró que había superado el límite legal.

—¿Eso fue lo que encubrieron?

—Así es.

Las mentiras tienen un determinado olor. También la verdad.

—¿Quién lo sabía? —pregunté.

—Su marido. También Karen Tower. La encubrieron porque temían que la verdad pudiese destrozarla.

La verdad quizás ya lo había hecho de todas maneras, pensé. Un peso oprimió mi pecho al comprender otra verdad: Terese con toda probabilidad lo sabía. En algún nivel, sabía de su culpabilidad. Cualquier madre se sentiría destrozada por una tragedia como aquélla, pero aquí estaba, diez años más tarde, y Terese aún trataba de enmendarlo.

¿Qué me había dicho Terese cuando me llamó desde París? No quería reconstruir.

Lo sabía. De forma subconsciente. Pero lo sabía.

Me detuve.

—¿Qué le pasó a Terese?

—¿Despejado el humo, Myron?

—¿Qué le pasó a ella? —pregunté de nuevo.

Se volvió para mirarme a la cara.

—Necesito que lo deje, ¿vale? No soy de los que dicen que el fin justifica los medios. Sé todos los argumentos contra la tortura y estoy de acuerdo. Pero el tema es confuso. Digamos que atrapa a un terrorista que ya ha matado a miles, y ahora mismo tiene una bomba oculta que matará a millones de niños. ¿Le daría un puñetazo para conseguir la respuesta y salvarlos? Por supuesto. ¿Lo golpearía de nuevo? Supongamos que solo sean mil o cien o diez. Cualquiera que no lo entienda del todo... bueno, yo desconfiaría de esa persona. También es un extremista.

—¿Adónde quiere ir a parar?

—Quiero devolverle su vida. —La voz de Jones era ahora suave, casi una súplica—. Sé que no me creerá. No me gusta lo que le hicieron a usted. Por eso le digo esto. Estoy protegido. Jones ni siquiera es mi verdadero nombre, y estamos aquí en este parque porque ni siquiera tengo un despacho. Incluso su amigo Win tendría problemas para localizarme. Lo sé todo de usted. Conozco su pasado. Sé cómo se destrozó la rodilla y cómo intentó superarlo. No ha tenido demasiadas segundas oportunidades. Ahora le estoy dando una.

Jones miró a lo lejos.

—Tiene que olvidarse de esto y seguir con su vida. Por su bien. —Hizo un gesto con la barbilla—. Y el de ella.

Durante un momento tuve miedo de mirar. Seguí su mirada; mis ojos se movieron de izquierda a derecha, y de pronto me quedé inmóvil. Me llevé la mano a la boca. Intenté soportar el golpe a pie firme, sentí que algo se sacudía en mi pecho.

En aquella extensión verde, mirándome con lágrimas en los ojos, pero tan hermosa como siempre, estaba Terese.

31

Durante el ataque en Londres, Terese había recibido un disparo en el cuello.

Yo estaba de nuevo ocupado con aquel encantador hombro, y lo besé con suavidad, cuando vi la cicatriz. No, a ella no la habían drogado o llevado a un agujero negro. Había estado en un hospital en las afueras de Londres y después la habían trasladado a Nueva York. Sus heridas habían sido más graves que las mías. Había perdido sangre. Aún le dolía mucho y se movía con cuidado.

Estábamos de nuevo en el apartamento de Win en el edificio Dakota, en mi dormitorio, abrazados y mirando el techo. Ella descansaba la cabeza en mi pecho. Sentía como mi corazón latía contra el suyo.

—¿Crees en lo que dijo Jones? —le pregunté.

—Sí.

Deslicé la mano por la curva de su espalda y la estreché. La sentí temblar un poco. No quería perderla de vista.

—Una parte de mí siempre supo que me estaba engañando —manifestó—. Lo deseaba tanto... Esta oportunidad de redención, ya sabes. Como si mi hija perdida hacía tanto estuviese allí fuera y tuviese una oportunidad para rescatarla.

Comprendía el sentimiento.

—Entonces, ¿qué hacemos ahora? —pregunté.

—Permanecer aquí contigo y solo estar. ¿Podemos hacerlo?

—Podemos. —Mantuve la mirada en el techo. Entonces, porque nunca soy capaz de dejar las cosas en paz, añadí—: ¿Cuando Miriam nació, tú y Rick guardasteis la sangre del cordón umbilical?

—No.

Punto muerto.

—¿Todavía quieres que hagamos la prueba de ADN para estar seguros? —pregunté.

—¿Tú qué opinas?

—Creo que deberíamos hacerlo —respondí.

—Entonces hagámoslo.

—Tendrás que dar una muestra de ADN —dije—. Así tendremos con qué comparar. No tenemos el ADN de Rick, pero sí podemos confirmar que la niña era tuya. Parto de que solo diste a luz una vez.

Silencio.

—¿Terese?

—Solo di a luz aquella vez —afirmó.

Más silencio.

—¿Myron?

—¿Sí?

—No puedo tener más hijos.

No dije nada.

—Fue un milagro que Miriam naciese. Pero después de dar a luz, me tuvieron que hacer una histerectomía de emergencia porque tenía fibromas. No puedo tener más hijos.

Cerré los ojos. Quería decirle algo que le sirviese de consuelo, pero parecería compasivo o superfluo. Así que la estreché un poco más. No quería mirar adelante. Solo quería estar ahí y abrazarla.

La expresión yiddish volvió a mi mente una vez más: el hombre planea, Dios se ríe.

Noté que ella comenzaba a apartarse. La abracé con fuerza.

—¿Demasiado pronto para esta conversación? —dijo.

Pensé.

—Con toda probabilidad es demasiado tarde.

—¿Eso qué significa?

—Ahora mismo, quiero estar aquí contigo y solo estar.

Terese dormía cuando oí la llave de la puerta principal. Miré el reloj despertador. La una de la mañana.

Me puse la bata en el momento en que entraron Mii y Win. Mii me hizo un gesto y dijo:

—Hola, Myron.

—Hola, Mii.

Fue hacia la otra habitación. En cuanto hubo salido, Win comentó:

—Cuando se trata de sexo, me gusta tomar el enfoque de Mii primero.

Me limité a mirarlo.

—Lo mejor de todo es que, en realidad, no hace falta mucho para tener contenta a Mii.

—Por favor, déjalo.

Win se acercó y me abrazó con fuerza.

—¿Estás bien? —preguntó.

—Estoy bien.

—¿Quieres saber algo curioso?

—¿Qué?

—Ésta ha sido la vez que más tiempo hemos estado apartados desde nuestros días en Duke.

Asentí, esperé que aflojase el abrazo y me aparté.

—Me mentiste cuando dijiste que estabas en Bangkok.

—No, no lo hice. Creo que es el nombre más popular de entre los puticlubs.

Sacudí la cabeza. Fuimos a la habitación con muebles Luis no-sé-cuántos con ornadas esculturas y bustos de tipos con melena. Nos sentamos en los butacones de cuero que había delante de la chimenea de mármol. Win me arrojó una botella de Yoo-Hoo y se sirvió un whisky muy caro de una licorera.

—Iba a tomar café —dijo—, pero eso hace que Mii esté despierta toda la noche.

Asentí.

—¿Ya se te acaban las bromas sobre Mii?

—Dios, eso espero.

—¿Por qué mentiste en el tema de Bangkok?

—¿Tú qué crees? —preguntó.

La respuesta era obvia. Sentí la ola de vergüenza que se estrellaba sobre mí.

—Te denuncié, ¿no?

—Sí.

Sentí las lágrimas, el miedo, la ahora conocida falta de respiración. Mi pierna derecha comenzó a temblar.

—Tenías miedo de que pudiesen pillarme de nuevo —dije—, y si lo hacían y me obligaban a hablar, yo les daría la información errónea.

—Sí.

—Lo siento.

—No tienes nada que lamentar.

—Creí... supuse que sería más fuerte.

Win bebió un sorbo de su copa.

—Eres el hombre más fuerte que jamás he conocido.

Esperé un instante y luego, porque no lo pude evitar, dije:

—¿Más fuerte que Mii?

—Más fuerte. Pero ni de cerca tan flexible.

Continuamos sentados en un cómodo silencio.

—¿Empiezas a recordar? —preguntó.

—Es vago.

—Necesitarás ayuda.

—Lo sé.

—¿Tienes la muestra de hueso para el análisis de ADN?

Asentí.

—Si confirma lo que aquel tipo te dijo, ¿se habrá acabado?

—Jones respondió a casi todas mis preguntas.

—Oigo un pero.

—En realidad, hay muchos peros.

—Te escucho.

—Llamé al número que me dio Berleand —dije—. Ninguna respuesta.

—Eso no se puede considerar un pero.

—¿Conoces su teoría sobre el complot de Mohammad Matar?

—¿De que continúa adelante sin él?

—Si es verdad, el complot es un peligro para todos. Tenemos la responsabilidad de ayudar.

Win movió la cabeza adelante y atrás.

—Eh —exclamó.

—Jones cree que si los seguidores de Matar descubren lo que hice, vendrán a por mí. No me gusta la sensación de esperar o vivir con miedo.

A Win le gustó más ese razonamiento.

—¿Preferirías tomar una postura proactiva?

—Creo que sí.

Win asintió.

—¿Qué más?

Bebí un buen trago.

—Vi a aquella muchacha rubia. La vi caminar. Vi su rostro.

—Ah —exclamó Win—. Como manifestaste antes, ¿advertiste similitudes, quizás genéticas, entre ella y la encantadora señora Collins?

Me acabé el Yoo-Hoo.

—¿Recuerdas los juegos de ilusiones ópticas con los que jugábamos cuando éramos niños? —preguntó Win—. ¿Mirabas una figura y tanto podías ver una vieja bruja como una muchacha hermosa? También estaba aquella que podía ser un conejo o un pato.

—No es lo que ocurrió.

—Pregúntate esto: supón que Terese no te ha llamado desde París. Supón que caminas por la calle para ir a tu despacho y la chica rubia pasa junto a ti. ¿Te habrías detenido y exclamado: ¡vaya, esa muchacha tiene que ser la hija de Terese!?

—No.

—Por lo tanto, es una cuestión de situación. ¿Lo ves?

—Lo veo.

Permanecimos en silencio un rato más.

—Obviamente —añadió Win—, solo porque sea una cuestión de situación, no significa que no sea verdad.

—Es lo que hay.

—Y quizás podría ser divertido atrapar a un gran terrorista.

—¿Estás conmigo?

—Todavía no —respondió—. Pero después de que acabe esta copa y vaya a mi dormitorio, lo estaré.

32

La mente puede ser muy tontorrona y terca.

La lógica nunca es lineal. Va adelante y atrás, rebota en las paredes, hace virajes cerrados y se pierde durante los recorridos. Cualquier cosa puede ser un catalizador, por lo general algo que no tiene relación con el trabajo que haces, algo que envía tus pensamientos hacia una dirección inesperada; una dirección que inevitablemente conduce a una solución a la que el pensamiento lineal nunca te habría llevado.

Eso fue lo que pasó. Fue así cómo empecé a relacionarlo todo.

Terese se movió cuando volví al dormitorio. No le hablé de mis pensamientos sobre la muchacha rubia, de situación o de cualquier otra clase. No quería ocultarle nada, pero no había ningún motivo para decírselo en aquel momento. Intentaba cicatrizar. ¿Por qué romper aquellas suturas hasta no saber más?

Volvió a dormirse. La abracé y cerré los ojos. Me di cuenta de lo poco que había dormido desde mi regreso del hiato de dieciséis días. Me sumergí en un mundo de pesadillas y me desperté sobresaltado alrededor de las tres de la mañana. El corazón me latía con fuerza. Había lágrimas en mis ojos. Solo recordaba la sensación de algo que me apretaba, que me oprimía, algo tan pesado que no podía respirar. Me levanté de la cama. Terese continuaba durmiendo. Me agaché para besarla con suavidad.

Había un ordenador portátil en la sala. Me conecté a internet y busqué Salvar a los Ángeles. Apareció la página. En la cabecera había un rótulo que decía «SALVAR A LOS ÁNGELES» y en letra más pequeña «SOLUCIONES CRISTIANAS». El texto hablaba de la vida, el amor y Dios. Hablaba de reemplazar la palabra «elección» con la palabra «soluciones». Había testimonios de mujeres que se habían decidido por la «solución de adoptar» y no de «asesinar». Había parejas que habían tenido problemas de infertilidad que hablaban de cómo el gobierno quería «experimentar cruelmente» con sus «nonatos», mientras Salvar a los Ángeles podía ayudar a un embrión congelado a «realizar su propósito final: vivir» a través de la solución cristiana de ayudar a otra pareja estéril.

Había escuchado los mismos argumentos antes. Recordé que Mario Contuzzi los había mencionado de pasada. Había dicho que el grupo parecía ser de derecha, pero no extremista. Estaba de acuerdo. Continué navegando. Había una declaración de compartir el amor de Dios y salvar a los «niños nonatos». Había una declaración de fe que comenzaba con la creencia en la Biblia, que es «la inspirada y completa palabra de Dios sin error», y pasaba a la santidad de la vida. Había enlaces en los que podías clicar para ir a las adopciones, los derechos, el programa de actos y los recursos para madres parturientas.

Pasé a la sección de preguntas más frecuentes y leí las respuestas a los cómo y por qué; daban apoyo a las madres solteras, buscaban parejas estériles que podían beneficiarse de los embriones congelados, formularios para rellenar, costes, cómo hacer donaciones, cómo unirte al equipo de Salvar a los Ángeles. Era muy impresionante. A continuación venía la galería de fotos. Pinché en la página uno. Había fotos de dos mansiones soberbias que se utilizaban para las madres solteras. Una se parecía a las que se ven en una plantación de Georgia, blanca con columnas de mármol y enormes sauces llorones a su alrededor. La otra parecía el perfecto hotelito de cama y desayuno: una casa pintoresca, casi en exceso victoriana, con torrecillas, torres, ventanas de cristales de colores, una galería y un tejado de pizarra azul con buhardillas. Los textos enfatizaban la confidencialidad de ambas mansiones y de sus habitantes —nada de nombres ni direcciones—, mientras que las fotografías casi te hacían anhelar que te hubiesen embarazado.

Pasé a la página dos y fue entonces cuando tuve mi momento catalizador-tontorrón-terco-no lineal.

Había fotografías de los bebés. Las imágenes eran hermosas, adorables y conmovedoras, la clase de fotos destinadas a asombrar y enternecer a cualquiera con sangre en las venas.

A mi mente retorcida le gusta jugar a los contrastes. Ves a un cómico lamentable y piensas en lo grande que es Chris Rock. Ves una peli que intenta asustarte con litros de sangre a todo tecnicolor, y piensas en como Hitchcock te mantiene pegado al asiento incluso en blanco y negro. En aquel momento, mientras miraba a los «ángeles salvados», pensé en cuán perfectas eran estas imágenes comparadas con aquellas horrorosas fotos victorianas que había visto en aquel cursi escaparate unas horas antes. Me recordó también que había aprendido algo más allí, el HHK, la posibilidad de que significase Ho-Ho-Kus, y cómo lo había descubierto Esperanza.

De nuevo el cerebro humano: miles de millones de sinapsis que crepitan, suenan, se mezclan, saltan, chispean. No alcanzas a entenderlo, pero así es como debió de ocurrir dentro de mi cabeza: Official Photography, HHK, Esperanza, cómo nos habíamos conocido, sus días de luchadora FLOW, el acrónimo de las Fabulous Ladies of Wrestling.

De pronto todo cuajó. Bueno, quizás no todo. Pero algo. Lo suficiente para saber adónde iría a la mañana siguiente.

A aquel cursi escaparate en Ho-Ho-Kus. La Official Photography de Albin Laramie, o, para aquellos que saben que están apuntando un acrónimo, OPAL.

El hombre que estaba detrás del mostrador de la Official Photography de Albin Laramie tenía que ser Albin. Vestía una capa. Una capa brillante. Como si fuese Batman o el Zorro. La barba parecía un boceto hecho con un Telesketch, el pelo un enredado pero preciso desorden y toda su persona gritaba que no era un mero artista, sino el «¡Artiste!», hablaba por teléfono y fruncía el entrecejo cuando entré.

Me acerqué. Levantó un dedo para indicarme que esperase.

—No lo pilla, Leopold. ¿Qué te puedo decir? El hombre no pilla los ángulos, la textura o el color. No tiene ojo.

Volvió a levantar el dedo para que esperase otro minuto. Lo hice. Cuando colgó, exhaló un suspiro teatral.

—¿En qué puedo ayudarle?

—Hola —respondí—. Me llamo Bernie Worley.

—Y yo —dijo él, con una mano sobre el corazón— soy Albin Laramie.

Hizo este pronunciamiento con gran orgullo y garbo. Me recordó a Mandy Patinkin en *La princesa prometida*; casi esperaba que me dijese que yo había matado a su padre, y que me preparara a morir.

Le dirigí una sonrisa mundana.

—Mi esposa me pidió que recogiese unas fotos.

—¿Tiene el resguardo?

—Lo perdí.

Albin frunció el entrecejo.

—Pero tengo otro número, si eso le ayuda.

—Quizás. —Se acercó a un teclado, movió los dedos y me miró—. ¿Sí?

—Cuatro-siete-uno-dos.

Me miró como si yo fuese la cosa más estúpida en este precioso mundo de Dios.

—No es un número de orden.

—Oh. ¿Está seguro?

—Es un número de sesión.

—¿Un número de sesión?

Apartó la capa hacia atrás con ambas manos como un pájaro que podría estar desplegando las alas.

—Sí, de una sesión fotográfica.

Sonó el teléfono y él se apartó como si ya se hubiese olvidado de mí. Lo estaba perdiendo. Retrocedí un paso e hice mi propia interpretación teatral. Parpadeé y formé una O perfecta con la boca. Myron Bolitar, el ingenuo asombrado. Ahora me miraba con curiosidad. Recorrí la tienda sin perder la expresión de asombro.

—¿Hay algún problema? —me preguntó.

—Su trabajo. Es maravilloso —proclamé.

Se acicaló. No ves a menudo a un hombre adulto acicalarse en la vida real. Durante los siguientes diez minutos o poco más no dejé de darle coba por su trabajo. Le pregunté por la inspiración y dejé que charlase sobre los estilos, la luz, el tono, los matices y otras cosas.

—Marge y yo tenemos un bebé —dije, sin olvidar sacudir mi cabeza como muestra de admiración ante la horrible monstruosidad victoriana que había convertido a un bonito bebé en mi tío Morty con herpes—. Tendríamos que fijar una cita para traerla.

Albin continuó acicalándose en su capa. Acicalarse, pensé, era lo que le tocaba a un hombre con capa. Hablamos del precio, que era del todo ridículo, y por el qual habría necesitado de una segunda hipoteca. Le seguí el juego. Por último, dije:

—Mire, aquí tiene el número que me dio mi esposa. El número de sesión. Dijo que si veía estas fotos sería algo sensacional. ¿Cree que podría ver las fotos de la sesión 4-7-1-2?

Si le pareció extraño que en un primer momento hubiese dicho que venía a recoger las fotos y ahora quería mirar las de una sesión, la nota no había sonado por encima del estrépito del auténtico genio.

—Sí, por supuesto, están aquí en el ordenador. Debo decírselo, no me gusta la fotografía digital. Para su hija pequeña, quiero utilizar la clásica cámara de cajón. Hay mucha más textura en el trabajo.

—Eso sería estupendo.

—Así y todo utilizo la digital para archivarlas en la red. —Comenzó a escribir y apretó el retorno—. Bueno, está claro que no son fotos de una niña. Aquí las tiene.

Albin giró la pantalla hacia mí. Un montón de fotos diminutas aparecieron en la pantalla. Sentí que mi pecho se comprimía incluso antes de que clicase en una, y la imagen llenó toda la pantalla. No había ninguna duda.

Era la muchacha rubia.

Intenté no perder la calma.

—Necesitaré una copia.

—¿De qué tamaño?

—El que sea, trece por veinte sería fantástico.

—Estará lista dentro de una semana a contar del martes que viene.

—La necesito ahora.

—Imposible.

—Tiene el ordenador conectado a la impresora de color que está allí —dije.

—Sí, pero eso no daría una calidad fotográfica.

No tenía tiempo para explicaciones. Saqué mi billetera.

—Le daré doscientos dólares por una copia.

Sus ojos se entrecerraron, pero solo por un instante. Por fin estaba comprendiendo que pasaba alguna cosa, pero era un fotógrafo, no un abogado o un médico. Aquí no había un acuerdo de confidencialidad. Le di los doscientos dólares. Él se dirigió a la impresora. Vi un enlace que decía «Información personal». Lo pinché mientras él recogía la copia.

—¿Perdón? —preguntó Albin.

Retrocedí, aunque ya había visto lo suficiente. El nombre que aparecía era Carrie. ¿Su dirección?

La puerta vecina. La fundación Salvar a los Ángeles.

Albin no sabía el apellido de Carrie. Cuando insistí, me hizo saber que tomaba fotos para Salvar a los Ángeles, nada más. Solo le daban los nombres de pila. Cogí la foto y fui a la puerta vecina. Salvar a los

Ángeles seguía cerrado. Ninguna sorpresa. Encontré a Minerva, mi recepcionista favorita, en Bruno y Asociados y le mostré la foto de la rubia Carrie.

—¿La conoce?

Minerva me miró.

—Ha desaparecido. Intento encontrarla.

—¿Es usted un detective privado?

—Lo soy. —Era más fácil que dar explicaciones.

—Qué emocionante.

—Sí. Se llama Carrie. ¿La reconoce?

—Trabaja allí.

—¿En Salvar a los Ángeles?

—Bueno, no trabajaba. Era una de las internas. Estuvo durante unas semanas el verano pasado.

—¿Puede decirme alguna cosa de ella?

—Es hermosa, ¿verdad?

No dije nada.

—Nunca supe su nombre. No era muy agradable. En realidad ninguno de sus internos lo era. Amor a Dios, supongo, pero no hacia las personas de verdad. Nuestros despachos comparten un baño al final del pasillo. Yo la saludaba. Ella hacía como que no me veía. ¿Sabe a lo que me refiero?

Le di las gracias a Minerva y volví al despacho 3 B. Me detuve delante de la puerta y la miré. De nuevo: la mente. Dejé que las piezas cayesen a través de la cavidad del viejo cerebro como los calcetines en una lavadora. Pensé en la página web que había leído la noche anterior, en el nombre de la organización. Miré la foto que tenía en la mano. El pelo rubio. El rostro hermoso. Los ojos azules con aquel anillo dorado alrededor de cada pupila y, no obstante, vi exactamente lo que Minerva quería decir.

Ningún error.

Algunas veces ves fuertes similitudes genéticas en un rostro, como el anillo dorado alrededor de la pupila. Entonces también ves algo más que es como un eco. Aquello fue lo que vi en el rostro de la muchacha. Un eco.

Un eco, estaba seguro, de su madre.

Miré de nuevo la puerta. Miré de nuevo la foto. Y mientras iba asimilando su significado, sentí que un escalofrío recorría mi espalda.

Berleand no había mentido.

Sonó mi móvil. Era Win.

—Han acabado con la prueba de ADN de los huesos.

—No me lo digas. Coinciden con Terese como madre. Jones decía la verdad.

—Sí.

Miré la foto un poco más.

—¿Myron?

—Creo que ahora lo comprendo. Creo que ahora sé lo que está pasando.

33

Volví a la ciudad; para ser más específicos, a las oficinas de Cryo-Hope.

No podía ser.

Ése era el pensamiento que me daba vueltas por la cabeza. No sabía si esperaba estar en lo cierto o en lo equivocado; pero como dije, la verdad tiene un cierto olor. En cuanto a aquello de «no puede ser», de nuevo recurrí al axioma de Sherlock Holmes: cuando elimines lo imposible, aquello que queda, no importa lo improbable que parezca, debe ser la verdad.

Me sentí tentado de llamar al agente especial Jones. Tenía la foto de la muchacha. La tal Carrie era probablemente una terrorista, una simpatizante o quizás —en el mejor de los casos— estaba retenida contra su voluntad. Pero aún era demasiado pronto para hacerlo. Podría hablar con Terese, explicarle esa posibilidad, pero también me pareció prematuro.

Necesitaba saberlo a ciencia cierta antes de despertar las esperanzas de Terese o acabar con ellas.

El centro tenía un aparcacoches. Le di las llaves y entré. Tras haber descubierto que tenía la enfermedad de Huntington, Rick Collins había venido aquí de inmediato. A primera vista tenía sentido. Cryo-Hope encabezaba la investigación con células madre. Era natural creer que había venido aquí con la ilusión de encontrar algo que pudiese salvarlo de su destino genético.

Pero no había sido así.

Recordé el nombre del médico que aparecía en el folleto.

—Querría ver al doctor Sloan —le dije a la recepcionista.

—¿Su nombre?

—Myron Bolitar. Dígale que se trata de Rick Collins y una muchacha llamada Carrie.

Cuando salí, Win estaba junto a la puerta principal, apoyado en la pared con la calma de quien mira pasar el tiempo. Su limusina esperaba en el aparcamiento, pero él se quedó conmigo.

—¿Qué? —preguntó.

Se lo conté todo. Lo escuchó sin interrumpirme ni formular preguntas aclaratorias. Cuando acabé, dijo:

—¿El siguiente paso?

—Se lo diré a Terese.

—¿Alguna idea de cómo reaccionará?

—Ninguna.

—Podrías esperar. Investigar un poco más.

—¿Qué?

Cogió la foto.

—La muchacha.

—Lo haremos. Pero necesito decírselo a Terese ahora.

Sonó mi móvil. El identificador de llamada mostró un número desconocido.

Atendí y conecté el altavoz.

—¿Hola?

—¿Me ha echado de menos?

Era Berleand.

—Usted no me llamó.

—Habíamos quedado en que se mantendría fuera del caso. Llamarlo podría haberlo alentado a volver a la investigación.

—Entonces, ¿por qué me llama ahora?

—Porque ahora tiene un grave problema —dijo.

—Le escucho.

—¿Estás en modo altavoz?

—Sí.

—¿Win está ahí?

—Aquí estoy —dijo Win.

—¿Cuál es el problema? —pregunté.

—Estamos captando algunas charlas muy peligrosas que provienen de Paterson, Nueva Jersey. Se mencionó el nombre de Terese.

—¿El de Terese, pero no el mío?

—Puede que lo hayan aludido. Es charla. No siempre es clara.

—¿Cree que saben de nosotros?

—Sí, parece probable.

—¿Alguna idea de cómo?

—Ninguna. Los agentes que trabajan con Jones, los que se lo llevaron en custodia, son los mejores. Ninguno de ellos hubiese hablado.

—Alguno tuvo que hacerlo.

—¿Estás seguro?

Lo repasé todo en mi cabeza. Pensé en quién más había estado allí aquel día en Londres que hubiese podido decirles a los otros terroristas que yo había matado a su jefe Mohammad Matar. Miré a Win. Él levantó la foto de Carrie y enarcó una ceja.

Cuando eliminas lo imposible...

—Llama a tus padres —dijo Win—. Los llevaremos a una casa de Lockwood, en Palm Beach. Añadiremos la mejor seguridad para Esperanza; quizás Zorra esté disponible o aquel tipo, Carl, de Filadelfia. ¿Tú hermano todavía está en las excavaciones, en Perú?

Asentí.

—Entonces estará seguro.

Sabía que Win se quedaría con Terese y conmigo. Win comenzó a hacer llamadas. Cogí el móvil y desconecté el altavoz.

—¿Berleand?

—Sí.

—Jones insinuó que quizás usted mintió sobre el resultado de la prueba de ADN en París.

Berleand no abrió la boca.

—Sé que dijo la verdad.

—¿Cómo?

Pero yo ya había dicho demasiado.

—Tengo que hacer unas llamadas. Le volveré a llamar.

Colgué y llamé a mis padres. Esperaba que atendiese mi padre, así que naturalmente la que atendió fue mi madre.

—Mamá, soy yo.

—Hola, cariño. —La voz de mi madre sonaba cansada—. Acabo de volver del médico.

—¿Estás bien?

—Lo podrás leer esta noche en mi blog —dijo mamá.

—Espera un momento, acabas de volver del médico, ¿no?

Mamá exhaló un suspiro.

—Te lo acabo de decir, ¿no?

—Así es, y, por lo tanto, estoy preguntando por tu salud.

—Será el tema de esta noche en mi blog. Si quieres saber más, léelo.

—¿No me lo dirás?

—No lo tomes como algo personal, cariño. De esta manera no tengo que repetirme si alguien más pregunta.

—¿Así que para eso utilizas el blog?

—Aumenta las visitas a mi página. ¿Lo ves?, ahora tú estás interesado. Así que tendré más visitas.

Damas y caballeros, mi madre.

—Ni siquiera sabía que tuvieses un blog.

—Oh, claro, estoy muy pero que muy a la última. También soy de MyFace.

Escuché a mi padre gritar en el fondo:

—Es MySpace, Ellen.

—¿Qué?

—Se llama MySpace.

—Creía que era MyFace.

—Ése es el Facebook. También estás ahí, y en MySpace.

—¿Estás seguro?

—Sí, estoy seguro.

—Escucha al señor Bill Gates. De pronto lo sabe todo de internet.

—Y tu madre está bien —gritó papá.

—No se lo digas —protestó ella—. Ahora no visitará mi blog.

—Mamá, esto es importante. ¿Puedo hablar con papá un momento?

Papá se puso al teléfono. Se lo expliqué deprisa y con el mínimo de detalles posible. Papá lo pilló a la primera. No hizo preguntas ni discutió. Acababa de explicarle que iríamos a recogerlos para llevarlos a otro lugar cuando mi llamada en espera pitó para avisar de otra llamada. Era Terese.

Me despedí de mi padre y atendí la llamada.

—Estoy a unos dos minutos de ti —le dije a Terese—. No salgas hasta que yo llegue.

Silencio.

—¿Terese?

—Ella llamó.

Escuché el sollozo en su voz.

—¿Quién llamó?

—Miriam. Acabo de hablar con ella por teléfono.

34

Me esperaba en la puerta.

—Dime qué pasó.

Temblaba como una hoja. Se acercó a mí y la abracé con los ojos cerrados. Esa conversación, lo sabía, sería terrible. Ahora lo comprendía. Comprendía por qué Rick Collins le había dicho que estuviese preparada. Sabía por qué le había advertido que cambiaría su vida.

—Sonó mi teléfono. Atendí y una muchacha al otro lado dijo: «¿Mamá?».

Intenté imaginar el momento, escuchar aquella palabra de tu propia hija, convencido de que era alguien a quien amabas por encima de cualquier otra cosa del mundo y que en cuya muerte habías participado.

—¿Qué más dijo?

—Que la tenían secuestrada.

—¿Quiénes?

—Terroristas. Me pidió que no se lo dijese a nadie.

Permanecí en silencio.

—Un hombre con un acento muy cerrado le arrebató el teléfono. Dijo que llamaría más tarde con sus exigencias.

La retuve en mis brazos.

—¿Myron?

Conseguimos llegar hasta el diván. Me miró con ilusión y —sé cómo sonará esto— con amor. Se me partió el corazón cuando le entregué la fotografía.

—Ésta es la muchacha rubia que vi en París y en Londres.

Ella miró la foto durante un minuto sin hablar. Luego dijo:

—No lo entiendo.

No estaba seguro de qué decir. Me pregunté si había visto el parecido, si quizás también para ella alguna de las piezas comenzaba a encajar.

—¿Myron?

—Es la chica que vi —repetí.

Ella sacudió la cabeza.

Sabía la respuesta, pero pregunté de todas maneras:

—¿Qué pasa?

—No es Miriam —afirmó.

Miró de nuevo; se enjugó las lágrimas.

—Quizás, no lo sé, quizás Miriam se hizo alguna operación de cirugía estética... Han pasado muchos años. Es como un cambio, ¿no? Tenía siete años la última vez que la vi...

Sus ojos volvieron a mi rostro, con la esperanza de encontrar algún consuelo. No le ofrecí ninguno. Comprendí que había llegado el momento y me zambullí de cabeza.

—Miriam está muerta —dije.

La sangre desapareció poco a poco de su rostro. Mi corazón se partió de nuevo. Quería abrazarla otra vez, pero sabía que era un movimiento equivocado. Lo fue digiriendo, intentó mantenerse racional, sabía lo importante que era todo esto.

—Pero, ¿la llamada telefónica...?

—Tu nombre apareció en unas conversaciones. Creo que están tratando de hacerte salir.

Miró de nuevo la foto.

—¿Así que es un fraude?

—No.

—Pero acabas de decir...

Terese intentaba con todas sus fuerzas no perder el hilo. Intenté pensar en la mejor manera de decirlo y comprendí que no la había. Tendría que dejar que lo viese de la manera que yo lo había hecho.

—Retrocedamos unos meses —dije—, cuando Rick descubrió que tenía la enfermedad de Huntington.

Me miró.

—¿Qué es lo primero que hubiese hecho? —pregunté.

—Someter a su hijo a la prueba.

—Así es.

—¿Entonces?

—Así que fue a CryoHope. Sigo pensando que fue allí en busca de una cura.

—¿La encontró?

—No. ¿Conoces al doctor Everet Sloan?

—No. Espera, vi su nombre en el folleto. Trabaja en CryoHope.

—Correcto. También se hizo cargo de la consulta del doctor Aaron Cox.

No dijo nada.

—Acabo de encontrar su nombre. Pero Cox era tu obstetra ginecólogo. Cuando tú y Rick tuvisteis a Miriam.

Terese se limitó a mirarme.

—Tú y Rick teníais graves problemas de fertilidad. Me dijiste lo difícil que había sido hasta que... bueno, aquello que llamaste un milagro médico, aunque es bastante común. Una fertilización in vitro.

Ella seguía sin poder o querer hablar.

—In vitro, por definición, es cuando los óvulos se fertilizan con el esperma fuera de la matriz y luego el embrión es transplantado al útero de la mujer. Mencionaste haber tomado Pergonal para aumentar el número de óvulos. Eso ocurre en casi todos los casos. Luego están los embriones sobrantes. Durante los últimos veintitantos años, los embriones se congelan. Algunas veces los descongelan para utilizarlos en la investigación de células madre. Otras los utilizan cuando la pareja quiere intentarlo de nuevo. En ocasiones, cuando uno de los cónyuges muere, el otro lo utiliza, o si acabas de descubrir que tienes cáncer y todavía quieres un hijo. Eso ya lo sabes. Hay temas legales complejos que incluyen el divorcio y la custodia, y muchos embriones son destruidos sin más o permanecen congelados mientras la pareja decide.

Tragué saliva porque ahora ella había visto adónde quería ir a parar.

—¿Qué pasó con tus otros embriones?

—Fue nuestro cuarto intento —contestó Terese—. Ninguno de los embriones había cuajado. No te puedes imaginar lo terrible que fue. Cuando finalmente funcionó, fue maravilloso... —Su voz se apagó—. Solo nos quedaban dos embriones. Íbamos a guardarlos por si acaso queríamos intentarlo de nuevo, pero entonces aparecieron los fibromas y, bueno, no había manera de quedar embarazada otra vez. El doctor Cox me dijo que los embriones no habían sobrevivido al proceso de congelación.

—Mintió.

Terese miró de nuevo la foto de la muchacha rubia.

—Hay una entidad llamada Salvar a los Ángeles. Están en contra de la utilización de embriones en las investigaciones de células madre y la destrucción de embriones de cualquier forma, tamaño o manera. Durante casi dos décadas han hecho de todo para que los embriones fuesen adoptados, por así decirlo. Tiene sentido. Hay centenares de miles de embriones almacenados, y hay parejas que podrían concebir con esos embriones y darles una vida. El tema legal es complicado. La mayoría de los estados no permiten adopciones de embriones porque, en cierto sentido, la madre que da a luz no es más que una alquilada. Salvar a los Ángeles quiere implantar los embriones guardados en mujeres infértiles.

Ahora lo vio.

—Oh, Dios mío...

—No conozco todos los detalles. Uno de los ayudantes del doctor Cox era un gran partidario de Salvar a los Ángeles. ¿Recuerdas a un tal doctor Jiménez?

Terese sacudió la cabeza.

—Salvar a los Ángeles presionó a Cox cuando comenzaba a poner en marcha CryoHope. No sé si le asustó la publicidad negativa, si hubo un pago o si era partidario de la causa de Salvar a los Ángeles. Quizás tuvo claro que muchos embriones no tenían ninguna posibilidad de ser usados, y, bueno, ¿por qué no? ¿Para qué mantenerlos congelados o destruirlos? Así que los entregó en adopción.

—Entonces, ¿esta muchacha es mi hija? —preguntó Terese con la mirada fija en la foto.

—Si hablamos en términos biológicos, sí.

Se limitó a mirar el rostro sin moverse.

—Cuando el doctor Sloan se hizo cargo hace seis años, descubrió lo que se había hecho. Estaba en una situación difícil. Durante un tiempo dudó si permanecer callado, pero consideró que era ilegal y médicamente antiético. Al final buscó un camino intermedio. Se puso en contacto con Rick y le pidió permiso para permitir que los embriones fuesen adoptados. No sé qué pasó por la mente de Rick, pero supongo que cuando tuvo que escoger entre destruir los embriones o darles una oportunidad de vida, escogió la vida.

—¿Por qué no se pusieron en contacto conmigo?

—Tú ya les habías dado el permiso cuando empezaste el tratamiento. Rick, no. Además nadie sabía dónde estabas. Rick lo firmó. No sé si fue legal o no. De todas maneras, el hecho ya se había consumado. El doctor Sloan solo intentaba aclarar aquel follón por si acaso hubiese algo que pudiese necesitar de una investigación de antecedentes clínicos. En este caso, lo había. Cuando Rick descubrió que tenía la enfermedad de Huntington, quería asegurarse de que la familia que había adoptado los embriones supiese de su salud. Acudió a CryoHope. El doctor Sloan le contó la verdad, que los embriones habían sido implantados años atrás vía Salvar a los Ángeles. No sabía quiénes eran los padres adoptivos, y le dijo a Rick que haría una solicitud para conseguir la información de Salvar a los Ángeles. Creo que Rick no quiso esperar.

—¿Crees que forzó la entrada de sus oficinas?

—Parece lógico —respondí.

Por fin apartó la mirada de la foto.

—¿Dónde está ahora?

—No lo sé.

—Es mi hija.

—Biológica.

Algo pasó por su rostro.

—No me vengas con esas. Tú descubriste lo de Jeremy cuando él tenía catorce años. Todavía lo consideras tu hijo.

Quería decirle que mi situación era distinta, pero ella tenía razón. Jeremy era mi hijo biológico, pero nunca me había visto como su padre. Me había enterado de su existencia demasiado tarde como para marcar una diferencia en su crianza, pero ahora seguía siendo parte de mi vida. ¿Esta situación era en algo diferente?

—¿Cómo se llama? —preguntó Terese—. ¿Quién la crió? ¿Dónde vive?

—Su primer nombre puede ser Carrie, pero no lo sé a ciencia cierta. No sé el apellido ni dónde vive.

Bajó la foto a su regazo.

—Tenemos que decírselo a Jones —dije.

—No.

—Si tu hija fue secuestrada...

—Tú no te lo crees, ¿verdad?

—No lo sé.

—Vamos, sé sincero conmigo. Crees que ella está relacionada con esos monstruos; que ella es una de las muchachas de las que habló Jones, con los problemas edípicos.

—No lo sé. Pero si ella es inocente...

—Es inocente de todas las maneras. No puede tener más de diecisiete. Si de alguna manera se vio atrapada en esto porque era joven e impresionable, Jones y sus amigos de Seguridad Interior nunca lo comprenderán. Su vida se habrá acabado. Tú viste lo que hicieron contigo.

No dije nada.

—No sé por qué ella está con ellos —añadió Terese—. Quizás sea el síndrome de Estocolmo. Quizás tuvo unos padres terribles o es una adolescente rebelde; demonios, sé que yo lo fui. No importa. No es más que una cría. Y es mi hija, Myron. ¿Lo entiendes? No es Miriam, pero aquí tengo una segunda oportunidad. No puedo darle la espalda a ella. Por favor.

Seguí sin decir nada.

—Quizás pueda ayudarla. Es como... es como estaba destinado a ser. Rick murió intentando salvarla. Ahora es mi turno. La llamada dijo que no se lo dijese a nadie excepto a ti. Por favor, Myron. Te lo suplico. Por favor, ayúdame a rescatar a mi hija.

35

Con Terese a mi lado llamé a Berleand.

—Jones comentó que usted de alguna manera mintió o manipuló el resultado de la prueba de ADN —dije.

—Lo sé.

—¿Lo hizo?

—Él quería verlo fuera del caso. Yo también. Por eso no devolví su llamada.

—Pero llamó antes.

—Para advertirle. Eso es todo. Todavía debe mantenerse apartado.

—No puedo.

Berleand exhaló un suspiro. Pensé en aquel primer encuentro, en el aeropuerto, el pelo canoso, las gafas con las monturas muy grandes, la manera como me había llevado a aquel tejado en el 36 Quai des Orfèvres y lo bien que me caía.

—¿Myron?

—Sí.

—Antes dijo saber que no le había mentido sobre los resultados de la prueba de ADN.

—Así es.

—¿Es algo que dedujo porque tengo un rostro digno de confianza y un carisma casi sobrenatural?

—Eso sería un no.

—Entonces, por favor, explíquemelo.

Miré a Terese.

—Necesito que me prometa algo.

—Oh, oh.

—Tengo información que usted considerará valiosa. Usted probablemente tiene información que yo consideraré valiosa.

—Quiere que hagamos un intercambio.

—Como aperitivo.

—Como aperitivo —repitió—. Entonces, antes de que acepte, ¿por qué no me informa del plato principal?

—Formamos un equipo. Trabajamos juntos. Mantenemos a Jones y al resto de la fuerza fuera.

—¿Qué pasa con mis contactos del Mossad?

—Solo nosotros.

—Comprendo. Oh, espere, no, no lo comprendo.

Terese se acercó más para escuchar lo que él decía.

—Si el plan de Matar continúa en marcha, quiero que nosotros acabemos con él. No ellos.

—¿Por qué?

—Porque quiero mantener a la muchacha rubia fuera de esto.

Hubo una pausa. Luego Berleand dijo:

—Jones le dijo que había hecho la prueba con los huesos de la tumba de Miriam Collins.

—Me lo dijo.

—Y que correspondían a los de Miriam Collins.

—Lo sé.

—Entonces perdóneme pero no le entiendo. ¿Por qué estaría interesado en proteger a esta probablemente terrorista peligrosa?

—No puedo decírselo a menos que esté de acuerdo en trabajar conmigo.

—¿Y mantener a Jones fuera?

—Sí.

—¿Por qué quiere proteger a la muchacha rubia, que es una presunta implicada en los asesinatos de Karen Tower y Mario Contuzzi?

—Como dijo, presunta.

—Por eso tenemos tribunales.

—No quiero verla en uno. Lo comprenderá en cuanto le diga lo que sé.

Berleand guardó silencio.

—¿Tenemos un trato? —pregunté.

—Hasta cierto punto.

—¿Qué significa?

—Significa que una vez más está pensando a corto plazo. Solo le preocupa una persona. Lo comprendo. Asumo que me explicará en unos momentos por qué es importante para usted. Pero lo que estamos tratando podría atañer a miles de vidas. Miles de padres, madres, hijos e hijas. La charla que escuché sugiere que hay en marcha algo muy grande, no solo un ataque, sino una serie de ataques a lo largo de varios meses. En realidad no me importa una muchacha, no si lo comparo con los miles que pueden morir.

—Entonces, ¿qué me promete?

—No me dejó acabar. Que no me importe la muchacha tiene una doble cara. No me importa si la atrapan y no me importa si escapa al juicio. Así que, sí, estoy con usted. Intentaremos solucionar esto nosotros mismos; algo que he estado haciendo muy bien solo. Pero si nos vemos superados en número o potencia de fuego, me reservo el derecho de llamar a Jones. Mantendré mi palabra y le ayudaré a proteger a la muchacha. Pero aquí la prioridad es detener a los terroristas antes de que cumplan con su misión. Una vida no vale la de miles.

Pensé en ello.

—¿Tiene hijos, Berleand?

—No. Pero por favor no me venga con el rollo paterno. Es insultante —hizo una breve pausa y añadió—: Espere, ¿me está diciendo que la muchacha rubia es hija de Terese Collins?

—En cierta manera.

—Explíquese.

—¿Tenemos un trato?

—Sí, con las reservas que acabo de explicarle. Dígame lo que sabe.

Se lo conté todo, las visitas a Salvar a los Ángeles, a la Official Photography de Albin Laramie, el descubrimiento de las adopciones de los embriones, la llamada «a mamá» que Terese acababa de recibir. Me interrumpió varias veces con sus preguntas. Se las respondí lo mejor que pude. Cuando acabé se lanzó sin más.

—En primer lugar, necesitamos encontrar la identidad de la muchacha. Haremos copias de la foto. Le enviaré una a Lefebvre. Si es norteamericana, quizás estuvo en París en algún programa de intercambio. Podrá mostrarla por ahí.

—Vale.

—¿Dijo que la llamada llegó al móvil de Terese?

—Si.

—Supongo que el número no apareció en la pantalla.

No se me había ocurrido preguntar. Miré a Terese. Ella asintió.

—Sí —respondí.

—¿A qué hora?

Miré a Terese. Ella miró en su registro de llamadas y me la dijo.

—Le llamaré de nuevo en cinco minutos —dijo Berleand. Colgó.

—¿Todo en orden? —preguntó Win, que entraba en ese momento.

—De coña.

—Ya nos hemos encargado de tus padres. También de Esperanza y del despacho.

Asentí. El teléfono sonó de nuevo. Era Berleand.

—Quizás tenga algo.

—Adelante.

—La llamada a Terese se hizo desde un móvil desechable adquirido al contado en Danbury, Connecticut.

—Es una ciudad bastante grande.

—A lo mejor puedo reducirla un poco. Le dije que habíamos escuchado conversaciones que provenían de una posible célula en Paterson, Nueva Jersey.

—Así es.

—La mayoría de las comunicaciones van o vienen de ultramar, pero hemos visto algunas que permanecen en Estados Unidos. ¿Sabe que muchos criminales a menudo se comunican por correo electrónico?

—Tiene su lógica.

—Porque es un tanto anónimo. Abren una cuenta con un proveedor gratuito y las utilizan. Lo que muchas personas no saben es que ahora podemos saber dónde se creó la cuenta. No es que ayude mucho. La mayoría de las veces se abren desde un ordenador público, en una biblioteca o un cibercafé, algo por el estilo.

—¿Y en este caso?

—La conversación mencionaba una dirección creada hace ocho meses en la biblioteca Mark Twain, en Redding, Connecticut, a menos de quince kilómetros de Danbury.

Pensé.

—Es un vínculo.

—Sí. Más que eso, la biblioteca la utilizan muchos estudiantes de la academia Carver. Podríamos tener suerte. Su «Carrie» podría ser una de las estudiantes.

—¿Puede comprobarlo?

—Ahora me llaman. Redding está a una hora y media de aquí. Podríamos ir hasta allí y mostrar la foto.

—¿Quiere que conduzca yo?

—Creo que será lo mejor —respondió Berleand.

36

Convencí a Terese para que se quedase por si necesitábamos algo en la ciudad, una tarea bastante difícil. Le prometí que le llamaríamos en el momento en que supiésemos algo. Aceptó a regañadientes. No hacía falta que estuviésemos todos allí y dispersar nuestros recursos. Win permanecería cerca, sobre todo para proteger a Terese, pero ellos podían intentar investigar otros caminos. La clave era, con toda probabilidad, Salvar a los Ángeles. Si podíamos encontrar sus archivos, nos enteraríamos del nombre completo de Carrie y de la dirección, buscar a sus padres adoptivos, de alquiler o como quiera que se llamen, y ver si de esa manera podíamos encontrarla.

En el camino, Berleand me preguntó:

—¿Alguna vez se ha casado?

—No. ¿Y usted?

—Cuatro veces. —Sonrió.

—Vaya.

—Todos acabaron en divorcio. No lamento ninguno.

—¿Sus ex esposas dirían lo mismo?

—Lo dudo. Pero ahora somos amigos. No soy bueno reteniendo a las mujeres, solo consiguiéndolas.

Sonreí.

—No me imaginaba que usted fuera de esa clase.

—¿Porque no soy guapo?

Me encogí de hombros.

—La imagen está sobrevalorada —dijo él—. ¿Sabe qué tengo?

—No me lo diga. Un gran sentido del humor, ¿verdad? Según las revistas femeninas, el sentido del humor es la cualidad más importante en un hombre.

—Sí, por supuesto, y el cheque está en el correo —dijo Berleand.

—Así que no es eso.

—Soy un hombre muy divertido, pero no es eso.

—¿Y entonces qué? —pregunté.

—Se lo dije antes.

—Dígamelo de nuevo.

—El carisma. Tengo un carisma casi sobrenatural.

Sonreí.

—Eso es difícil de rebatir.

Redding era más rural de lo que había esperado, una tranquila y poco pretenciosa ciudad de arquitectura de los puritanos de Nueva Inglaterra, casas suburbanas postmodernas de pésima construcción, tiendas de antigüedades junto a la carretera, granjas viejas. Encima de la puerta verde de la modesta biblioteca una placa anunciaba:

«BIBLIOTECA MARK TWAIN»

Abajo, en letras de imprenta más pequeñas:

«DONACIÓN DE SAMUEL L. CLEMENS»

Me pareció curioso, pero no era el momento de pararse. Nos dirigimos a la mesa de la bibliotecaria.

Dado que Berleand tenía la placa oficial, incluso aunque estuviese muy lejos de su jurisdicción, le dejé llevar la voz cantante.

—Hola —le dijo a la bibliotecaria. Su placa de identificación decía «Paige Wesson». Nos dirigió una mirada de hastío, como si Berleand estuviese devolviendo un libro que se había llevado hacía mucho y le ofreciera una pobre excusa que había escuchado un millón de veces—. Estamos buscando a esta joven desaparecida. ¿La ha visto?

Le mostró la placa en una mano y la foto de la rubia en la otra. La bibliotecaria miró primero la placa.

—Usted es de París —dijo.

—Sí.

—¿Esto se parece a París?

—Ni de cerca —admitió Berleand—. Solo que el caso tiene ramificaciones internacionales. Esta joven fue vista por última vez cuando la secuestraban en mi jurisdicción. Creemos que pudo haber utilizado los ordenadores de esta biblioteca.

Ella cogió la foto.

—Creo que no la he visto nunca.

—¿Está segura?

—No, no lo estoy. Mire a su alrededor. —Lo hicimos. Había jóvenes en casi todas las mesas—. Docenas de chicos vienen aquí todos los días. No estoy diciendo que no haya estado nunca aquí. Solo digo que no la conozco.

—¿Podría mirar en sus ordenadores, ver si tiene una tarjeta de alguien que se llame Carrie de primer nombre?

—¿Tiene usted una orden judicial? —preguntó Paige.

—¿Podríamos mirar en los registros de los últimos ocho meses en su ordenador?

—La misma pregunta.

Berleand le sonrió.

—Que tenga un buen día.

—Lo mismo digo.

Dejamos a Paige Wesson y fuimos hacia la puerta. Sonó mi móvil. Era Esperanza.

—He podido conectarme con alguien de la academia Carver —dijo Esperanza—. No tienen a ningún estudiante registrado que se llame Carrie de primer nombre.

—Fantástico —dije. Le di las gracias, colgué y se lo comuniqué a Berleand.

—¿Alguna sugerencia? —preguntó Berleand.

—Nos separamos y les mostramos la foto a los estudiantes que están aquí.

Observé la sala y vi a tres adolescentes en una mesa situada en un rincón. Dos llevaban cazadoras universitarias, aquellas que tienen el nombre escrito en la pechera y las mangas de cuero sintético, las mismas que había llevado cuando estaba en el instituto Livingston. El tercero era el típico chico de colegio privado: la mandíbula firme, una buena estructura ósea, el polo y el pantalón de marca. Decidí empezar con ellos.

Les mostré la foto.

—¿La conocéis?

El chico del colegio privado fue quien me respondió.

—Creo que se llama Carrie.

Bingo.

—¿Conocéis su apellido?

Tres sacudidas de cabeza.

—¿Va a tu colegio?

—No —dijo el chico del colegio privado—. Supongo que vive en la ciudad. La hemos visto por aquí.

—Está como un tren —opinó Cazadora Universitaria Uno.

El chico de la mandíbula firme asintió.

—Y tiene un culo estupendo.

Fruncí el entrecejo. «Encantado de conocerte, Mini-Win», pensé.

Berleand me miró. Le hice una seña para indicarle que quizás tenía algo. Se unió a nosotros.

—¿Sabéis donde vive? —pregunté.

—No. Pero Kenbo se la tiró.

—¿Quién?

—Ken Borman. Se la tiró.

—¿Se la tiró? —preguntó Berleand.

Lo miré.

—Ah, se la tiró —dijo Berleand.

—¿Dónde podemos encontrar a Kenbo? —pregunté.

—Está en la sala de pesas del campus.

Nos indicaron cómo llegar y nos marchamos.

37

Había esperado encontrarme con un cachas.

Escuchas un apodo como Kenbo y te dicen que se ha tirado a una rubia que está como un tren y que lo encontrarás en la sala de pesas, y asoma a la superficie la imagen de un chico guapo con músculos en la cabeza. No era el caso. Kenbo tenía el pelo tan oscuro y liso como si se lo hubieran teñido y planchado. Le colgaba sobre un ojo como una pesada cortina negra. Su complexión era pálida, sus brazos delgados, las uñas pintadas de negro. A este aspecto lo llamábamos «gótico» en mis tiempos.

Cuando le entregué la foto, vi como su ojo —solo podía verle uno porque el otro estaba cubierto por el pelo— se abría como un plato. Nos miró y vi el miedo en su rostro.

—Tú la conoces —dije.

Kenbo se levantó, retrocedió unos pasos, se giró y de pronto echó a correr. Miré a Berleand.

—No esperará que lo persiga yo, ¿verdad? —dijo él.

Me lancé en su persecución. Kenbo había salido del gimnasio y corría a través del campus, bastante grande, de la academia Carver. La herida de bala me dolía, pero no lo bastante como para demorarme. Había algunos estudiantes por el lugar, ningún profesor a la vista, pero alguien acabaría por llamar a las autoridades. No podía ser bueno.

—¡Espera! —grité.

No lo hizo. Se desvió a la izquierda y desapareció detrás de un edificio. Llevaba los pantalones caídos muy a la moda, demasiado caídos, y eso ayudaba. Tenía que estar levantándoselos. Lo seguí, acortando la distancia. Sentía un dolor en la rodilla, un recordatorio de la vieja herida; salté una verja de tela metálica. Corrió a través del campo de deportes de hierba artificial. No me molesté en llamarlo de nuevo. Solo sería un desperdicio de tiempo y fuerza. Se dirigía hacia los límites del campus, lejos de los testigos, y lo interpreté como una buena señal.

Cuando llegó a una abertura cerca del bosque, me lancé a sus pies, le rodeé la pierna con el brazo de una manera que hubiese hecho sentirse orgulloso a cualquier defensor de la NFL y lo hice caer a tierra. Cayó más fuerte de lo que me hubiese gustado, se giró para separarse e intentó apartarme a puntapiés.

—No voy a herirte —grité.

—Déjeme en paz.

Me monté en su pecho y le sujeté los brazos como si hubiese sido su hermano mayor.

—Cálmate.

—¡Apártese de mí!

—Solo intento encontrar a esta muchacha.

—No sé nada.

—Ken.

—¡Apártese de mí!

—¿Me prometes que no te escaparás?

—Apártese. ¡Por favor!

Estaba sujetando a un indefenso y aterrorizado chico de instituto. ¿Y el siguiente bis? ¿Ahogar a un gatito? Me aparté.

—Estoy intentando ayudar a esta muchacha —repetí.

Se sentó. Las lágrimas corrían por sus mejillas. Se las enjugó y ocultó el rostro en el brazo.

—¿Ken?

—¿Qué?

—Esta chica ha desaparecido y es probable que corra un serio peligro.

Me miró.

—Intento encontrarla.

—¿No la conoce?

Sacudí la cabeza. Berleand por fin apareció a la vista.

—¿Son polis?

—Él lo es. Yo trabajo en esto por una razón personal.

—¿Qué razón?

—Estoy intentando ayudar —no veía otra manera de decirlo—, estoy intentando ayudar a su madre biológica a encontrarla. Carrie ha desaparecido, y es probable que esté metida en un problema.

—No lo entiendo. ¿Por qué han venido a mí?

—Tus amigos nos dijeron que te la habías ligado.

Agachó la cabeza una vez más.

—De hecho, dijeron que habías hecho algo más que ligártela.

Se encogió de hombros.

—¿Y?

—¿Cuál es su nombre completo?

—¿Tampoco saben eso?

—Está en problemas, Ken.

Berleand llegó junto a nosotros. Jadeaba muy fuerte. Metió la mano en el bolsillo —creí que para sacar un lápiz— y en vez de eso sacó un cigarrillo. Sí, eso ayudaría.

—Carrie Steward —dijo.

Miré a Berleand. Asintió, jadeó un poco más y consiguió decir:

—Llamaré.

Sacó el móvil y empezó a caminar con el teléfono en alto para buscar cobertura.

—No entiendo por qué huiste —dije.

—Mentí —respondió—, a mis amigos, ¿vale? Nunca me acosté con ella. Solo dije que lo había hecho.

Esperé.

—Nos conocimos en la biblioteca. Era tan hermosa... La acompañaban otras dos rubias, todas con el aspecto de haber salido de *Los chicos del maíz.* Era siniestro. La cuestión es que la estuve mirando durante tres días. Por fin salió sola. Me acerqué y la saludé. Al principio no me hizo el menor caso. Me refiero a que pasaba de mí, pero esta chica me producía escalofríos. No obstante, me dije, ¿qué tengo que perder? Así que continué hablando; tenía mi iPod. Le pregunté qué música le gustaba y me respondió que no le gustaba la música. No me lo podía creer, y le hice escuchar algo de Blue October. Vi que su rostro cambiaba. El poder de la música, ¿no?

Se calló. Miré. Berleand hablaba por teléfono. Transmití el nombre de Carrie Steward a Esperanza y Terese. Que ellas también comenzasen a investigar. Continuaba temiendo que alguien de la escuela se acercase a nosotros, pero hasta el momento, todo en calma. Nos habíamos sentado en la hierba, de cara al campus. El sol comenzaba a ponerse, pintando el cielo de un color naranja intenso.

—¿Qué pasó? —pregunté.

—Comenzamos a hablar. Me dijo que se llamaba Carrie. Quería escuchar otras canciones. No dejaba de mirar a un lado y a otro, como si tuviese miedo de que sus amigas pudieran verla charlando conmigo. Me hizo sentir como un perdedor, quizás era aquello de chica de ciudad frente a alumno de colegio privado, no lo sé. De todas maneras eso fue lo que pensé. Al principio. Nos encontramos varias veces más después de aquello. Ella venía a la biblioteca con sus amigas y luego salíamos para ir a la parte de atrás, charlábamos y escuchábamos música. Un día le hablé de un grupo que tocaba en Norwalk. Le pregunté si quería ir. Se puso pálida. Parecía muy asustada. Le dije que tampoco era para tanto. Carrie dijo que quizás podríamos intentarlo. Le dije que podía pasar a recogerla por su casa. Entonces se le fue la olla. Lo juro, del todo.

El aire comenzaba a refrescar. Berleand acabó de hablar por teléfono. Me miró, vio nuestros rostros y comprendió que lo mejor era mantenerse apartado.

—¿Qué pasó después?

—Me dijo que aparcase al final de Duck Run Road. Que se reuniría conmigo allí a las nueve. Así que aparqué allí unos minutos antes de las nueve. Estaba oscuro. Esperé. No había luz en la carretera ni en ninguna parte. Seguí esperando. Eran las nueve y cuarto. Escuché un ruido y entonces de pronto abrieron la puerta de mi coche y me sacaron.

Ken se interrumpió. Lloraba de nuevo. Se secó las lágrimas.

—Alguien me dio un puñetazo en la boca. Me arrancó dos dientes. —Me lo mostró—. Me sacaron del coche. No sé cuántos eran. Cuatro, quizás cinco, y me daban de puntapiés. Yo solo me tapaba, me ponía las manos sobre la cabeza, creía que iba a morir. Luego me puse de espaldas. Sin moverme. Seguía sin poder verles las caras, ni quería hacerlo. Uno de ellos me mostró una navaja. Dijo: «Ella no quiere volver a hablar contigo. Si dices una palabra de esto mataremos a tu familia».

Ken y yo continuamos sentados y no dijimos nada por unos momentos. Miré a Berleand. Sacudió la cabeza. No había nada referente a Carrie Steward.

—Eso es todo —dijo—. Nunca la volví a ver. Ni a ninguna de las chicas con las que iba. Es como si hubiesen desaparecido.

—¿Se lo dijiste a alguien?

Sacudió la cabeza.

—¿Cómo explicaste tus heridas?

—Dije que me habían golpeado a la salida del concierto. No se lo dirá a nadie, ¿verdad?

—No se lo diré a nadie. Pero necesitamos encontrarla, Ken. ¿Tienes alguna idea de dónde podría estar Carrie?

No dijo nada.

—¿Ken?

—Le pregunté dónde vivía. No me lo quiso decir.

Esperé.

—Pero un día —se detuvo, respiró hondo— la seguí cuando salió de la biblioteca.

Ken desvió la mirada y parpadeó.

—Entonces, ¿sabes dónde vive?

Se encogió de hombros.

—Quizás, no lo sé. No lo creo.

—¿Puedes mostrarme hasta dónde la seguiste?

Ken sacudió la cabeza.

—Puedo indicarle cómo se llega. Pero no iré con usted, ¿vale? Ahora mismo solo quiero irme a casa.

38

La cadena que nos cerraba el paso tenía un cartel que decía: «CAMINO PRIVADO».

Nos detuvimos y aparcamos a la vuelta de la esquina. No había nada a la vista excepto campos de cultivo y bosques. Hasta ese momento nuestras diversas fuentes no habían encontrado a ninguna Carrie Steward. El nombre bien podía ser un seudónimo, pero todos continuaban buscando. Esperanza me llamó:

—Tengo algo que quizás te interese.

—Adelante.

—Mencionaste a un tal doctor Jiménez, un joven residente que había trabajado con el doctor Cox cuando puso en marcha Cryo-Hope.

—Así es.

—Jiménez también está vinculado a Salvar a los Ángeles. Asistió a un seminario que patrocinaron hace dieciséis años. Haré una búsqueda, a ver si nos puede dar alguna pista respecto a la adopción de embriones.

—Está bien.

—¿Carrie es diminutivo de algo? —preguntó.

—No lo sé. ¿Quizás de Carolina?

—Lo comprobaré y te volveré a llamar cuando sepa algo.

—Una cosa más. —Le indiqué la intersección más cercana—. ¿Puedes buscar la dirección en Google y ver qué encuentras?

—No aparece nada en la dirección respecto a quién vive ahí. Al parecer estás en una zona de campos de cultivo. Ninguna idea de quién es el propietario. ¿Quieres que lo busque?

—Por favor.

—Te llamo tan pronto como pueda.

Colgué.

—Eche una ojeada —dijo Berleand.

Señaló un árbol que había cerca de la entrada. Había una cámara de seguridad que enfocaba la cadena.

—Una seguridad muy estricta para ser una granja —comentó.

—Ken nos habló del camino privado. Dijo que Carrie había entrado.

—Si lo hacemos, sin duda nos verán.

—Eso si la cámara funciona. Podría ser simulada.

—No —dijo Berleand—. Una simulada estaría más a la vista.

Tenía razón.

—Podríamos ir caminando —sugerí.

—Es una intrusión —señaló Berleand.

—Qué más da. Tenemos que hacer algo, ¿no? Tiene que haber una casa o algo al final del camino. —Entonces recordé algo—. Espéreme un momento.

Llamé a Esperanza.

—Estás delante del ordenador, ¿no?

—Así es.

—Busca en el mapa de Google la dirección que te di.

Escuché un rápido tecleo.

—Vale, la tengo.

—Ahora clica en la opción de foto de satélite y amplíala.

—Espera. Vale, ya está.

—¿Qué hay al final de un pequeño camino en el lado derecho de la carretera?

—Mucho verde y lo que parece ser una casa muy grande vista desde arriba. Quizás a unos ciento ochenta metros de donde estás, no más. Es muy solitario.

—Gracias.

Colgué.

—Hay una casa grande.

Berleand se quitó las gafas, las limpió, las sostuvo a la luz y las limpió un poco más.

—¿Qué creemos que está pasando aquí?

—¿Quiere saber la verdad?

—Lo prefiero.

—No tengo ni idea.

—¿Cree que Carrie está en la casa grande? —preguntó.

—Solo hay una manera de averiguarlo —respondí.

Como la cadena impedía el paso del coche, decidimos ir a pie. Llamé a Win y le informé de todo lo que estaba pasando por si acaso las cosas se ponían muy mal. Decidió venir después de llamar a Terese una vez más. Berleand y yo hablamos y llegamos a la conclusión de que bien podíamos intentar ir hasta la puerta y llamar.

Aún había luz, pero el sol ya se ponía. Saltamos la cadena y comenzamos a caminar por la mitad del camino, por delante de la cámara de seguridad. Había árboles a ambos lados. Al menos la mitad tenían carteles que decían: «PROHIBIDA LA ENTRADA». El camino no estaba pavimentado, pero sí en muy buen estado. En algunos lugares había gravilla, pero la mayor parte era de tierra. Berleand hizo una mueca y caminó de puntillas. No dejaba de secarse las manos en las perneras y de lamerse los labios.

—Esto no me gusta —dijo.

—¿No le gusta qué?

—La tierra, el bosque, los insectos. Es muy poco limpio.

—De acuerdo —dije—, pero, ¿aquel tugurio de *striptease* era higiénico?

—Eh, aquel era un club para caballeros con clase. ¿No leyó el cartel?

Ante nosotros vi un seto y, más allá, un poco más lejos, un tejado de pizarra gris azulado con buhardillas.

Algo sonó en mi cabeza. Aceleré el paso.

—¿Myron?

Oí detrás de nosotros el ruido de la cadena contra el suelo y luego un coche. Caminé más rápido, con el deseo de echar una mirada. Miré atrás en el momento en que se detenía un coche de la policía del condado. Berleand se detuvo. Yo no.

—¿Señor? Está entrando en una propiedad privada.

Llegué a la esquina. Había una cerca que rodeaba la propiedad. Más seguridad. Pero desde ese punto ventajoso, veía la fachada de la mansión.

—Deténgase donde está. Ya ha ido bastante lejos.

Me detuve. Miré la casa. La visión confirmó lo que había sospechado desde que había visto las buhardillas. Tenía el aspecto del hostal perfecto, una pintoresca y casi exagerada casa victoriana con torres, torretas, vidrieras, una galería, y sí, un techo con buhardillas.

La había visto en la página web de Salvar a los Ángeles.

Era uno de sus hogares para madres solteras.

Dos agentes de policía salieron del coche.

Eran jóvenes, musculosos y caminaban con el garbo airoso de los polis. También llevaban sombreros de la Policía Montada. Pensé que los sombreros de la Policía Montada tienen un aspecto ridículo y parecen contraproducentes para las actividades de las fuerzas de la ley, pero eso me lo callé.

—¿Podemos hacer algo por ustedes caballeros? —preguntó uno de los agentes.

Era el más alto de los dos, las mangas de la camisa cortaban sus bíceps como dos torniquetes. Su placa de identificación ponía: «Taylor».

Berleand sacó la foto.

—Buscamos a esta chica.

El agente cogió la foto, la miró y se la pasó a su compañero, que, según la placa, se llamaba «Erickson».

—¿Usted es? —preguntó Taylor.

—El capitán Berleand de la Brigade Criminelle de París.

Berleand le entregó a Taylor la placa y la identificación. Taylor las cogió con dos dedos como si Berleand le hubiese dado una bolsa de papel con excrementos de perro. Observó la identificación por un momento y luego me señaló a mí con la barbilla.

—¿Quién es su amigo?

Levanté una mano en señal de saludo.

—Myron Bolitar. Es un placer conocerlo.

—¿Qué relación tiene usted con esto, señor Bolitar?

Iba a decir que era una larga historia, pero entonces pensé que quizás no era tan complicado.

—La muchacha que buscamos puede ser la hija de mi novia.

—¿Puede ser? —Taylor miró a Berleand—. Bien, inspector Clouseau, ¿quiere usted decirme qué están haciendo aquí?

—Inspector Clouseau —repitió Berleand —.Es muy divertido. Porque soy francés, ¿no?

Taylor solo lo miró.

—Trabajo en un caso de terrorismo internacional —respondió Berleand.

—¿Es un hecho?

—Sí. El nombre de esta chica ha aparecido en el curso de las investigaciones. Creemos que vive aquí.

—¿Tiene usted una orden?

—El tiempo es esencial.

—Lo interpretaré como un no. —Taylor suspiró y miró a su compañero, Erickson. Erickson mascaba un chicle sin decir palabra. Taylor me miró—. ¿Es verdad, señor Bolitar?

—Lo es.

—Entonces, ¿la quizás hija de su novia está mezclada en una investigación de terrorismo internacional?

—Sí.

Se rascó un granito que tenía en su mejilla de bebé. Intenté adivinar sus edades. Lo más probable es que tuviesen veintitantos, aunque bien podían pasar por adolescentes. ¿Cuándo habían comenzado los polis a parecer tan jóvenes?

—¿Sabe qué es este lugar? —preguntó Taylor.

Berleand comenzó a sacudir la cabeza, incluso mientras yo decía:

—Es un hogar para madres solteras.

Taylor asintió.

—Se supone que es confidencial.

—Lo sé.

—Pero tiene toda la razón. Por lo tanto, comprenderá por qué se preocupan tanto por proteger su intimidad.

—Lo comprendemos.

—Si un lugar como éste no es un refugio seguro, ¿qué lo es? Vienen aquí para escapar de las miradas curiosas.

—Lo entiendo.

—¿Está seguro de que la quizás hija de su novia no está aquí porque está embarazada?

Me pareció una pregunta justa.

—Eso es irrelevante. El capitán Berleand se lo puede decir. Esto va de un complot terrorista. Si está embarazada o no, no supondrá ninguna diferencia.

—Las personas que dirigen este lugar nunca han causado ningún problema.

—Lo comprendo.

—Esto sigue siendo Estados Unidos de América. Si no le permiten entrar en su propiedad, usted no tiene ningún derecho a estar aquí sin una orden.

—Eso también lo comprendo —dije. Miré hacia la mansión—. ¿Fueron ellos quienes los llamaron?

Taylor me miró, y supuse que estaba a punto de decirme que no era asunto mío. En vez de eso, miró también hacia la casa.

—Por curioso que resulte, no. Por lo general lo hacen. Cuando entran los chicos, lo que sea. Nos enteramos de ustedes por Paige Wesson, de la biblioteca, y luego alguien lo vio perseguir a un chico en la academia Carver.

Taylor continuó mirando la casa como si acabase de materializarse.

—Por favor, escúcheme —dijo Berleand—. Éste es un caso muy importante.

—Esto sigue siendo Estados Unidos —repitió Taylor—. Si ellos no quieren hablar con usted, tendrá que aceptarlo. Dicho esto... —Taylor miró de nuevo a Erickson—. ¿Ves alguna razón para no llamar a la puerta y mostrarles la foto?

Erickson lo pensó un momento. Sacudió la cabeza.

—Ustedes dos quédense aquí.

Se adelantaron, abrieron la verja y caminaron hacia la puerta principal. Oí un motor en el fondo. Me volví. Nada. Quizás un coche que pasaba por la carretera principal. El sol se había puesto, se oscurecía el cielo. Miré la casa. Una quietud total. No había visto ningún movimiento, ninguno desde que habíamos llegado.

Oí el motor de otro coche, esta vez en la dirección general de la casa. De nuevo no vi nada. Berleand se me acercó.

—¿No tiene un mal presentimiento? —preguntó.

—No tengo uno bueno.

—Creo que deberíamos llamar a Jones.

Sonó mi móvil en el momento en que Taylor y Erickson llegaban a la escalinata de la galería. Era Esperanza.

—Tengo algo que debes ver.

—¿Sí?

—¿Recuerdas que te dije que el doctor Jiménez había asistido a un seminario de Salvar a los Ángeles?

—Sí.

—Encontré a otras personas que también lo hicieron. Visité sus páginas en Facebook. Uno de ellos tiene toda una galería de fotos de los asistentes. Te envío una. Es una foto del grupo. El doctor Jiménez está de pie en el extremo derecho.

—Vale, espero a que cortes.

Colgué y el Blackberry comenzó a zumbar. Abrí el e-mail de Esperanza y cliqué en el adjunto. La foto se cargó poco a poco. Berleand miró por encima de mi hombro.

Taylor y Erickson llegaron a la puerta principal. Taylor tocó el timbre. Un adolescente rubio abrió la puerta. No estaba lo bastante cerca como para oírlos. Taylor dijo algo. El chico respondió.

La foto se cargó en mi Blackberry. La pantalla era muy pequeña, y también lo eran los rostros. Apreté la opción de zoom, moví el cursor a la derecha y otra vez el zoom. La figura se amplió, pero entonces era borrosa. Apreté el enfoque. Apareció un reloj de arena mientras se enfocaba la foto.

Miré de nuevo la puerta principal de la casa victoriana. Taylor se adelantó, como si quisiese entrar. El chico rubio levantó la mano. Taylor miró a Erickson. Vi la sorpresa en su rostro. Ahora oía a Erickson. Sonaba furioso. El adolescente parecía asustado. Aproveché la espera para acercarme.

La foto quedó enfocada. La miré, vi el rostro del doctor Jiménez, y casi dejé caer el teléfono. Fue una conmoción, sin embargo, al recordar lo que Jones me había dicho, las cosas comenzaron a encajar de una manera fulminate.

El doctor Jiménez —muy astuto al utilizar un nombre español y la probable identidad de un hombre moreno—, era Mohammad Matar.

Antes de poder procesar lo que eso significaba, el adolescente gritó:

—¡No pueden entrar!

—Apártate —dijo Erickson.

—¡No!

A Erickson no le gustó la respuesta. Levantó los brazos como si se dispusiese a apartar al adolescente rubio a un lado. El adolescente de pronto sacó una navaja. Antes de que nadie pudiese moverse, la levantó y la clavó en el pecho de Erickson.

Oh no...

Guardé el móvil en mi bolsillo y eché a correr hacia la puerta. Un súbito ruido me detuvo en seco.

Disparos.

Habían alcanzado a Erickson. Se giró con la navaja todavía en el pecho y se desplomó. Taylor echó mano a la pistola, pero no tuvo ninguna oportunidad. Más disparos rompieron el silencio de la noche. El cuerpo de Taylor se sacudió una vez, dos, y luego cayó hecho un ovillo.

Oí de nuevo los motores, un coche que subía por el camino, y otro que se acercaba por detrás de la casa. Busqué a Berleand. Corría hacia mí.

—¡Corra hacia el bosque! —grité.

Los neumáticos chirriaron con la brutal frenada. Otra ráfaga.

Corrí hacia los árboles y la oscuridad, lejos de la casa y el camino privado. El bosque, pensé. Si conseguíamos llegar al bosque, podríamos escondernos. Un coche cruzó el terreno a gran velocidad; sus faros nos buscaban. Disparaban al azar. No miré atrás para saber de dónde venían. Encontré una roca y me oculté detrás. Me volví y vi a Berleand todavía a la vista.

Más disparos. Berleand cayó.

Me levanté de detrás de la roca, pero Berleand estaba muy lejos. Dos hombres se le echaron encima. Otros tres saltaron de un jeep, todos armados. Corrieron hacia Berleand, al tiempo que disparaban ciegamente al bosque. Una bala impactó en un árbol justo detrás de mí. Me agaché cuando otra descarga pasó por encima de mi cabeza.

Por un momento no se escuchó nada. Luego:

—¡Salga ahora!

La voz del hombre tenía un fuerte acento de Oriente Medio. Espié, agachado. Estaba oscuro, la noche caía por momentos, pero veía al menos que dos de los hombres tenían el pelo oscuro, la piel morena y barba. Varios llevaban pañuelos verdes alrededor del cuello, de aquellos que utilizas para taparte el rostro en un atraco. Se gritaban los unos a los otros en un lenguaje que no comprendía, pero que supuse debía de ser árabe.

¿Qué demonios estaba pasando?

—Salga o le haremos daño a su amigo.

El hombre que lo dijo parecía ser el jefe. Dio órdenes y señaló a izquierda y derecha. Dos hombres comenzaron a moverse hacia mí. Otro volvió al coche y utilizó los faros para alumbrar el bosque. Permanecí agachado, con la mejilla contra el suelo. El corazón latía con fuerza en mi pecho.

No había traído ningún arma. Qué estúpido. Tan rematadamente estúpido.

Metí la mano en el bolsillo e intenté coger el móvil.

—¡Última oportunidad! —avisó el jefe a voz en cuello—. Comenzaré por dispararle a las rodillas.

—¡No le escuche! —gritó Berleand.

Mis dedos encontraron el teléfono en el momento en que se escuchaba una única detonación en el aire nocturno.

Berleand soltó un alarido.

—¡Salga ahora! —repitió el jefe.

Apreté la tecla correspondiente a la llamada rápida de Win. Berleand gemía. Cerré los ojos con el deseo de que desaparecieran los gemidos. Necesitaba pensar.

Entonces se oyó la voz de Berleand entre sollozos.

—¡No le escuche!

—¡La otra rodilla!

Otro disparo.

Berleand soltó un alarido de agonía. El sonido me atravesó como una puñalada, destrozó mis entrañas. Tenía claro que no podía mostrarme. Si descubrían mi posición, ambos acabaríamos muertos. Win ya tendría que haber oído lo que estaba pasando. Llamaría a Jones y a las fuerzas del orden. No tardarían mucho.

Oía el llanto de Berleand.

Entonces de nuevo, esta vez más débil, la voz de Berleand:

—¡No... le... escuche!

Oí el movimiento de los hombres en el bosque, no muy lejos. No tenía alternativa. Tenía que moverme. Miré la mansión victoriana a mi derecha. Mis dedos se cerraron alrededor de una piedra bastante grande mientras algo que se parecía a un plan comenzaba a formarse en mi cabeza.

—Tengo una navaja. Ahora voy a arrancarle los ojos —gritó el jefe.

Vi un movimiento en la casa. A través de la ventana. No tenía mucho tiempo. Me levanté con las rodillas dobladas dispuesto para entrar en acción.

Lancé la piedra todo lo fuerte que pude en la dirección opuesta a la casa. La piedra golpeó contra un árbol con un sonido hueco.

El jefe volvió la cabeza hacia el sonido. Los hombres que se movían entre los árboles también fueron en aquella dirección, disparando las armas. El jeep se desvió para ir hacia donde la piedra había caído.

Al menos, eso era lo que esperaba que ocurriese.

No esperé a saberlo. Tan pronto como la piedra dejó mi mano, eché a correr entre los árboles hacia el costado de la casa. Me estaba alejando de los gritos de Berleand y de los hombres que intentaban matarme. Ahora estaba más oscuro, era casi imposible ver, pero no dejé que eso me detuviese. Las ramas azotaron mi rostro. No me importó. Solo disponía de segundos. El tiempo era lo único que importaba, pero me parecía que tardaba una eternidad en acercarme al edificio.

Sin interrumpir la carrera, cogí otra piedra.

—¡Ahora voy a arrancarle un ojo! —avisó el jefe.

Oí el grito de Berleand: ¡No!, y al instante los alaridos.

Se había acabado el tiempo.

Todavía corriendo, utilicé el impulso para lanzar la piedra hacia la casa. La lancé con todas mis fuerzas, hasta tal punto que casi me disloqué el hombro. A través de la oscuridad vi moverse la piedra en un arco ascendente. En el lado derecho de la casa —el lado donde me encontraba— había una ventana grande. Seguí la trayectoria de la piedra, convencido de que se iba a quedar corta.

No fue así.

La piedra golpeó la ventana de lleno y el cristal saltó hecho añicos. Se desató el pánico. Eso era lo que buscaba. Volví hacia el bosque mientras los hombres armados corrían hacia la casa. Vi a dos adolescentes rubios —un chico y una chica— que corrían hacia la ventana rota desde el interior. Una parte de mí se preguntó si la chica sería Carrie, pero no había tiempo para un segundo vistazo. Los hombres gritaron algo en árabe. No vi lo que sucedió después. Yo estaba dando la vuelta, todo lo rápido que podía, dispuesto a aprovechar la distracción para situarme detrás del jefe.

Vi que se apeaba el hombre del jeep. Él también corrió hacia la ventana rota. Aquélla era su tarea principal: proteger la casa. Había atravesado su perímetro. Ahora estaban dispersos e intentaban reagruparse. Reinó la confusión.

Siempre fuera de la vista y sin perder el tiempo, conseguí retroceder más allá de mi primer escondite. El jefe estaba de espaldas a mí, de cara a la casa. Yo a unos cincuenta o sesenta metros de él.

¿Cuánto tardaría en llegar la ayuda?

Demasiado.

El jefe gritaba órdenes. Berleand yacía en el suelo junto a sus pies. Inmóvil. Y todavía peor, en silencio. Se habían acabado los gritos. Habían cesado los gemidos.

Tenía que llegar hasta él.

No estaba seguro de cómo. Una vez que saliese de entre los árboles me encontraría al descubierto y del todo vulnerable. Pero no tenía elección.

Eché a correr hacia el jefe.

Había avanzado quizás unos tres pasos cuando oí que alguien gritaba un aviso. El jefe se volvió hacia mí. Yo aún estaba a unos treinta metros. Mis piernas se movían deprisa, pero todo lo demás se había ralentizado. El jefe también llevaba un pañuelo verde alrededor del cuello, como un forajido en una película del Oeste. Tenía una barba abundante. Era más alto que los demás, quizás 1,85 metros, y fornido. Empuñaba una navaja en una mano y una pistola en la otra. Levantó el arma hacia mí. Dudé entre lanzarme al suelo o desviarme hacia un lado, cualquier cosa para evitar el disparo, pero mi mente evaluó en un instante la situación y comprendí que aquí no serviría un súbito cambio. Sí, podría fallar la primera bala, pero entonces quedaría totalmente expuesto. Sin duda el segundo disparo no fallaría. Además mi distracción se había acabado. Los otros hombres ya venían de regreso hacia nosotros. Ellos también dispararían.

Tenía la esperanza de que se asustase y errase el tiro.

Apuntó el arma. Vi sus ojos y la calma que la sencilla certidumbre moral da a un hombre. No tenía ninguna oportunidad. Ahora lo tenía claro. No fallaría. Entonces, una fracción de segundo antes de que apretase el gatillo, aulló de dolor y miró hacia abajo.

Berleand le mordía la pantorrilla, la sujetaba con los dientes como un rottweiler furioso.

El arma del jefe bajó para apuntar al cráneo de Berleand. Con una descarga de adrenalina, me lancé hacia él, con los brazos por delante. Pero antes de que pudiese llegar, oí el disparo y vi el retroceso del arma. El cuerpo de Berleand se sacudió cuando alcancé al jefe. Rodeé con los brazos al hijo de puta y mantuve el impulso de la inercia. En la caída, coloqué mi antebrazo contra la nariz del cabrón. Caíamos con fuerza, todo el peso de mi cuerpo detrás del antebrazo. Su nariz reventó como una calabaza. La sangre me salpicó en la cara. La noté caliente en mi piel. Gritó, pero aún le quedaban fuerzas para luchar. A mí también. Eludí un golpe con la cabeza. Intentó rodearme con un abrazo de oso. Un movimiento fatal. Dejé que sus brazos me rodeasen. Cuando comenzó a apretar, liberé los brazos en el acto. Ahora estaba del todo indefenso. No vacilé. Pensé en Berleand, en cómo ese hombre había hecho sufrir a mi amigo. Era hora de acabar con esto.

Los dedos de mi mano derecha formaron una garra. No fui a por los ojos, la nariz o cualquier otro punto blando para debilitar o herir. En la base de la garganta, por encima de la caja torácica, hay una zona hundida donde la traquea no está protegida. Hundí con todas mis fuerzas los dos dedos y el pulgar en el hueco y le sujeté la garganta como las garras de un halcón. Lloraba cuando tiré de la tráquea hacia mí, grité como un animal mientras un hombre moría en mis manos.

Le arrebaté el arma de la mano inmóvil.

Los hombres corrían hacia nosotros. Aún no habían disparado por miedo a herir a su jefe. Rodé sobre mí mismo hacia el cuerpo a mi derecha.

—¿Berleand?

Estaba muerto. Ahora lo veía. Sus ridículas gafas con la montura grande estaban torcidas en aquel rostro blando y maleable. Quería llorar. Quería abandonar todo eso, abrazarlo y llorar.

Los hombres se acercaban. Levanté la cabeza. Tenían problemas para verme, pero las luces de la casa detrás de ellos los convertían en siluetas perfectas. Levanté el arma y disparé. Cayó un hombre. Moví el arma a la izquierda. Disparé de nuevo. Cayó el segundo. Comenzaron a responder al fuego. Rodé de nuevo hacia el jefe y utilicé su cuerpo como escudo. Volví a disparar. Cayó el tercero.

Sirenas.

Corrí agachado hacia la casa. Los coches de la policía entraron a toda velocidad. Oí un helicóptero, quizás más de uno, por encima de nosotros. Más disparos. Dejaría que ellos se ocupasen. Quería entrar en la casa.

Pasé junto a Taylor. Muerto. La puerta seguía abierta. El cuerpo de Erickson estaba caído en la galería con la navaja todavía hundida en su pecho. Pasé por encima de él y me zambullí en el vestíbulo.

Silencio.

No me gustó.

Tenía la pistola del jefe en mi mano. Apoyé mi espalda en la pared. El lugar era un desastre. El papel de las paredes se caía a trozos.

La luz estaba encendida. Por el rabillo del ojo vi a alguien que corría, oí pisadas que bajaban las escaleras. Tenía que ser un nivel inferior. Un sótano.

En el exterior sonaban los disparos. Alguien gritaba con un megáfono para exigir la rendición. Podía ser Jones. Tocaba esperar. De todas maneras no tenía ninguna oportunidad para sacar a Carrie de allí. Tenía que permanecer a la espera, vigilar la puerta, no permitir que nadie entrase o saliese. Era lo que tocaba. Esperar.

Quizás tendría que haber hecho eso. Quizás tendría que haberme quedado allí y no haber ido nunca a aquel sótano si el chico rubio no hubiese bajado corriendo las escaleras.

Lo llamé «chico». No era justo. Parecía tener unos diecisiete años, quizás dieciocho, no mucho más joven que los hombres de pelo oscuro que acababa de matar sin el menor titubeo. Pero cuando ese adolescente de pelo rubio, pantalón caqui y camisa bajó corriendo las escaleras —con un arma en la mano— no disparé en el acto.

—¡Quieto! —grité—. Suelta el arma.

El rostro del chico se retorció para convertirse en algo que parecía una siniestra máscara mortuoria. Levantó el arma y apuntó. Salté, rodé sobre mí mismo a la izquierda y me levanté disparando. No busqué un disparo mortal, a diferencia de lo que había hecho en el exterior. Disparé a las piernas. Disparé bajo. El adolescente gritó y cayó. Aún retenía el arma, aún mantenía aquella expresión de máscara mortuoria. Apuntó de nuevo.

Salí del vestíbulo y pasé al pasillo, donde me encontré cara a cara con la puerta del sótano.

Había alcanzado al chico rubio en la pierna. Era imposible que me siguiese. Contuve el aliento, sujeté el pomo con la mano libre y abrí la puerta.

Una oscuridad total.

Mantuve el arma contra el pecho. Bien apretado contra la pared para convertirme en un blanco lo más pequeño posible. Comencé a bajar las escaleras paso a paso, tanteaba el camino con mi pie. Una mano sujetaba el arma, la otra buscaba el interruptor de la luz. No lo encontré. Con el cuerpo siempre a un lado, bajé las escaleras, pie izquierdo un paso, pie derecho reuniéndose con el primero. Me pregunté por la munición. ¿Cuántas balas me quedaban? Ni idea.

Escuché unos murmullos.

No había ninguna duda. Las luces podían estar apagadas, pero había alguien en la oscuridad. Tal vez más de uno. De nuevo me debatí sobre si hacer lo correcto: detenerme, permanecer quieto, volver hacia lo alto de la escalera, esperar a que llegasen los refuerzos. Habían cesado los disparos en el exterior. Estaba seguro de que Jones y sus hombres tenían controlada la zona.

Pero no lo hice.

Mi pie izquierdo llegó al último escalón. Escuché un rascar que me puso la carne de gallina. Mi mano libre palpó la pared hasta que encontré el interruptor, o para ser más preciso, interruptores. Tres seguidos. Puse mi mano debajo de ellos, preparé el arma, respiré a fondo, y luego levanté los tres a la vez.

Más tarde recordaría los otros detalles. Los grafitis árabes pintados en las paredes, las banderas verdes con las medias lunas tintas en sangre, los carteles de los mártires con ropa de combate y fusiles de asalto. Más tarde recordaría los retratos de Mohammad Matar durante las muchas y diferentes etapas de su vida, incluido el tiempo cuando había trabajado como médico residente con el nombre de Jiménez.

Pero en aquel momento, todo aquello no era más que un telón de fondo.

Porque allí, en el rincón más apartado del sótano, vi algo que me hizo detener el corazón. Parpadeé; miré de nuevo; no podía creerlo, sin embargo, tenía todo el sentido.

Un grupo de adolescentes rubias y niños estaban acurrucados junto a una mujer embarazada con un burka negro. Sus ojos eran azul hielo, y todos me miraban con odio. Comenzaron a hacer un ruido, quizás un gruñido, como una única persona, y entonces me di cuenta de que no era un gruñido. Eran palabras, repetidas una y otra vez...

«Al-sabr wal-sayf».

Me aparté de ellas, sacudiendo la cabeza.

«Al-sabr wal-sayf».

El cerebro comenzó de nuevo con aquello de la sinapsis: el pelo rubio. Los ojos azules. CryoHope. El doctor Jiménez que era Mohammad Matar. Paciencia. La espada.

Paciencia.

Contuve un grito cuando comprendí la verdad: Salvar a los Ángeles no había utilizado los embriones para ayudar a las parejas estériles. Los habían utilizado para crear el arma definitiva, para infiltrar, para prepararse para la yihad global.

La paciencia y la espada derrotarán a los pecadores.

Las rubias comenzaron a venir hacia mí, pese a ser quien tenía el arma. Algunas continuaron con la cantinela. Otras gritaron. Unas cuantas, las más aterrorizadas, se ocultaron detrás de la mujer embarazada vestida con el burka. Me moví deprisa hacia las escaleras. Desde arriba, llegó una voz conocida que decía mi nombre.

—¿Bolitar? ¿Bolitar?

Le di la espalda a la monstruosidad nacida en el infierno que estaba debajo, subí las escaleras, me zambullí a través de la puerta y la cerré. Como si eso pudiese ayudar. Como si eso pudiese hacer que todo desapareciese.

Jones estaba allí. También sus hombres con chalecos antibalas. Jones vio la expresión de mi rostro.

—¿Qué pasa? —me preguntó—. ¿Qué hay ahí abajo?

Pero yo ni siquiera podía hablar, ni siquiera podía formar las palabras. Corrí al exterior, hacia Berleand. Me tumbé junto a su cuerpo inmóvil. Esperaba un cambio, rogaba para que quizás en la confusión hubiese cometido un error. No lo había hecho. Berleand, aquel pobre y maravilloso cabrón, estaba muerto. Lo retuve un segundo, quizás dos. No más.

El trabajo no se había acabado. Berleand hubiese sido el primero en decírmelo.

Todavía necesitaba encontrar a Carrie.

Mientras corría hacia la casa, llamé a Terese. Ninguna respuesta.

Me uní al grupo de búsqueda. Jones y sus hombres ya estaban en el sótano. Hicieron subir a las rubias. Las miré, miré sus ojos llenos de odio. Ninguna era Carrie. Encontramos a otras dos mujeres vestidas con los tradicionales burkas negros. Ambas estaban embarazadas. Los agentes comenzaron a llevarse a las prisioneras al exterior; Jones me miró con una expresión de horror e incredulidad. Miré atrás y asentí. Estas mujeres no eran madres. Eran incubadoras, portadoras de embriones.

Buscamos un poco más, abrimos todos los armarios, encontramos manuales de entrenamiento y películas, ordenadores, horror sobre horror. Pero no a Carrie.

Saqué el móvil y volví a llamar a Terese. Siguió sin responder. No estaba en el móvil. No estaba en el apartamento del Dakota.

Salí con paso inseguro. Win había llegado. Me esperaba en la galería. Nuestras miradas se encontraron.

—¿Terese? —pregunté.

Win sacudió la cabeza.

—Se ha ido.

De nuevo.

39

Provincia de Cavinda. Angola, África
Tres semanas más tarde.

Llevamos viajando en esta camioneta desde hace más de ocho horas a través del más desquiciado territorio. No he visto ni una persona o siquiera un edificio en más de seis horas. Había estado antes en zonas remotas, pero esta eleva la condición de remota a la enésima potencia.

Cuando llegamos a la choza, el conductor se detiene y apaga el motor. Me abre la puerta y me alcanza la mochila. Me señala el sendero. Me dice que hay un teléfono en la choza. Cuando quiera regresar, debo llamarlo. Vendrá a recogerme. Le doy las gracias y comienzo a caminar por el sendero.

Siete kilómetros más adelante, veo el claro.

Terese está allí. Me da la espalda. Cuando regresé al Dakota aquella noche, ella, como había dicho Win, se había ido. Había dejado una nota escueta:

«Te quiero tanto, tanto».

No había más.

Terese se ha teñido el pelo de negro. Supongo que lo mejor para mantenerse oculta. Las rubias destacarían, incluso aquí. Me gusta el cambio. La miro caminar alejándose de mí, y no puedo evitar la sonrisa. Mantiene la cabeza erguida, los hombros echados hacia atrás, la postura perfecta. Recuerdo aquel vídeo de la cámara de vigilancia, la manera como había visto que Carrie tenía la misma postura perfecta, el mismo caminar lleno de confianza.

Terese está rodeada por tres mujeres negras con vistosos atavíos. Camino hacia ellas. Una de las mujeres me ve y le susurra algo. Terese se vuelve, curiosa. Cuando sus ojos me ven, todo su rostro se ilumina. También, supongo, el mío. Deja caer el cesto que sujeta y corre en mi dirección. No hay ningún titubeo. Corro a su encuentro. Me rodea con los brazos y me acerca a ella.

—Dios, te he echado de menos —dice.

La abrazo. Eso es todo. No quiero decir nada. Todavía no. Quiero fundirme en este abrazo. Quiero desaparecer en él y permanecer en sus brazos para siempre. En lo más profundo de mi alma sé que es donde pertenezco, abrazándola, y solo por unos momentos, quiero y necesito esa paz.

—¿Dónde está Carrie? —pregunto.

Me coge de la mano y me lleva hasta una esquina del claro. Señala a través del campo hacia otro pequeño claro. A unos cien metros, Carrie está sentada con dos chicas negras de su edad. Todas trabajan en algo. No sé en qué. Recogen o pelan. Las chicas negras se ríen. Carrie no.

Carrie también tiene el pelo teñido de negro.

Me vuelvo hacia Terese. Miro sus ojos azules con el borde dorado alrededor de las pupilas. Su hija tiene el mismo anillo dorado. Lo vi en aquella foto. El andar confiado, el anillo de oro. El inconfundible eco genético.

«¿Qué más se ha transmitido?», me pregunté.

—Por favor, comprende por qué tuve que huir —dice Terese—. Es mi hija.

—Lo sé.

—Tenía que salvarla.

—Sí.

—Ella te dio su número de teléfono la primera vez que llamó.

—Sí.

—Podrías habérmelo dicho.

—Lo sé. Pero escuché a Berleand. No vale la vida de miles de personas para nadie excepto para mí.

La mención de Berleand me provoca un dolor agudo. Me pregunto qué decir después. Me protejo los ojos y miro de nuevo hacia Carrie.

—¿Comprendes lo que ha sido su vida?

Terese no mira, no parpadea.

—Fue criada por terroristas.

—Es peor que eso. Mohammad Matar hizo su residencia médica en el Columbia-Presbyterian en el mismo momento en que la fertilización in vitro y el almacenamiento de embriones comenzaba a ser importante. Vio la oportunidad para un golpe terrible: paciencia y la espada. Salvar a los Ángeles era un grupo terrorista radical que se disfrazaba como cristianos de extrema derecha. Utilizó la coerción y la mentira para conseguir los embriones. No los dio a parejas estériles. Utilizó a las mujeres musulmanas simpatizantes con su causa como madres de alquiler. Como un almacén hasta que los embriones naciesen. Entonces él y sus seguidores criaron a sus hijos para que fueran terroristas desde el primer día. Nada más. A Carrie no se le permitió relacionarse con nadie. Nunca conoció el amor, ni siquiera en la niñez. Nunca conoció la ternura. Nadie la abrazó. Nadie la consoló cuando lloraba en su sueño. Ella y los demás fueron adoctrinados desde el primer día de su vida para matar infieles. Eso es lo que hay. Nada más. Fueron criados para ser el arma final, para pasar como uno de nosotros y estar preparados para la guerra santa final. Imagínatelo. Matar buscaba embriones de padres rubios y de ojos azules. Sus armas podían ir a cualquier parte porque quién iba a sospechar de ellos.

Espero que Terese reaccione, que haga un gesto. No lo hace.

—¿Los capturaste a todos?

—No fui yo. Deshice el grupo principal en Connecticut. Jones encontró más información en el interior de aquella casa y supongo que algunos de los terroristas supervivientes fueron interrogados.

—No quería pensar en cómo, o quizás sí, ya no lo sé—. Muerte Verde tenía otro campamento en las afueras de París. Fue asaltado en cuestión de horas. El Mossad y los israelíes bombardearon un gran campo de entrenamiento en la frontera sirio-iraquí.

—¿Qué pasó con los niños?

—A algunos los mataron. Otros están en custodia.

Terese comienza a bajar la colina.

—¿Crees que como Carrie nunca conoció antes el amor ahora no debería conocerlo?

—No es eso lo que digo.

—Pues es como suena.

—Te estoy hablando de la realidad.

—Tú tienes amigos que han criado niños, ¿no? —pregunta.

—Por supuesto.

—¿Qué es lo primero que te dirán? Que sus hijos nacieron de cierta manera. Programados. La naturaleza por encima de la crianza. Los padres pueden criarlos e intentar mantenerlos en la senda correcta, pero al final son poco más que cuidadores. Algunos chicos acabarán siendo dulces. Otros acabarán sicóticos. Tienes amigos que han criado a sus hijos de idéntica manera. Uno de los chicos es abierto, el otro es callado, uno es un miserable, el otro es generoso. Los padres aprenden muy pronto que su influencia es limitada.

—Ella nunca ha conocido lo que es el amor, Terese.

—Pues ahora lo conocerá.

—No sabes de lo que es capaz.

—No sé de lo que es capaz nadie.

—Ésa no es una respuesta.

—¿Qué más esperas que diga? Ella es mi hija. La vigilaré. Eso es lo que hace una madre. También la protegeré. Y estás equivocado. Conociste a Ken Borman. Aquel chico del colegio privado.

Asiento.

—Carrie se sintió atraída. A pesar del indescriptible infierno que vivió cada día, de alguna manera sintió la conexión. Intentó apartarse. Por eso estaba con Matar en París. Para ser reeducada.

—¿Estaba allí cuando Rick fue asesinado?

—Sí.

—Su sangre estaba en el escenario del crimen.

—Dice que intentó defenderlo.

—¿Te lo crees?

Terese me sonríe.

—Perdí a una hija. Haré lo que sea, cualquier cosa, para recuperarla. ¿Lo entiendes? Tú me podrías decir, por ejemplo, que ha sobrevivido y ahora es un monstruo horrible. No cambia nada.

—Carrie no es Miriam.

—Sigue siendo mi hija. No voy a renunciar a ella.

Detrás de Terese su hija se levanta y comienza a bajar la colina. Se detiene y mira hacia nosotros. Terese sonríe y saluda. Carrie responde. Quizás también sonríe, pero no lo sé a ciencia cierta. Tampoco puedo decir a ciencia cierta que Terese se equivoca. Me lo pregunto. Me pregunto por aquel adolescente rubio que bajó las escaleras corriendo para dispararme, por qué titubeé. La naturaleza frente a la crianza. Si la chica en aquella colina hubiese sido genéticamente de Matar, si una chica concebida y después criada por extremistas locos se convierte en extremista loca, la mataríamos sin vacilar. ¿Es diferente debido a la genética? ¿Debido al pelo rubio y los ojos azules?

No lo sé. Estoy demasiado cansado para pensarlo.

Carrie nunca ha conocido el amor. Ahora lo conocerá. Supongamos que a usted y a mí nos hubiesen criado como a Carrie. ¿Sería mejor si nos destruyesen sin más como tantos productos caducados? ¿Acaso algún resto de humanidad básica acabará por imponerse?

—¿Myron?

Miro el hermoso rostro de Terese.

—Yo no renunciaría a tu hijo. Por favor no renuncies a la mía.

No digo nada. Sujeto su hermoso rostro entre mis manos, la acerco a mí, beso su frente, mantengo mis labios allí y cierro los ojos. Siento sus brazos que me rodean.

—Cuídate —digo.

Me aparto. Hay lágrimas en sus ojos. Echo a andar por el sendero.

—No tendría que haber vuelto a Angola —me dice.

Me detengo y me vuelvo hacia ella.

—Podría haberme ido a Myanmar, a Laos o a algún lugar donde nunca hubieses podido encontrarme.

—Entonces, ¿por qué escogiste este lugar?

—Porque quería que me encontrases.

Ahora también hay lágrimas en mis ojos.

—Por favor, no te vayas —dice ella.

Estoy tan cansado... Ya no duermo. Los rostros de los muertos están allí cuando cierro los ojos. Los ojos azul hielo me miran. Las pesadillas acosan mis sueños, y cuando me despierto, estoy solo.

Terese camina hacia mí.

—Por favor, quédate conmigo. Solo por esta noche, ¿vale?

Quiero decir algo, pero no puedo. Ahora las lágrimas caen deprisa. Ella me abraza, e intento con todas mis fuerzas no derrumbarme. Mi cabeza se apoya en su hombro. Me acaricia el pelo y me acuna.

—Tranquilo —susurra Terese—. Ya se ha acabado.

Mientras ella me tenga entre sus brazos, me lo creo.

Pero hoy mismo, en algún lugar de Estados Unidos, un autocar aparca delante de un monumento nacional rodeado por un numeroso público. El autocar lleva a un grupo de chicos de dieciséis años en un viaje de estudios a través del país. Hoy es el tercer día de su viaje. Brilla el sol. El cielo está despejado.

Se abre la puerta del autocar. Los adolescentes se bajan entre risas.

El último en bajar es un chico de pelo rubio.

Tiene los ojos azules con un anillo dorado alrededor de cada pupila.

Y aunque carga con una pesada mochila, camina hacia la muchedumbre con la cabeza erguida, los hombros echados hacia atrás y la postura perfecta.

AGRADECIMIENTOS

Bien, comencemos por darles las gracias a los funcionarios del 36 Quai des Orfèvres, porque son los representantes de la ley y no quiero que ninguno se enfade conmigo: monsieur le Directeur de la Police Judiciaire, Christian Flaesch; monsieur Jean-Jacques Herlem, Directeur-Adjoint chargé des Brigades Centrales; madame Nicole Tricart, Inspectrice Générale, conseiller auprès du Directeur Général de la Police Nationale; monsieur Loïc Garnier, Commissaire Divisionnaire, Chef de la Brigade Criminelle; mademoiselle Frédèrique Conri, Commissaire Principal, Chef-Adjoint de la Brigade Criminelle.

Sin un orden particular, pero con muchísima gratitud: Marie-Anne Cantin, Eliane Benisti, Lisa Erbach Vance, Ben Sevier, Melissa Miller, Françoise Triffaux, Jon Wood, Malcolm Edwards, Susan Lamb, Angela McMahon, Ali Nasseri, David Gold, Bob Hadden, Aaron Priest, Craig Coben, Charlotte Coben, Anne Armstrong-Coben, Brian Tart, Mona Zaki y Dany Cheij.

Algunos de los personajes de este libro han surgido a través de diversos prismas. Los creé hace años, otros fueron proyectados bajo una luz distinta, luego otros más los interpretaron, y entonces los recreé aquí como seres totalmente diferentes. Por eso debo darles las gracias a Guillaume Canet, Philippe Lefebvre (dos veces) y François Berleand.

ÚLTIMOS TÍTULOS PUBLICADOS